rororo

Kate Pepper wurde in Frankreich geboren. Sie wuchs in Massachusetts und New York auf, wo sie sich mit verschiedenen Jobs über Wasser hielt. Heute lebt sie mit ihrem Mann, einem Filmproduzenten, und ihren zwei Kindern als Schriftstellerin in New York und gibt in ihrer Freizeit Kurse in kreativem Schreiben. Zuletzt erschien «7 Minuten zu spät» (rororo 24239).

rororo

Kate Pepper

5 TAGE IM SOMMER

THRILLER

Deutsch von Teja Schwaner

Rowohlt Taschenbuch Verlag

Einmalige Sonderausgabe Juni 2006
Veröffentlicht im Rowohlt Taschenbuch Verlag,
Reinbek bei Hamburg, Mai 2005

Die Originalausgabe erschien 2004 unter dem Titel «Five Days in Summer»
bei ONYX/Penguin, New York

Umschlaggestaltung Franziska Regner
(Foto: Heribert Schindler)
Druck und Bindung Clausen & Bosse, Leck
Printed in Germany
ISBN 13: 978 3 499 24306 6
ISBN 10: 3 499 24306 7

PROLOG

Fünf Spritzen liegen in Reih und Glied auf dem blitzblanken Tresen. Fünf Injektionen, fünf Tage. Keine Nahrung, kein Wasser, nur absolute Dunkelheit und das Wogen der Wellen. Fünf Tage lang. Dann wird er die Augenbinde entfernen. Die Muskellähmung wird eingesetzt haben. Sie wird sich nicht mehr bewegen können. Sie wird ihre Augen nicht mehr schließen können. Sie wird nur noch das sehen, was sich direkt vor ihren Augen befindet. Sonst nichts.

Was sie sehen wird, wird sie in Angst und Schrecken versetzen.

Er richtet das Boot her, putzt sämtliche Oberflächen in der Kabine, bis die langen, hölzernen Bänke, aus deren Kissen er den Staub geschüttelt hat, vor Sauberkeit glänzen. Die Kombüse blitzt, als sei nie ein Hauch feuchter Meeresluft eingedrungen. Im Laufe der Jahre hat er viele Boote besessen, aber dies ist ihm das liebste: Für den Fluss gebaut, ist es doch robust genug, um mit den launischen Gegenströmungen in den Mündungen, Buchten und Meerbusen fertig zu werden.

In der Kajüte ist es trotz der sommerlichen Hitze kühl und feucht. Ein leichter Modergeruch ist geblieben, obwohl er die Luke den gesamten Nachmittag offen gelassen hat. In den folgenden Tagen wird er schlimmer werden. Er wird ihre Qual verstärken. Dieser Geruch, die Dunkelheit und die feuchte Kälte, das Verrinnen ihres Lebens. All das gehört zu seinem Plan.

Er kontrolliert seine Gerätschaften: unter der einen Bank in der Kajüte der zusammengerollte Schlauch, unter der anderen ein Beil, scharf und geölt. Speiseöl auf der Schneide sorgt für einen glatten Schnitt. Ein wenig Recherche, mehr braucht man nicht, um diese Dinge in Erfahrung zu bringen – und natürlich auch Praxis. Ein Schlachtermesser. Ein Schälmesser. Eine normale Schere, eine Gartenschere. Lange Metallspieße. Flaschen mit destilliertem Wasser. Ein aufgerolltes Seil.

Die kleineren Utensilien befinden sich in der Schublade unter dem Tresen in der Kombüse. Ein Stück schwarzer Stoff, akkurat zusammengefaltet. Zusätzliche Spritzen. Einhundert Stecknadeln, in gleichem Abstand voneinander in den weichen Stoff eines Nadelkissens gesteckt, das wie eine aufgeblähte Erdbeere aussieht. Ein lächerliches Ding, dem er jedoch nicht hatte widerstehen können. Genauso wie damals, als er das Nadelkissen im Nähkästchen seiner Mutter entdeckt hatte. Er hatte die in aller Hast hineingesteckten Nadeln entfernt und es als Ball benutzt. Einige Stunden danach war er selbst das Nadelkissen gewesen.

Erst Jahre später hatte seine Brustbehaarung die Narben verdeckt.

Der kleine Kühlschrank unter dem Tresen ist sauber und kalt. Phiolen mit Pancuronium und Trifluoperazin stehen darin aufgereiht wie kleine Zinnsoldaten.

Er hatte sieben Jahre gewartet.

ERSTER TAG

KAPITEL 1

Emily kam aus dem Wasser und ließ den Blick über den Juniper Pond schweifen. Es war windstill, und ein ruhiger Himmel hing über dem glitzernden See. Kiefern und Schilf säumten das Ufer, unzählige kleine Buchten, die kein Mensch je betreten hatte. Emily hatte jeden Sommer ihres Lebens hier verbracht, aber noch immer gab es Stellen an diesem See, die sie noch nie gesehen hatte. Sie hob die Hand, um die Augen gegen die Nachmittagssonne abzuschirmen. Sam, ihr jüngerer Sohn, torkelte aus dem Wasser und stellte sich tropfend neben sie.

«Warum macht er das?»

Sam zeigte auf den Baum, den sie mittlerweile nur noch den «Greifer» nannten. Die alte Kiefer stand schräg nach vorn gebeugt einige hundert Meter entfernt in einer benachbarten Bucht. Am Fuß ihres Stammes war sie stark gekrümmt, als ob sie mit all ihren Ästen nach etwas greifen wollte, was sich in der Mitte des Sees befand.

«Da muss etwas sein, das der Baum braucht», erwiderte Emily.

«Oder haben will.» David, ihr Ältester, war herangeschwommen. Emily musste lächeln. «Was will der Baum?», war die rituelle Frage gewesen, die sie als Kind ihrer Mutter jeden Sommer gestellt hatte.

«Ich nehme an, er will alles», hatte Sarah stets geantwortet.

Emily entschied sich für eine neue Antwort. «Vielleicht will er ja fliegen», sagte sie zu ihren Söhnen und wollte Sams nasse Haare zerzausen. Aber er war schon wieder im Wasser und versuchte, den davonschwimmenden David einzuholen.

Einen Moment lang schob sich eine Wolke vor die Sonne. Wasser schwappte um Emilys Zehen. Wie gerne würde sie nochmals mit ihrer Mutter und den Kindern schwimmen gehen, aber sie hatte die Einkaufsfahrt zu lange aufgeschoben. Es musste bereits drei Uhr sein, vielleicht sogar später. Morgen würde sie mit den Kindern zurück nach New York fahren – die Jungen mussten wieder in die Schule –, und sie wollte ihrer Mutter als Dank für den wunderschönen Aufenthalt Lebensmittelvorräte zurücklassen.

Emily hob den Arm und winkte zum Abschied. Metall klirrte an ihrem Handgelenk; das Schloss ihres silbernen Armbands mit den Glücksbringern war wieder aufgegangen. Sie ließ es zuschnappen und rief Sarah zu: «Erinnere mich daran, dass ich mein Armband reparieren lasse.»

«Pass auf, dass du es nicht im Wasser verlierst, Liebes», rief Sarah zurück. Sie stand bis zur Taille im Wasser und hielt die zappelnde einjährige Maxi auf dem Arm. Die breite Krempe von Sarahs Strohhut warf Punkte aus Licht und Schatten auf Maxis pausbäckiges Gesicht.

Gerade als Emily endgültig aufbrechen wollte, planschte Sam vor ihr herum, um ihre Aufmerksamkeit für seine Schwimmversuche zu erheischen.

«Sammy, du musst deine Bewegungen genauer kontrollieren.» Emily deutete auf David. «Sieh nur.»

David bewegte sich mühelos im Wasser. Er war vollkommen in seinem Element – genau wie sie mit elf Jahren. Sams Schwimmversuche waren hingegen noch nicht von Erfolg gekrönt. Emily beschloss, dass das Einkaufen ruhig noch fünf Minuten warten konnte. Sie watete in den See hinaus, und Sam warf sich ihr so ungestüm in die Arme, dass sie fast hintenüber gefallen wäre.

«Versuch es mal so, mein Kleiner.»

Sie schwamm um ihn herum, ließ die Arme rotieren und warf das Gesicht hin und her, um Luft zu schnappen. David schwamm wie ein junger Delphin an ihre Seite und imitierte ihre Bewegungen. Mit einem Augenzwinkern in Davids Richtung ergriff sie Sams Hand, schwamm rückwärts und zog ihn mit sich. Er strampelte planschend mit den Beinen, unbändige Lebensfreude blitzte in seinen braunen Augen auf.

Sie paddelten hinüber zu Sarah und Maxi, die sofort ihre Arme um Emilys Schultern schlang. Emily zog ihr kleinstes Kind an sich, küsste und drückte es. «Mommy fährt einkaufen, Oma wird schön auf euch aufpassen.»

«Nein!» Eine seidenweiche Wange schmiegte sich an Emilys Hals.

«Mom ist doch gleich wieder da. Ich habe dich lieb. Pass schön auf Grandma auf, solange ich weg bin.»

«Nein!»

«Doch!» Sam spritzte Maxi nass, die sich lachend revanchierte.

«Vorsicht wegen Maxis entzündetem Ohr», mahnte Emily.

Sarah drehte Maxi zur Seite, und Sam startete einen neuen Schwimmversuch.

«Mom», sagte David. Er war geschickt und unbemerkt neben sie geglitten. Sie strich ihm eine nasse Strähne aus der Stirn. «Erdbeereis, okay?»

«Brauchen wir noch Waffeln?»

«Ja», antwortete Sarah.

«Ich versuch daran zu denken.»

«Fahr lieber los, Liebes. Sieh nur den Himmel.»

Emily blickte nach oben. Eine Phalanx von Wolken war dabei, sich vor die Sonne zu schieben. Ein unerwartetes Unwetter braute sich zusammen. Ihr Vater hatte immer Witze darüber gemacht, dass die Wettervorhersage der *Cape Cod Times* Tag für Tag lautete: «bewölkt, sonnig und trocken mit Regenschauern». Wenn sie Glück hatte, war sie vom Einkaufen zurück, bevor das Gewitter losbrach.

Sie winkte Sarah und den Kindern ein letztes Mal zu und durchquerte das Wäldchen, das zwischen See und Haus lag. Kaum hatte sie den breiten Graspfad betreten, war sie in gleißendes Sonnenlicht getaucht. Auf dem Weg hinauf zum Haus, einem der fürs Cape so typischen verwitterten Holzhäuser mit rückwärtiger Veranda, verspürte sie ein Prickeln, als würde sie sich in einen Südseeurlaub davonstehlen oder mitten am Tag ins Kino gehen. Immer wenn sie die Kinder zurückließ, verspürte sie dieselben widerstreitenden Gefühle von schmerzlichem Verlust und verführerischer Freiheit. Vielleicht würde sie bei Starbucks vorfahren und sich einen Eistee holen.

Einen Eistee. Wie leicht ließ sich inzwischen der Tag versüßen. Bevor die Kinder zur Welt gekommen waren, hatte sie als Cellistin der New Yorker Philharmoniker die Welt bereist und war manchmal innerhalb einer einzigen Woche in drei verschiedenen Ländern aufgetreten. Als junge Musikerin hatte sie alles gegeben. Das hatte sie zumindest angenommen. Bis sie sich in Will verliebt hatte. Bis sie Mutter geworden war. Jetzt war sie Hausfrau und nur noch einmal wöchentlich unterwegs, um eine Musikkolumne für den *Observer* zu schreiben. Sie besprach alle Arten von Musik und konnte dabei so subjektiv und respektlos verfahren, wie sie wollte. Ein perfekter Job: Will hatte einen Abend ganz für sich mit den Kindern, ohne dass sie ihm über die Schulter sah, und sie kam mal heraus und wurde für dieses Vergnügen auch noch bezahlt.

Emily erreichte den erfrischend kühlen Schatten der Veranda. Es war einfacher, das Haus durch die Hintertür im Parterre zu betreten. Sie atmete den süßlichen Geruch des Geißblatts ein, das Sarah so gezogen hatte, dass es die Veranda emporrankte. Der Garten, den ihre Mutter angelegt hatte, war grandios, und in welche Richtung man auch blickte, überall stand etwas in Blüte. In diesem Sommer jedoch hatte Sarah den Garten etwas vernachlässigt. Der Tod ihres Mannes Jonah lastete schwer auf ihr, auch Emily vermisste ihren Vater sehr. Das Unkraut, der aufgeschossene Salat, die zu hohen Gräser und verwelkten Blüten, all das beschwor ihn herauf.

Spielsachen lagen verstreut im Wohnzimmer auf dem Boden herum. Emily bahnte sich mit Fußtritten einen Weg und betrat ihr Zimmer, das seit den Sommern ihrer Kindheit zum Gästequartier umgewandelt worden war. All die hübschen Farben hatten einem neutralen Anstrich weichen müssen, die Poster aus ihrer Jugendzeit waren von den Wänden verschwunden. Über dem Bett hing eins der Gemälde, die Sarah von Emily gemalt hatte. Es zeigte sie als kleines Mädchen an der Hand ihres Vaters, der vom Rahmenrand her ins Bild trat. Zwischen den Fenstern hingen zwei gerahmte Fotos: Emily auf der Bühne der Carnegie Hall und Jonah neben seinem ersten Oldtimer.

Emily öffnete die untere Kommodenschublade und erinnerte sich, dass sie bei der großen Wäsche war. Die meisten Kleidungsstücke befanden sich oben in der Kammer neben der Küche, drehten sich in der Maschine oder warteten gestapelt auf dem Fußboden. Sie stieg aus ihrem Badeanzug und zog dieselben Unterhosen und Khakishorts an, die sie schon zum Mittagessen getragen hatte. Dann hielt sie sich ihr blaues Hemd vor die Brust und ging nach oben in die Kammer, um in den Wäschestapeln nach einem BH zu suchen. Anscheinend waren all ihre BHs mit der Weißwäsche in der Maschine gelandet, die sich gegenwärtig durch den Hauptwaschgang quälte. Also schön, sie würde alle Vorsicht in den Wind schlagen und ohne BH gehen; wenn jemand unbedingt hinschauen musste, war es eben sein Problem. Sie schlüpfte in ihre Ledersandalen und vergaß auch ihre Sonnenbrille nicht, bevor sie zur Tür hinausging.

Es war Labor Day, und auf der gesamten Route 151 herrschte dichter Verkehr bis zum *Stop & Shop*. Als sie das Einkaufszentrum endlich erreichte, hatte sich das Gefühl des willkommenen Ausbruchs in der Hitze vollständig verflüchtigt. Sie würde den Einkauf so schnell wie möglich hinter sich bringen und nach Hause fahren. Vorsichtig lenkte sie ihren weißen Volvo Kombi durch die Reihen der parkenden Autos, bis sie in der äußersten Ecke einen Platz fand. Anscheinend hatten alle anderen die Wolken in der Ferne ebenfalls gesehen und sich auf den Weg gemacht, um dem Regen zuvorzukommen. Im Augenblick jedoch konnte sie keine Wolke mehr sehen, der Himmel war blau.

Im Laden machte sie ihre übliche Runde und ging zunächst in die Feinkostabteilung. Dort gab es einen neuen Computer, der den Einkauf erleichterte: Statt sich in einer langen Schlange anzustellen, tippte man einfach seine Bestellung ein. Sie würde von dem Aufschnitt und dem Schnittkäse, den ihre Mutter so gerne mochte, so viel kaufen, dass diese bis zum Ende der Woche damit auskommen würde. Sarah blieb stets bis Ende September auf dem Cape, bevor sie in ihre eigene Wohnung in Manhattan zurückkehrte, und Emily hatte sie gedrängt, bei dieser Gewohnheit zu bleiben, obwohl Jonah nicht mehr da war. Der Computer der Feinkostabteilung spuckte einen Bon aus, auf dem stand, dass Emily ihre Sachen in zwanzig Minuten an der Ausgabestelle abholen konnte.

Als sie den Gang mit Gemüse erreichte, entschied sie sich spontan, beim Abendessen Mais zum gegrillten Lachs zu machen. Sie blieb bei dem Behälter mit frischen Maiskolben stehen, wo ein Mann damit beschäftigt war, seine Kolben mit großer Sorgfalt auszuwählen. Er tastete jeden einzelnen ab, als würde er ein Ritual vollziehen. So etwas hatte sie noch nie gesehen. Der Mann schien in den Fünfzigern zu sein und hatte teigig graue Haut, die zu seinem weißen Haar passte. Eine marineblaue Matrosenmütze saß schief auf seinem Kopf. Er hatte eine weiße Windjacke an und war damit außer den Angestellten in der Fleischabteilung der Einzige im ganzen Geschäft, der an diesem heißen Sommertag eine Jacke trug. Als sie sich schließlich abwandte, um nicht länger ihre Zeit zu verschwenden, sagte er schroff: «Das wär's. Ich bin fertig.»

Er blickte auf und starrte ihre Brüste an. In diesem Moment bereute sie ihre tapfere Entscheidung, auf einen BH zu verzichten. Dann senkte der Mann den Blick, berührte drei weitere Maiskolben, legte die Tüte in den Einkaufswagen und schlurfte davon. Zu Hause in Manhattan hätte sie mit einem gleichgesinnten Käufer einen wissenden Blick ausgetauscht und «So was gibt's eben nur in New York» gemurmelt. Aber hier auf dem Cape, in diesem etwas außerhalb gelegenen überfüllten Supermarkt kam sie sich allein vor. Dieser Mann war höchst sonderbar.

Emily musste mindestens ein Dutzend Maiskolben in die Hand nehmen, bis sie endlich sechs gute gefunden hatte, und dann war der seltsame Mann zu ihrer Erleichterung nicht mehr zu sehen. Sie machte sich daran, ihren Einkaufszettel abzuarbeiten. Thunfisch und Erdnussbutter für die Sandwiches für die morgige Heimfahrt. Cracker, damit Maxi ihr Knabbervergnügen hatte. Diese grässlichen Fruchtgummis, die die Jungen so gern mochten. Kartons mit Fruchtsaft. Kleine Wasserflaschen. Eine Extradose mit Sarahs Tee, für den Fall, dass ihr Vorrat zur Neige ging.

Emily steuerte gerade den Gang mit Brot an, um die Lieblingssorte ihrer Mutter zu suchen, als sie den Maismann wieder sah. Langsam schob er seinen Wagen voran, den Blick starr nach vorn gerichtet. Sie überholte ihn zügig, unsicher, ob er sie bemerkt hatte. Am Ende des Ganges fand sie das gewünschte Brot und war unverhältnismäßig erleichtert.

«Haben Sie nicht bemerkt, dass es weg war?»

Eine ältere Frau mit blond gebleichtem Haar und zu viel Make-up stand neben Emily und hielt ihr das silberne Armband entgegen.

«Mir ist es vorhin bei Ihnen aufgefallen, weil ich auch so eins habe.» Die Frau hob ihr Handgelenk, um ihr eigenes Armband zu zeigen, an dem doppelt so viele Glücksanhänger baumelten wie an Emilys, alle aus Gold. «Es ist direkt in den Maisbehälter hineingerutscht. Da haben Sie aber Glück gehabt, dass ich gleich nach Ihnen kam. Ich bin Ihnen extra gefolgt.»

Emily nahm ihr Armband samt Anhängern – ein Schwimmer, ein Cello, ein Schwert, ein Herz, drei Babys und eine Münze – und schloss die Hand darum. Sie genoss das Gefühl des kühlen Silbers auf der Innenfläche ihrer Hand. Nach Davids Geburt hatte sie das Armband von Will geschenkt bekommen und es seither jeden Tag getragen.

«Ich verstehe gar nicht, wie mir das passieren konnte»,

sagte Emily. «Ich habe nicht mal gemerkt, dass es weg war.»

«Ich hüte meins wie meinen Augapfel», sagte die Frau.

«Wie viele Kinder haben Sie denn?» Emily war aufgefallen, dass die meisten der goldenen Anhänger Babys waren.

«Vier Kinder, neun Enkelkinder. Und noch kein Ende abzusehen.» Die Frau zwinkerte ihr zu. «Lassen Sie es reparieren, bevor Sie es wieder tragen.»

«Bestimmt.» Emily ließ das Armband in die Tasche ihrer Shorts gleiten. «Ich habe es immer wieder verschoben, den Verschluss reparieren zu lassen. Das war jetzt ein Alarmsignal.»

«Ich sag immer, das Leben ist eine Kette von Alarmsignalen.»

«Da haben Sie Recht.»

Die beiden verabschiedeten sich, und Emily sagte sich, dass sie sich deshalb vorher so seltsam gefühlt hatte. Es hatte nicht an dem Maismann gelegen. Sie hatte ihr Lieblingsarmband verloren, das sie niemals abnahm, und sie hatte es nicht bemerkt, zumindest nicht bewusst. Beeindruckend, wie der Verstand unterschwellig Dinge registrierte, die einem selbst erst später bewusst wurden.

Ihr Einkaufswagen war voll, und es wurde Zeit, zum Feinkosttresen zurückzukehren, um die Bestellung abzuholen. Sie bahnte sich den Weg und staunte über die Warenvielfalt, die in diesen Megastores auf dem Land angeboten wurde. Wegen der Raumknappheit hatten die Läden in der Großstadt nichts auch nur annähernd Entsprechendes zu bieten. Sie blieb bei einer Tonne stehen, die mit rosa, gelben und blauen Plastikbechern gefüllt war. Ein Schild erklärte, dass es sich um «Zauberbecher» handele, die ihre Farbe änderten, wenn kalte Getränke eingefüllt würden.

Sie wusste, dass die Kinder davon begeistert sein würden und kaufte von jeder Farbe zwei.

Emily hatte den Feinkosttresen fast erreicht, als sie ihn wieder sah. Der Maismann stand wieder vor dem Mais. In dem Moment, als sie ihn bemerkte, hob er den Kopf und erblickte sie. Schnell schaute er weg und berührte drei weitere Kolben. Emily las die Nummer auf ihrem Bon, holte sich ihren Aufschnitt an der entsprechenden Ausgabe und ging zwei Gänge weiter, um dem Maismann an der Kasse nicht nochmals zu begegnen.

Das merkwürdige Gefühl von vorhin war wieder da, von dem sie gehofft hatte, dass es nicht mehr wiederkehren würde. Instinktiv griff sie in die Tasche ihrer Shorts und suchte nach dem Armband. Es war noch da.

Glücklicherweise waren die Warteschlangen jetzt nicht mehr so lang, und Emily erreichte schnell die Kasse. Sie stellte ihre Einkäufe auf dem Transportband ab und verstaute sie in Tüten, sobald sie ihr auf der schrägen Ablage entgegengerutscht kamen. Sie war damit fast fertig, als sie bemerkte, dass der Maismann direkt hinter ihr an der Kasse stand. Sein Einkaufswagen war halb voll, ausschließlich mit Maiskolben. Mit akribischer Genauigkeit legte er jeweils drei Kolben nebeneinander auf das Transportband. Der Teenager an der Kasse, dunkel gebräunt mit Ringen an jedem Finger, verdrehte die Augen, und Emily nickte zustimmend. Sie wartete schweigend, bis die Kassiererin die Kreditkarte mit dem typisch ratschenden Geräusch durchgezogen hatte und die Maschine den Bon ausdruckte. Emily kritzelte ihre Unterschrift auf die Quittung und schob ihren Einkaufswagen dann in aller Eile zum Ausgang.

Es war eine Erleichterung, wieder im Freien zu sein und diesen seltsamen Mann hinter sich gelassen zu haben. Sie konnte es kaum erwarten, wieder nach Hause zu kommen. Als ihr beim Öffnen der Kofferraumtür ein Schwall abgestandener Hitze ins Gesicht schlug, nahm sie sich vor, unbedingt noch einmal zu schwimmen. Vor ihrem geistigen Auge sprang sie in ihrem roten Badeanzug in den kühlen See. In ihren Ohren klang bereits das Gelächter ihrer Kinder.

Das Crescendo ihres Handyklingelns holte sie in die Gegenwart zurück. Sie grub in ihrer Tasche, fand das Telefon und nahm das Gespräch an.

«Sie haben unser Angebot akzeptiert!» Will war am Apparat.

«Was für ein Angebot?»

«Das ich gestern für das Haus gemacht habe. Ich wollte dir nichts sagen. Es sollte eine Überraschung sein.»

«Das ist es tatsächlich. Heißt das, dass du den Job bekommen hast?»

«Mein drittes Vorstellungsgespräch ist für Mittwoch angesetzt.»

«Aber Will …»

«Schatz, die laden mich nicht dreimal ein, wenn sie mich nicht wirklich haben wollen.»

«Ich finde nur, wir sollten mit dem Haus warten, bis du den Job definitiv hast. Du weißt doch, dass wir es uns nicht leisten können …»

«Häuser wie das gehen in null Komma nichts weg, Em. Es ist doch nur ein Angebot. Im schlimmsten Fall verlieren wir unsere Anzahlung, aber das sind nur ein paar tausend Dollar, und das Risiko ist es doch wert, meinst du nicht?»

«Wenn du den Job kriegst, dann schon.»

«Mach dir keine Sorgen, manchmal muss man eben mit hohem Einsatz spielen.»

Emily sah sein attraktives Gesicht mit den vielen Lachfalten vor sich. Sie spürte seine Zuversicht, seinen Mut, sich ins Ungewisse zu stürzen. Bisher waren sie immer wieder auf den Füßen gelandet.

«Ich weiß, Will, wer nicht wagt, der nicht gewinnt.» Sie lud die Eiscreme in eine schattige Ecke des Kofferraums.

«Mach dir keine Sorgen. Bevor wir keinen Vertrag unterschrieben haben, ist nichts endgültig. Und bis dahin wird sich auch entschieden haben, ob ich den Job bekomme.»

«Weißt du was?» Emily räumte mit ihrer freien Hand automatisch die Einkäufe in den Kofferraum: Toilettenpapier und Snacks. Milch und Aufschnitt. Zauberbecher. «Ich bin ja sicher, dass es klappen wird, das habe ich im Gefühl.» Sie wusste, wie sehr ihn das Haus in Brooklyn Heights mit seinen weitläufigen Zimmern und den stuckverzierten Decken reizte. Sie würden endlich genügend Platz für alle haben und darüber hinaus den Ausblick auf den East River, der sich um die Südspitze von Manhattan schlängelte.

«Genau, immer positiv denken», sagte er. «Wo bist du gerade?»

«Auf dem Parkplatz vom Supermarkt. Und es ist so heiß hier.»

«Fahr nach Hause, Schatz. Gib den Kindern einen Kuss von mir. Ich muss noch ein paar Anrufe erledigen, bevor es hier richtig voll wird. Der neue Manager kommt ohne mich noch immer nicht zurecht.»

«Was können Sie mir heute empfehlen?», fragte sie in dem Ton, in dem die Jungen immer die neuesten Witze erzählten.

«Wenn heute Montag ist …»

«… dann ist die Spezialität des Hauses wie immer Fisch!»

Beide lachten. Emily schlug den Kofferraum zu.

«Also gut, Liebster», sagte sie. «Ich muss zurück zu Sarah. Wir reden später.»

Er schickte ihr übers Telefon einen hörbaren Kuss, was er nur machte, wenn es noch ruhig im Restaurant war. Auch wenn das Madison Square Café ihn nicht als neuen geschäftsführenden Direktor anstellen würde, würde er sich im geschäftigen Tohuwabohu bei Rolf's weiterhin wohl fühlen, das wusste sie genau. Obwohl sie ihr Traumhaus dann abschreiben mussten.

Sie beendete das Gespräch und ließ das Handy wieder in ihre Handtasche fallen. Ein Schatten zog über sie hinweg, und in der Erwartung, dass die Wolken sich wieder zusammengezogen hatten, blickte sie hinauf in den Himmel. Sie registrierte gerade noch, dass er blau war, bevor ein ätzender Lappen auf ihr Gesicht gepresst wurde. Dann wurde es dunkel.

KAPITEL 2

Es war schon fast Mitternacht, als Will zu Hause anfing zu kochen. Der süßliche Geruch gebratener Zwiebeln erinnerte ihn an seine Junggesellentage, als Mahlzeiten zu den unmöglichsten Zeiten stattfanden und man nie wusste, wann die nächste sein würde. Damals hatte er meistens in jeweils dem Restaurant gegessen, in dem er gerade arbeitete. Als aufstrebendem Schauspieler hatten ihm Gratismahlzeiten und nicht zu versteuernde Trinkgelder geholfen zu überleben. Inzwischen hatten vertane Jahre in dieser Tretmühle seine Sehnsucht nach den Bühnenbrettern gedämpft, und er wusste, was ein guter Job mit Vergünstigungen und Zukunftschancen wert war. Genauso wusste er nun eine Mahlzeit in der ruhigen Geborgenheit eines richtigen Zuhauses zu schätzen. Hier zu kochen hatte nichts mit Kunst zu tun; es war Heimat. Obwohl ihm Emily und die Kinder während ihrer langen Sommerferien fehlten und er sie jedes Mal besuchte, wenn er dem Restaurant ein paar Tage lang fernbleiben konnte, ging doch nichts darüber allein in der Küche zu stehen und zu kochen. Gedankenverloren sah er auf die Pfanne, in der die Zwiebeln langsam braun wurden. Jeans, Kochen, Musik; so könnte er ewig jung bleiben. Heute Abend waren es Louis Armstrong und Jack Teagarden, deren kratzige Stimmen sich vermischten.

Als er das Gemüse klein schnitt, riefen das Kochen und die Musik und sogar die kalten Küchenfliesen unter seinen bloßen Füßen ein Gefühl wach, das er nicht entschlüsseln konnte. Doch das war nichts Neues für ihn. Es war Teil eines Lebens, an das er sich nicht mehr erinnern konnte. Das Leben vor dem Tag vor sechsunddreißig Jahren. Dem Tag, an dem seine Eltern bei einem Autounfall gestorben waren. Er war gerade vier gewesen, seine Schwester Caroline neun. An manchen Tagen prasselten Salven von Déjàvu auf ihn ein, Fetzen von Bildern, die er doch nie vervollständigen konnte. Er hatte gelernt, dass das Einzige, was half, Ablenkung war. Dennoch blieb ein Eindruck des Losgelöstseins. Und so war er als junger Mann in Emilys Arme geschwebt, sie hatte ihn verankert. Nun, als Vater und Ehemann hatte er entdeckt, dass seine Fähigkeiten vielfältiger waren, als er gedacht hatte. Offensichtlich hatten ihm seine Eltern doch mehr mitgegeben, als ihm bewusst gewesen war.

Will und Emily lebten bereits seit sechzehn Jahren in dieser Wohnung, seit ihrer Studentenzeit. Sie war schon vor Jahren zu klein geworden, aber erst jetzt, oder doch zumindest bald würde ihr Einkommen ihnen einen Umzug erlauben; in zwei Tagen würde er es mit Sicherheit wissen. Der neue Arbeitsvertrag war der erste Schritt auf dem Weg zu ihrem eigenen Haus. Er sah seine neue Küche bereits vor sich: eine Kochmulde von Viking mit sechs Brennern, ein Doppelbackofen, Arbeitsplatten aus Granit und Einbauschränke aus hellem Holz, vielleicht Birke. In diesem Haus würden sie ihre Kinder groß ziehen, bis sie erwachsen waren. Und wenn sie beide alt waren, Emily und er, würden sie sich auf dem Cape zur Ruhe setzen.

Will nahm eine Hand voll Brechbohnen aus dem Sieb, legte sie in einer Linie auf dem Schneidebrett aus und schnitt erst das eine Ende ab und dann das andere. In einer Glasschüssel hatte er einen Regenbogen aus Karottenscheiben, gelber Paprika und Brokkoliröschen arrangiert. Dann schaute er nach dem Wasser für die Pasta: Eine Blase waberte auf dem Topfboden, war aber noch nicht an die Oberfläche gesprudelt. Er schloss den Deckel, rührte in den Zwiebeln und setzte sich, um einen Blick in die Zeitung zu werfen. Der vordere Teil war voll von den immer gleichen Geschichten, innenpolitischen Problemen und Krisenherden im Ausland. Nach einem kurzen Durchblättern legte er die Zeitung beiseite.

Sams Zeichnung drohte sich von der Wand zu lösen. Will streckte den Arm aus, um sie fester an die Mauer zu drücken. Schon seit Monaten hatte er sich vorgenommen, die Bilder seiner Kinder mit neuem Klebeband zu befestigen, aber in der Hektik des Alltags war er nie dazu gekommen. Jetzt holte er das Klebeband hervor und machte sich an die Arbeit: Fabelwesen und Aliens von Sam, Escherähnliche Transformationen von Fischen in Ninjas und Ähnliches von David; Maxis Kritzeleien und schließlich Wills liebevolle Karikaturen der Kinder. Alle Bilder hingen in Augenhöhe, damit sie beim Essen ihren Spaß daran hatten. Er war gerade bei der letzten Zeichnung, als das Telefon klingelte. Ziemlich spät für einen Anruf.

Will griff nach dem schwarzen Funktelefon, das auf der Anrichte lag. Das Display zeigte ihm, dass der Anruf von Sarahs Anschluss kam. Wahrscheinlich Emily, die ihm eine gute Nacht wünschen wollte.

«Du würdest stolz auf mich sein», begrüßte er sie.

«Will?» Es war nicht Emily. «Will, hier ist Sarah. Ich versuche schon seit Stunden, dich zu erreichen.»

«Ich bin gerade erst nach Hause gekommen und habe den Anrufbeantworter noch nicht abgehört. Weshalb bist du denn noch auf?» Normalerweise ging sie um halb zehn schlafen.

«Du solltest mir eine Nummer geben, damit ich dich bei der Arbeit erreichen kann. Hast du nicht auch ein Handy? Ich müsste alle eure Nummern haben. Ich müsste eine Liste mit sämtlichen Nummern haben, unter denen ich euch beide erreichen kann.»

So angespannt und verwirrt hatte sich seine Schwiegermutter zuletzt nach Jonahs Tod angehört, als sie sich an Nichtigkeiten festgehalten hatte, um nicht den Boden unter den Füßen zu verlieren.

«Emily hat alle meine Nummern.»

Schweigen.

«Sarah?»

«Ich weiß nicht, wo sie ist.»

Das Wasser begann zu kochen. Der Topfdeckel vibrierte. Heißes Öl spritzte aus der Pfanne, in der die Zwiebeln langsam anbrannten.

«Was soll das heißen?»

«Ich weiß nicht, wo sie ist.»

«Wann ist sie denn vom Einkaufen zurückgekommen?»

Er hörte Sarahs Atem. «Gar nicht.»

«Aber ich habe doch mit ihr gesprochen. Ich habe sie auf dem Handy angerufen, und sie stand auf dem Parkplatz. Sie hat gesagt, sie sei auf dem Heimweg.»

«Du hast mit ihr gesprochen? Erinnerst du dich, wann das war? Die Polizei …»

«Du hast die Polizei angerufen?»

«Meinst du nicht, dass das richtig war?»

Natürlich war es richtig. Ihm leuchtete nur nicht ein, warum Emily nicht nach Hause gekommen war. Emily kam immer nach Hause, und wenn nicht, dann wusste er stets ganz genau, wo sie war. Sie hatte nichts zu verbergen, und sie mochte keine Geheimnisse.

Wenn sie nicht zu Hause war, musste sie irgendwo sein.

«Ich ruf ihr Handy an», sagte er.

«Das habe ich schon den ganzen Abend lang versucht, Will. Sie geht nicht dran. Es kommt immer nur die Mailbox.»

«Was hast du der Polizei gesagt?»

«Dass sie zum *Stop & Shop* gefahren ist. Dass sie normalerweise nach zwei Stunden wieder zu Hause ist. Und dass sie immer anruft, wenn es später wird.»

Wills Körper bewegte sich mechanisch zum Kühlschrank und löste den blauen Marker von der magnetischen Pinnwand.

«Mit wem hast du bei der Polizei gesprochen?»

«Detective Al Snow. Ich habe seine Nummer.»

Will schrieb Namen und Nummer auf die Tafel, unter seine übertrieben große Notiz MITTWOCH, 15.00, MADISON SQUARE CAFÉ und Emilys *Vals Party Anfang Nov. planen.* Daneben waren noch Reste einer Zeichnung, die er von seinen drei Kindern gemacht hatte: Unten stand

David auf einem Bein und mit ausgebreiteten Armen, um sein Gleichgewichtsvermögen zu demonstrieren; auf ihm saß Sam, Sprechblasen blubbernd; und ganz oben kam schließlich Maxi, die sich mit einer Hand an Sams Haare klammerte und in der anderen Hand ihren Teddybär schwenkte.

«Wissen die Kinder es schon?» Will bemerkte, dass seine Stimme gefasst klang, und erinnerte sich an den Augenblick, als er vom Unfall seiner Eltern erfahren hatte. Er hatte gerade vor dem Haus Basketball gespielt und war quer über den kurz geschnittenen Rasen gerannt, den sein Vater am selben Morgen noch gemäht hatte. Am Ende des Vorgartens war er Mrs. Simon von nebenan in die Arme gelaufen. Sie weinte. Die Polizei hatte sie angerufen.

«Ich habe vor den Kindern so getan, als würde ich mit Emily telefonieren», sagte Sarah. «Ich wusste nicht, was ich machen sollte.»

«Richtig. Sag ihnen nichts. Wahrscheinlich ist ja gar nichts vorgefallen. Sie wird bestimmt zur Tür hereinkommen, sobald wir aufgelegt haben. Aber für den Fall …»

«Kommst du her, Will?»

Will hatte für morgen einen weiteren langen Tag im Restaurant eingeplant, damit er sich am Mittwoch für sein Bewerbungsgespräch ein paar Stunden frei nehmen konnte. Am Donnerstag wollte er die Jungen morgens zur Schule bringen und nachmittags wieder abholen. Das war Familientradition: Der erste Tag des Schuljahres war eine große Sache, das wollte er auf gar keinen Fall verpassen.

«Ich ruf jetzt gleich den Detective an. Sobald ich mehr weiß, ruf ich dich zurück.»

«In Ordnung.»

«Und Sarah: Gib mir bitte sofort Bescheid, falls Emily in der Zwischenzeit auftaucht.»

«Aber natürlich.»

In der festen Überzeugung, dass Emily lebte, legte Will das Telefon auf. Ihr durfte einfach nichts zugestoßen sein. Seine Seele würde einen zweiten solchen Schlag nicht verkraften.

Detective Al Snow meldete sich beim dritten Klingeln.

«Detective Snow, was kann ich für Sie tun?»

«Will Parker hier. Ich rufe an, weil …»

«Ja, Mister Parker, Ihre Mutter hat mich bereits angerufen.»

«Meine Schwiegermutter. Es geht um meine Frau.»

«Mrs. Parker hat mir bereits alles berichtet.»

«Das war Mrs. Goodman. Mrs. Parker ist nie nach Hause gekommen.»

Der Detective hielt einen Moment inne. «Es tut mir Leid, Mister Parker, ja, ich habe hier alles notiert.»

«Ich rufe an, weil …»

«Ich verstehe», sagte Detective Snow in sanftem, aber auch bestimmtem Ton, als habe er das alles schon einmal gehört. «In neun von zehn Fällen taucht die vermisste Person wieder auf, das heißt, dass sie gar nicht vermisst war.»

«Aber wir haben schon seit acht Stunden nichts mehr von ihr gehört», sagte Will, «und sie befand sich bereits auf dem Heimweg.»

«Ich verstehe Sie, Mister Parker. Ich habe den Vorgang aufgenommen. Er liegt vor mir. Ihre Frau wird als vermisst zu den Akten genommen.»

«Zu den Akten?»

«Es handelt sich um eine offene Akte, Mister Parker. Wir befassen uns damit.»

Und warum – Wills Gedanken rasten, als ihm plötzlich klar wurde, dass Emily tatsächlich verschwunden war –

sitzen Sie dann an Ihrem Schreibtisch und telefonieren? Reden mit mir?

«Sind Streifen unterwegs, die meine Frau suchen?»

«Ja, Mr. Parker, jetzt im Augenblick, während wir miteinander reden. Aber ich kann nicht genug betonen, dass sich diese Fälle normalerweise von alleine aufklären. Das erklären wir immer den Angehörigen, damit sich niemand zu Tode ängstigt. Deshalb lassen wir auch vierundzwanzig Stunden verstreichen, bevor wir die Person offiziell für vermisst erklären.»

Will gefiel weder das *Aber* noch das *Normalerweise* oder die *vierundzwanzig Stunden*. Er verabschiedete sich von dem Detective und legte auf. Dann rief er Sarah an und sagte ihr, dass er käme. Mit bebender Stimme fragte er bei der Autovermietung um die Ecke nach einem Leihwagen. Sie konnten ihm nur einen mit allen Schikanen ausgestatteten SUV anbieten. Vermutlich wollten sie seine Nervosität ausnutzen. Doch ihm war jetzt alles egal. Und wenn er die ganze Nacht fahren müsste, nur um Emily schlafend in ihrem Bett vorzufinden, er musste es tun.

Er brauchte sechs Minuten, um den Herd abzuschalten, das Essen in den Kühlschrank zu stellen beziehungsweise in den Abfall zu werfen, die wichtigsten Anziehsachen in eine Leinentasche zu stopfen und die Wohnung abzuschließen; zwei Minuten, um zur Autovermietung zu kommen und dort viel Geld für ein Riesenauto hinzulegen. Dann warf er die Tasche auf den Beifahrersitz und gab Gas: die West End Avenue hinunter zur Auffahrt auf den Henry Hudson Parkway in Richtung Norden.

Zwanzig Minuten später raste Will über den Hutchinson Parkway. Er hatte alle Fenster geöffnet, und die kühle Sommerluft rauschte durch den SUV. Will hielt das Lenkrad krampfhaft fest und musste sich daran erinnern zu atmen. Als beide Hände zu kribbeln begannen, schüttelte er erst die eine und dann die andere aus. Die Mischung aus Adrenalin und Erschöpfung schlug ihm auf den Magen. Das Wichtigste war, wach zu bleiben. Nachdem er die Bronx durchquert hatte und nach Westchester kam, wichen die Blocks aus Backsteingebäuden und das Glimmen der Stadt, in der das Licht nie erlosch, mit einem Mal völliger Dunkelheit. Die Scheinwerfer entgegenkommender Autos tauchten auf und erloschen hinter der nächsten Kurve. Erst als er die Stille jenseits der Straße riechen konnte, wusste er, dass er einige Entfernung hinter sich gebracht hatte.

Bei der ersten Raststätte in Connecticut machte er eine Pause, um einen Becher bitteren Imbiss-Kaffee zu kaufen. Er kippte ihn hinunter und fuhr weiter. Nach einer Weile schaltete er das Radio ein, konnte sich aber nicht auf das Programm konzentrieren. Er versuchte zu singen, aber seine Stimme klang dünn und einsam. Es hieß, wenn ein Mensch, den man liebte, tot war, dann spüre man es. Er hatte gleich am ersten Tag gewusst, dass seine Eltern nicht mehr wiederkommen würden. Aber Emily war nicht tot. Er spürte, dass sie noch lebte. Sie konnte nicht einfach verschwunden sein. Er sah sie vor sich, wie sie sich in ihrem abgetragenen GI-Kampfanzug mit dem fest gezurrten schwarzen Gürtel in der Luft überschlug und auf beiden Füßen landete.

Ihre Kampfkünste waren beeindruckend, das hatte Will bei ihrem ersten Treffen am eigenen Leibe erfahren, als sie ihn im Dojo auf die Matte befördert hatte. Er hatte ihren Gesichtsausdruck, als sie einander zum ersten Mal sahen und als Aikido-Partner berührten, nie vergessen: konzentriert und entschlossen, eine Kraft heraufbeschwörend, die über die physische hinausging. An jenem Abend hatte er ihre Augen für schwarz gehalten, aber sie waren haselnussbraun. Er hatte sie für groß gehalten, aber sie maß nur eins fünfundsechzig. Er dachte, sie hätte kurzes blondes Haar, doch es fiel ihr bis über die Schultern. Als er auf der Matte landete, sah er, dass sie die sexysten Knöchel hatte, die ihm je begegnet waren. Es waren damals die Jahre, in denen man miteinander «ging», und ihm war noch nie eine Frau begegnet, die so wenig Angst hatte, seine Witze einfach zu übergehen, wenn sie nicht komisch waren. Er war kein Dummkopf. Er erkannte sie auf Anhieb, und neun Monate später waren sie verheiratet.

Kurz vor New Haven fuhr er auf die 95 North ab. Normalerweise kam es bei New Haven und bei Providence zu Staus, nicht jedoch in dieser Nacht. Nirgends Familien mit Fahrrädern hinten auf ihren Minivans, keine Anhänger mit Booten, nur Lasterwagen und ein paar Irrläufer wie er. Die Luft wurde kühler, und er schloss die Fenster. Bei Nacht auf der Straße zu sein war ihm immer leichter gefallen als das Fahren zur Hauptverkehrszeit. Seine Eltern waren auf einem Highway verunglückt, mitten in der Rushhour.

Als er sich dem Cape näherte, begann es erst zu regnen, dann sogar zu schütten. Seine Scheibenwischer wurden der Sturzbäche, die gegen die Windschutzscheibe prasselten, kaum Herr. Er zwang sich, langsamer zu fahren. Schließlich überquerte er die Bourne Bridge. Nach weiteren zwanzig Minuten kam Juniper Pond in Sicht. Um zum Haus zu kommen, musste man den Gooseberry Way hinunterfahren, eine unbefestigte Straße, die in ihrer privaten Sackgasse endete. Es war vier Uhr morgens, aber der Mond schien so hell, dass er den See hinter den Bäumen sehen konnte. Der Regen hatte so plötzlich aufgehört, wie er hereingebrochen war. Die Luft war unbeschreiblich süß.

Das Haus war dunkel bis auf einen Lichtschein an der Seite, wo die Küche lag. Die Tür der Garage war hochgerollt. Drinnen parkte nur ein einziger Wagen, der von Sarah.

Sarah kam ihm auf halbem Weg entgegen. In ihren Augen standen Tränen, die sie zu verbergen suchte. Sie zitterte.

Will schloss sie in die Arme und streichelte ihren Rücken. Er musste all seine Kraft zusammennehmen, um nicht auch in Tränen auszubrechen. Sie hatten nicht den geringsten Grund, gleich das Schlimmste anzunehmen. Er durfte einfach nicht so reagieren, als wäre Emily tot. Sie wurde vermisst. Mehr wussten sie nicht.

«Warum legst du dich nicht schlafen, Sarah?»

«Wie könnte ich das? Bei all den Gedanken, die mir durch den Kopf gehen.»

«Ich fahr zur Polizeiwache.» Will blickte sie beschwörend an. «Tu mir den Gefallen und ruh dich etwas aus, damit du dich morgen um die Kinder kümmern kannst.»

«Ach, Will, ich kann einfach nicht schlafen.»

«Hast du noch ein paar von den Schlaftabletten übrig?»

Sarah nickte.

«Nimm eine davon. Die Kinder werden erst in ein paar Stunden wach. Dann bist du zwar etwas kaputt, aber das ist besser, als gar nicht zu schlafen.»

«Ich bin ja so froh, dass du gekommen bist.»

Ihre Augen waren blutunterlaufen, als wäre ein Blutgefäß geplatzt. Emily war ihr einziges Kind. Alles, was sie noch hatte, außer ihren Enkelkindern. Und Will. Er wusste, dass sie ihm misstraut hatte, als sie einander zum ersten Mal begegnet waren. Es war eine Sache, dass Emily Musikerin war – Sarah selbst war schließlich Malerin. Aber dass Emily sich ausgerechnet in einen Schauspieler verliebt hatte – das war Sarah zu viel der Unsicherheit gewesen. Will hatte einmal mitbekommen, dass sie ihn voller Abscheu einen *Kellner* genannt hatte. Bis heute strebte er nach ihrer Anerkennung, obwohl er wusste, dass sie ihr Urteil schon lange revidiert hatte. Er hatte sich als der Ehemann ihrer Tochter und Vater ihrer Enkelkinder bewährt, und sie waren zu einer Familie zusammengewachsen.

Will küsste Sarah auf die Stirn. «Ich werde mit Detective Snow sprechen. Und herausfinden, was geschehen ist. Wir finden sie, Sarah. Das verspreche ich.»

«Aber, Will, soll ich nicht …?»

«Nein, bleib hier. Emily kommt bestimmt gleich zur Tür hineinspaziert. Mach dich nicht verrückt.»

«Ich versuch zu schlafen.» Sarah küsste Will auf die Wange. «Hast du überhaupt was gegessen?»

«Das kann warten. Erzähl den Kindern nicht, dass ich hier war. Ich überlege mir, was wir ihnen sagen können.»

«Emily merkt es immer, wenn eines der Kinder Kummer hat», sagte Sarah.

Will nickte. «Da hast du Recht.»

«Ich bin selbst auch Mutter, vergiss das nicht.»

ZWEITER TAG

KAPITEL 3

Von außen betrachtet, war es eine der hübschesten Polizeiwachen, die John Geary je gesehen hatte, besonders im pfirsichfarbenen Licht des Sonnenaufgangs. Ein Backsteingebäude mit dem für New England so typischen weißen Fachwerk. Davor ein großer Rasen, der es von der Route 151 abtrennte, die direkt in den Sommerhimmel zu führen schien. Geary ließ seinen Wagen auf dem Besucherparkplatz und ging den gepflasterten Weg zum Haupteingang hinauf. Er war erst zum zweiten Mal hier, um die Akten des Mashpee Police Department zu plündern, da konnte er den offiziellen Parkplatz hinter dem Gebäude noch nicht benutzen.

Der Empfang der Wache war so schlicht und kühl wie die Vorderfront hübsch. Geary waren die treuen hässlichen und viel benutzten Gebäude lieber. Am liebsten war ihm der Ausbildungscampus des FBI in Quantico, Virginia. Er hatte sein kleines Büro im Souterrain geschätzt. Dort hatte er all seine Bücher und die Akten, die er im Laufe von sechsundzwanzig Jahren angehäuft hatte, gesammelt. Schließlich war auch ein Computer dazugekommen, der ihn mit der ständig wachsenden Informationsbasis der Behavioral Science Unit (BSU), der Abteilung für Verhaltensforschung, verband. Er hatte als Mann mittleren Alters beim FBI angefangen, ausgebrannt vom Streifendienst in Bostons South Side, mit einem frischen Doktortitel in Psychologie in der Tasche. Die Gründung des BSU war seine Idee gewesen, er hatte Profiling zu einer Wissenschaft gemacht. Die besten Jahre seines Lebens hatte er in Quantico verbracht. Doch nun war er alt, im Ruhestand. Aber was hatte der schon zu bieten? Ohne Ruthie machten die freien Tage keinen Spaß.

Sein alter Freund Roger Bell hatte ihn auf die Idee gebracht ein Buch über Mörder zu schreiben, die nie gefasst worden waren. Dafür recherchierte er alte Fälle nach und analysierte sie. Die Arbeit würde seinen Geist beweglich halten und ihm eine Aufgabe geben. Bell hatte sich verpflichtet gefühlt, John zu helfen; schließlich hatte er die Gearys in diese Gegend gelockt, als John in den Ruhestand gegangen war. Einen Monat nachdem sie ihr neues Haus bezogen hatten, war Ruth an einem Herzschlag gestorben. Seither arbeitete John Geary von morgens bis abends an seinem Buch.

Geary nickte der Polizistin zu, die hinter der Glasscheibe an ihrem Empfangstisch saß. Ihre blaue Uniform war adrett und ordentlich, aber ihre Marke war verkehrt herum angesteckt. Das war wahrscheinlich der Grund, warum sie am Empfang gelandet war. Auf einem der braunen Kunstlederstühle saß zusammengekauert ein ungefähr vierzig Jahre alter Mann. Er wirkte nervös, und als er John sah, sprang er auf.

«Detective Snow?»

«Tut mir Leid, da haben Sie den Falschen erwischt.»

«Ich warte jetzt schon über eine Stunde. Er hat gesagt, er wäre hier.»

«Wissen Sie was», sagte Geary. «Ich werde mal nachschauen, ob er an seinem Schreibtisch ist.»

«Vielen Dank. Sagen Sie ihm, dass Will Parker wartet. Sagen Sie ihm, dass ich schon …»

«Seit einer Stunde hier sitze. Kapiert.»

Will Parker trug blaue Jeans und ein weißes Hemd, in dem er geschlafen zu haben schien. Seinem zerfurchten Gesicht nach zu urteilen hatte er allerdings überhaupt nicht geschlafen. Obwohl sein braunes Haar extrem kurz war, wirkte es völlig zerzaust, außerdem hatte er sich seit mindestens vierundzwanzig Stunden nicht mehr rasiert. Geary fragte sich, was dieser Mann wohl auf dem Herzen hatte, nahm sich aber nicht die Zeit nachzufragen.

Er ging links den Korridor hinunter, am Archiv vorbei zur Einsatzzentrale. Eine junge Frau, die noch aussah wie eine Studentin, tippte gerade etwas in ihren Computer. Sie war ihm gestern vorgestellt worden, wenn er sich recht erinnerte, sogar als Detective. Das schien ihm allerdings höchst unwahrscheinlich. Mit ihrem langen dunklen Haar und ihrer guten Figur war sie viel zu hübsch für einen Cop.

«Morgen!»

«Ihnen auch einen guten Morgen», erwiderte die Frau knapp.

Diesen Ton gewöhnte man sich wahrscheinlich an, wenn man ständig lüsternen Blicken ausgesetzt war.

«Ich suche Detective Snow. Schon gesehen?»

«Ist wegen einer Vermisstenanzeige unterwegs.»

«Draußen am Empfang ist ein Typ, der ihn ziemlich dringend sprechen will. Wahrscheinlich ein Verwandter.»

«Ich sag ihm Bescheid, wenn ich ihn sehe.»

Geary überlegte kurz, ob er zurückgehen und Will Parker Bescheid sagen sollte, beschloss aber, sich nicht einzumischen. Al Snow würde schon auftauchen.

Er machte sich auf den Weg ins Archiv. Nur die Fälle der letzten zwanzig Jahre waren im Computer gespeichert, das hieß, dass noch eine ganze Menge ungelöster Fälle in Akten archiviert waren. Geary schaute sich jeden einzelnen ungelösten Fall an, immer auf der Suche nach Mustern und Wiederholungen. Das Mashpee Police Department war bereits seine siebte Station, angefangen hatte er in Framingham bei der Middleboro State Police.

Nach gerade einmal einer halben Stunde brauchte er einen Kaffee. Das Alter setzte ihm zu. Mittlerweile brauchte er nicht nur eine Brille, sondern auch flüssige Stimulation, um eine längere Lektüre durchzuhalten. Er räumte seine Papiere zusammen und ging den Korridor hinunter zur Küche, die sich in einem kärglich eingerichteten weißen Raum befand. Ein weißer Resopaltresen trennte die Kochnische von zwei runden Tischen. An einem davon saß Al Snow und aß Rührei mit gebuttertem Toast aus einer Styroporschale. Er führte gerade einen Becher Kaffee an seine Lippen, als Geary den Raum betrat.

«Guten Morgen, Detective.»

«Guten Morgen, Mister Geary», entgegnete Snow und stellte den Kaffee ab.

Geary verschluckte die spitze Bemerkung, die ihm auf der Zunge lag. Er war es gewohnt, mit «Dr. Geary» oder «Special Agent Geary» angesprochen zu werden. An Mister Geary konnte er sich einfach nicht gewöhnen, doch das brachte der Ruhestand nun einmal mit sich.

Snow häufte Rührei auf eine angebrannte Scheibe Toast. Eine lange schwarze Strähne seines quer über den Schädel gekämmten Haars machte sich selbständig, als er sich vorbeugte, um abzubeißen. Wenn er zehn Kilo abnehmen und zu seiner Glatze stehen würde, hätte er möglicherweise größere Chancen in den Single-Bars. Er war ein Bär von einem Mann, einer dieser kumpelhaften Typen, an deren Anwesenheit niemand etwas auszusetzen hatte. Leutselig, wie ein Hutständer oder ein Handtuch mit Initialen. Und damit absolut nicht Gearys Fall.

Geary wollte sich einen Kaffee einschenken, doch die Kanne war leer. Ihm kam eine Idee.

«Wie heißt das Mädchen vorn am Empfang?»

«Suellen, und sie ist kein Mädchen mehr. Könnte meine Mutter sein.»

«Ich glaube, Sie sehen beide jünger aus, als Sie sind.»

Snow zog seine schwarzen Augenbrauen hoch und lächelte. «Am Donnerstag feiern wir ihren Geburtstag. Um fünf Uhr. Kommen Sie doch vorbei. Es gibt auch Torte.»

«Dann werde ich mal zu Suellen gehen und die Lage auf dem Kaffeesektor klären. Aber keine Sorge, ich verrate nichts.» Geary legte den Finger auf seine Lippen.

Draußen in der Halle lehnte er sich vor der Glasscheibe auf den Empfangsschalter. «Der Kaffeenachschub stockt. Snow sitzt in der Küche und hat mich hergeschickt.»

Parker sprang auf. «Detective Snow ist hier?»

«Wie bitte?» Geary tat, als hätte er Will Parkers Anwesenheit vollkommen vergessen.

«Snow ist in der Küche?»

«Ich habe ihm gesagt, dass Sie warten, aber ich vermute, er hat eine lange Nacht hinter sich. Braucht sein Tässchen Muntermacher.»

Suellen war tatsächlich ein wenig älter, als Geary auf den ersten Blick gedacht hatte. Sie hatte kurzes grau meliertes Haar und wirkte gemütlich. Zu seiner Zeit hatte er nicht allzu viele Frauen im Dienst erlebt, und daher fiel es Geary noch immer schwer, sie einzuschätzen.

«Im Schrank unter der Kaffeemaschine müssen noch mindestens fünfzig Pakete sein», sagte Suellen. «Dann werd ich euch mal einen Kaffee aufsetzen.»

«Bleiben Sie nur, gute Frau. Lassen Sie einen alten Hasen da ran.»

Geary setzte sein charmantestes Lächeln auf. Suellen erwiderte es. Nette Lady. Er vermisste Ruth.

«Unsinn, das mach ich schon.»

Suellen stand auf, schob ihr blaues Hemd in die Hosen, rückte ihr Halfter und sogar ihre Dienstmarke zurecht. Mit dem Summer rief sie jemanden herbei, der sich um die Rezeption kümmern sollte, und machte sich auf in Richtung Küche.

Geary folgte ihr langsam. Wenn die Rezeption kurz unbesetzt war, konnte niemand Parker davon abhalten, ihm zu folgen. Und das traute er ihm zu. Parker würde nicht warten, bis Al Snow sich seiner erbarmte.

Die Küchentür stand offen. Suellen hatte bereits Wasser in die Maschine gegossen und schüttete gemahlenen Kaffee in den Filter. «Das wär's dann, Al.»

Snow sah sie verwundert an, den Kaffeebecher noch in der Hand. «Wie bitte?»

«Hier hast du 'ne frische Kanne. Du musst ja von der Nachtschicht völlig erledigt sein. Aber wie jemand nach all dem Koffein schlafen kann, ist mir ein Rätsel.»

Suellen verließ die Küche.

Geary stellte sich vor die Maschine, um abzuwarten, bis der Kaffee durchgelaufen war. Außerdem wollte er sich Parkers Auftritt nicht entgehen lassen.

«Detective Snow?» Parker stürmte herein.

Snow stellte seinen Kaffeebecher ab und stand auf. Er war bestimmt zwei Meter groß und wog mehr als hundert Kilo. «Was kann ich für Sie tun?»

«Ich bin Will Parker. Ich habe auf Sie gewartet.» Geary sah, dass Parker nur mit Mühe höflich blieb. «Hat man Ihnen nicht gesagt, dass ich hier bin?»

Snow schüttelte den Kopf. «Ich war auf der Suche nach Ihrer Frau und bin gerade erst zurückgekommen.»

«Ich sitze schon fast eine Stunde hier», Parker schrie fast. «Ich kann nicht begreifen, wie das passieren konnte, wie sie einfach so verschwinden …»

«Mister Parker, warum setzen Sie sich nicht?» Snow bot ihm einen Stuhl an und hielt die Rückenlehne fest, bis Will Parker sich gesetzt hatte. Dann ging er um den Tresen herum und holte einen der braunen Becher aus dem Wandschrank. Geary trat einen Schritt zur Seite. Snow beachtete ihn nicht.

«Wie nehmen Sie Ihren Kaffee?», fragte er.

Parker wandte sich um. Seine Miene war extrem angespannt. «Milch. Danke.»

Snow zog die Glaskanne aus der Maschine hervor und ließ den Kaffee direkt in den Becher tropfen, bis er drei viertel voll war. Dann goss er einen Schuss Milch dazu und stellte den dampfenden Kaffee vor Parker ab. Der nippte nur daran und stellte den Becher auf den Tisch zurück.

Snow schlug geschäftig sein Notizbuch auf und zog seinen Kugelschreiber hervor. Dann stellte er all die obligatorischen Fragen und notierte die Antworten. Als er bei «Ist Ihre Frau früher schon mal verschwunden?» anlangte, platzte Parker der Kragen.

«Natürlich nicht», fuhr er auf. «Wie kann eine Person zweimal vermisst werden?»

Snow zuckte die Achseln. «Manche Leute hält es einfach nicht an einem Ort.»

Parker lehnte sich zurück. «Emily schon. Sie ist noch nie davongelaufen und würde es auch niemals tun. Sie würde niemals die Kinder im Stich lassen.»

«Erzählen Sie mir von den Kindern.» Snow drehte seinen Kugelschreiber zwischen Daumen und Zeigefinger.

«Wir haben zwei Jungen im Alter von elf und sieben. Und unsere Tochter Maxi ist gerade erst ein Jahr alt.»

Snow nickte. «Die meisten Mütter lassen ihre Kinder nicht einfach zurück», sagte er. «Aber sie laufen ihren Ehemännern davon, und manchmal bleiben die Kinder zurück.»

«Detective Snow.» Parker stand auf und schob seinen Stuhl mit einem kratzenden Geräusch unter den Tisch. «Wir vergeuden hier unsere Zeit. Bitte.»

«Tut mir Leid», sagte Snow und lächelte. «Aber so sind die Vorschriften. Und an die bin ich gebunden.»

Vorschriften, klar doch. Diese Sorte Mann kannte Geary: ein Paragraphenreiter, dem das Schicksal der Frau vollkommen egal war. Snow hätte unterwegs sein müssen, um nach der Frau zu suchen. Er hätte dort, wo sie zuletzt gesehen worden war, Hinweise sammeln und ihnen nachgehen müssen. Er hätte nach Spuren suchen müssen. Sogar nach den unsichtbaren. Als Geary noch diese Arbeit gemacht hatte, pflegten sie zu sagen, dass nur ein Magier eine vermisste Person wieder heraufbeschwören konnte. Und für solche Fälle gab es keine Vorschriften.

«Ist Ihre Frau irgendwie gestresst?», fragte Snow.

«Natürlich ist sie gestresst», antwortete Parker. «Sie lebt schließlich im 21. Jahrhundert. Sind Sie es etwa nicht?»

«Kann man eigentlich nicht sagen.» Snow warf einen Blick auf seine Notizen. «Darf ich Sie Bill nennen?»

«Ich heiße Will.» Geary sah, dass Parker sich zu einem Lächeln zwingen wollte, aber es funktionierte nicht. Er sah aus, als sei er vollkommen am Ende seiner Kräfte.

Der Kaffee war durchgelaufen. Geary nahm sich einen Becher aus dem Wandschrank und schenkte sich ein. Während er trank, hielt er die Ohren weiter offen. Sein Interesse war geweckt, aber er wusste nicht, warum. Sicher nicht nur, weil eine Frau vermisst wurde; da war noch etwas anderes.

«Und wie gehen wir jetzt weiter vor?», hörte er Parker fragen.

«Um acht fängt die nächste Schicht an», sagte Snow. «Ich habe dann Dienstschluss, aber der Fall Ihrer Frau wird weiterbearbeitet. Wir brauchen ein Foto, Will. Eins, auf dem Ihre Frau möglichst natürlich aussieht. Das Foto faxen wir dann an alle Wachen auf dem Cape und nach Middleboro, ins Präsidium.»

«Und dann?»

«Wir halten die Augen offen. Manchmal bekommen wir einen telefonischen Hinweis. Vielleicht hat jemand etwas gesehen.»

«Was hat man Ihnen denn im Supermarkt gesagt?»

Snow dachte zu lange nach, Geary merkte auf Anhieb, dass er sich gar nicht erst die Mühe gemacht hatte hinzufahren. Offenbar hatte Snow beschlossen abzuwarten, ob die Frau von selbst wieder auftauchte. Geary hatte so ein Verhalten schon oft erlebt. Zu oft. Denn dann war es auf einmal zu spät.

«Nichts Ungewöhnliches», antwortete Snow. «Niemand konnte sich an sie erinnern.»

«Ich rufe meine Schwiegermutter an und bitte sie, ein Bild von Emily zu faxen», sagte Parker. «An welche Nummer soll sie es schicken?»

Snow ging zum Empfang, um sich zu erkundigen. Als er fort war, konnte Geary sich nicht mehr zurückhalten: «Ich will ja nicht neugierig sein ...»

«Ich habe Ihren Namen nicht mitbekommen?» Parkers Ton war unverschämt. Geary seufzte. Die jungen Leute verhielten sich oft so, sie hielten einen für zu alt, um die Beleidigung zu merken, oder rechneten damit, dass man sie schnell vergaß. Sie brauchten einen Punchingball, und da kam man gerade richtig.

«Doktor John Geary, Special Agent des FBI im Ruhestand.» Geary hoffte, dass sein Titel Eindruck machen würde. Doch Will Parker ließ sich nicht so leicht beeindrucken.

«Entschuldigen Sie, Dr. Geary, aber wenn Sie im Ruhestand sind, was machen Sie dann hier?»

«Ich bin aus demselben Grund hier wie Sie. Ich suche nach Menschen, die verschwunden sind. Ich schreibe ein Buch darüber.»

Parker nickte. Er stand auf und fischte in seiner Tasche nach dem Handy. «Wohin ist er gegangen?»

«Snow ist nicht der Schnellste. Geben Sie ihm ein paar Minuten.»

Nervös ging Parker zum Fenster. Die Jalousie war ganz nach oben gezogen, und man sah, dass der Verkehr auf der Route 151 zugenommen hatte. Die blasse Morgensonne stieg an dem hellblauen Himmel in die Höhe.

«Wenn ich Sie wäre», versuchte Geary, Parkers Eigeninitiative zu wecken, «würde ich selbst zu dem Supermarkt fahren. Ich würde nicht warten, bis ein Polizist seine Einkaufsliste geschrieben hat.»

Parker lachte.

Langsam wurde der Mann Geary sympathisch. Er beschloss, ihm seinen unverschämten Ton von vorher nicht übel zu nehmen.

Snow kehrte zurück und brachte die junge Frau mit dem langen dunklen Haar mit. Geary schnaufte, aber glücklicherweise hörte es niemand. Er ging zurück zur Kaffeemaschine, schenkte sich noch einen Becher ein und blieb, um mit anzuhören, wie Snow seine Kollegin vorstellte.

«Das hier ist Detective Amy Cardoza. Sie übernimmt die Ermittlungen für den Rest Tages. Amy wird sich um das Foto kümmern und den Fall Ihrer Frau beim Appell präsentieren.»

Amy trat vor, um Parker die Hand zu schütteln. Sie war jünger als er, vielleicht dreißig, helle Haut und hübsche Augen.

«Wir werden unser Bestes tun, Ihre Frau zu finden», sagte Amy. Ihr Blick huschte zu Snow und dann zurück zu Parker. «Ich weiß, wie frustrierend das alles für Sie ist.»

Parker schien das Verständnis zu schätzen. «Können Sie mir die Faxnummer geben?»

Amy händigte ihm ein kleines Post-it aus. «Hinterher würde ich Ihnen gern noch ein paar Fragen stellen.»

Parker drehte sich um und klappte sein Handy auf, um zu telefonieren.

Keiner von ihnen bemerkte, wie Geary mit schnellen Schritten den Raum verließ. Er hatte sich an etwas erinnert.

Die Fahrt zurück zu seinem Haus in Cotuit Bay Shores dauerte nur siebzehn Minuten. Es war ein hübsches kleines Fertighaus, wie geschaffen für ein Ehepaar im Ruhestand. Das hatte jedenfalls der Makler gesagt. Nicht zu groß, nicht zu klein. Gemütlich, mit einer Veranda für den Sommer. Rundherum winterfest. Jeder Komfort, den man sich wünschen konnte. Was ihn und Ruthie schlussendlich überzeugt hatte, war jedoch, dass es einen Hausmeister gab, der sich um alles kümmerte. John und Ruth wollten nicht mehr Schnee schaufeln oder Gullys säubern. Außerdem lag Roger Bells Haus nur zwei Straßen weiter.

Geary parkte in der Auffahrt, statt in die Garage zu fahren. Er würde nur ein paar Minuten bleiben. Dann schloss er die Vordertür auf und ging direkt zu seinem Schreibtisch im Wohnzimmer. Das Chaos darauf war Geary vertraut, er wusste genau, wo er suchen musste. Die Akte, die ihn interessierte, lag auf der linken Seite, zwischen einem übergroßen Straßenatlas und Ruths letztem Tagebuch, in dem so viele Seiten frei geblieben waren. Auf den blassgrünen Umschlag hatte sie einen Zweig Dill gezeichnet, ihr Lieblingsgewürz. Er hatte noch nie in ihrem Tagebuch gelesen und würde es auch niemals tun. Doch er hatte es gern in Reichweite.

Die Akte kam aus der Wache in Woods Hole, sie enthielt nicht viel, nur ein paar Fälle aus den zurückliegenden Jahren. Doch einer von ihnen war ihm im Zusammenhang mit Emily Parkers Verschwinden in den Sinn gekommen. Obenauf lag die vergilbte Kopie eines Artikels aus der Lokalzeitung.

Schrecklicher Fund unter dem Anleger

Woods Hole, Massachusetts, 13. September 1994

Am Montag entdeckten drei Jungen, die nahe Stony Beach Entenmuscheln sammeln wollten, einen abgetrennten Arm unter dem Anlegesteg. Einer von ihnen, Brian Lee, meinte einen Kreis von schwarzen Muscheln im feuchten Sand erkannt zu haben. Als er den Fund näher untersuchen wollte, wurde ihm klar, dass es sich um fünf Fingerspitzen handelte, die aus dem Sand ragten. Die Jungen informierten unverzüglich die Polizei. Die Beamten sperrten den Bereich um den Anleger und gruben den Arm aus. Nach bisher unbestätigten Angaben könnte es der Arm von Chance Winfrey sein, einem siebenjährigen Einwohner von Brewster. Chance wird seit Freitag vermisst, seine Mutter Janice seit Montag letzter Woche.

Geary blätterte weiter. Der Arm des Jungen war mit einem Messer am Gelenk abgetrennt worden. Am Tag nach diesem Fund war Janice Winfrey wieder aufgetaucht. Man fand sie auf einer Bank vor dem Woods Hole Aquarium. Sie war dehydriert und im Delirium. Nach mehreren Wochen im Krankenhaus hatte sie sich körperlich erholt, doch ihr Geist war für immer verloren. Janice Winfrey war nicht mehr in der Lage, etwas zum Schicksal ihres Sohnes zu sagen. Der Fall war zwei Jahre später zu den Akten gelegt worden, ohne ein Ergebnis. Die Leiche des Jungen war nie aufgetaucht. Die einzige Spur war ein Fußabdruck im Sand gewesen, der die Flut überstanden hatte. Die Cops hatten zwar einen Abdruck genommen, waren damit aber nicht weitergekommen.

Geary las den Artikel noch einmal durch. Dann wusste er, wonach er gesucht hatte. Der Arm des kleinen Chance Winfrey war am zehnten September gefunden worden. Seine Mutter war eine Woche zuvor verschwunden, an einem Montag.

Am Montag, dem dritten September.

Geary öffnete Ruths Tischkalender mit den Gartenbildern von Monet – die jüngsten Monatsblätter waren auffällig leer – und prüfte das Datum. Heute war der vierte September. Es passte auf den Tag genau.

Janice Winfrey war gestern vor sieben Jahren verschwunden. Exakt sieben Jahre bevor Emily Parker sich scheinbar in Luft aufgelöst hatte.

Und Emily Parker hatte zwei junge Söhne.

Geary zählte eins und eins zusammen.

Er griff nach dem schnurlosen Telefon, aber als er wählen wollte, passierte nichts. Verdammter Akku. Er stellte das Telefon in seine Ladestation und ging in die Küche. Das cremefarbene Telefon auf dem Frühstückstresen benutzte er nicht gerne, weil es ihn an Ruth erinnerte. Sie hatte eine extra lange Schnur anbringen lassen, damit sie auch während des Kochens telefonieren konnte. Einen schnurlosen Apparat hatte sie nicht gewollt. Geary nahm den Hörer ab und wählte Roger Bells Nummer.

«Guten Morgen, John, das kannst nur du sein.»

«Du hast meine Nummer erkannt. Gib's zu, Bell.»

Roger Bell lachte heiser.

«Ich habe da eine ziemlich wichtige Sache, die ich gerne mit dir besprechen würde», sage Geary ungeduldig.

«Hast du dir beim Aufstehen deinen großen Zeh verstaucht?»

«Ha ha ha. Bring mich so früh nicht schon zum Lachen, sonst platzen mir noch die Hämorrhoiden, und du bist der einzige Arzt, den ich dahinten ranlassen würde.»

«Nana, John, du weißt, meine Kenntnisse beschränken sich auf die Eingeweide des Verstandes.»

«Ja, und meiner ist eine Klärgrube. Aber Spaß beiseite, können wir mal einen Moment ernst sein?»

«Natürlich.»

«Hör mir zu, Roger. Ich bin an einem interessanten Fall dran. Handelt sich vielleicht um einen Wiederholungstäter.»

«Ach ja?»

«Ungelöster Fall. Passt eventuell zu einer aktuellen Vermisstenanzeige. Ich habe da einen starken Verdacht und würde gerne deine Meinung hören.»

«Ohne dass jemand was dafür zahlt, wenn ich mich nicht irre?»

«Roger, ich habe dich jahrelang bei meinen Fällen als Berater eingeschaltet.»

«Du kannst auf mich zählen», erwiderte Bell. «Hast du schon gefrühstückt?»

«Um fünf Uhr. Ich muss noch etwas erledigen, lass uns zum Lunch treffen. Punkt zwölf, Lizzy's Diner.»

«Bis heute Mittag dann.»

Geary legte auf, öffnete den Kühlschrank und trank einen großen Schluck Orangensaft. Mit den Handflächen wischte er sich ein paar Tropfen vom Kinn und stellte den Saft zurück. Viel zu essen war nicht mehr im Kühlschrank.

Ein paar Lebensmittel wären nicht schlecht. Vielleicht sollte er mal den neuen *Stop & Shop* gegenüber von Mashpee Commons ausprobieren. Wenn Emily Parker dort einkaufte, sollte der Laden doch auch für ihn gut genug sein.

KAPITEL 4

Der Kaffee bei der Polizei hatte Will fahrig gemacht, und jetzt, auf dem Weg über die 151 zum Mashpee-Kreisel, musste er immer wieder tief Luft holen, um das Zittern zu stoppen. Der Schweiß rann ihm über den Rücken und hinterließ eine nasse Bahn auf seinem Hemd. Emily musste doch irgendwo sein, oder? Sie löste sich doch nicht einfach in Luft auf? Er musste sie finden. Ungeduldig wartete er, bis die rote Ampel an der Kreuzung zwischen Mashpee Commons und dem neuen Einkaufszentrum endlich grün wurde. Die Kinder würden jetzt so langsam aufwachen. Hoffentlich hatte Sarah die Kraft, sich zusammenzureißen. Er würde sich später bei ihr melden und versuchen sie zu beruhigen. Die Ampel schaltete um, und er fuhr auf den Parkplatz des *Stop & Shop*. Leute schlenderten in den Supermarkt hinein, andere kamen mit voll beladenen Einkaufswagen heraus, als sei dies ein ganz gewöhnlicher früher Morgen. Will neidete ihnen den so selbstverständlichen Einkauf. Erst gestern noch war Emily eine von ihnen gewesen. Sie war in den Laden hineingegangen, und sie war auch wieder herausgekommen – so viel wusste er.

Auf dem Parkplatz standen erst wenige Autos. Die meisten besetzten die besten Plätze am Eingang. Nur ein Wagen stand am äußersten Ende des Platzes. Will konnte sehen, dass er weiß war, wie ihr Wagen. Er fuhr näher heran. Ein weißer Volvo Kombi. Wie ihrer. Noch näher. Ein 9VL. Wie ihrer. Und dann erkannte er die New Yorker Nummer, ihre Nummer.

Er parkte den SUV, sprang hinaus und rüttelte an den Türen des Kombis. Alle waren verschlossen. Auf der Rückbank sah er Maxis Kindersitz, von Saft und Süßigkeiten beschmutzt. Die schwarzweiße Schmusekatze, die er ihr Anfang des Sommers als Kuscheltier geschenkt hatte, hing über eine Armlehne. Eines der blauen Augen war mit Schokolade bekleckert. In der Mitte der Sitzbank lagen Beutel mit Sams holographischen Pokémon-Karten; er trug sie stets bei sich für den Fall, dass er neue Kinder auf dem Spielplatz traf. Im Netz auf der Rückseite des Fahrersitzes steckte *Der König von Narnia*, das David vor ein paar Wochen auf ihrer Fahrt zum Cape zu Ende gelesen hatte. Neben dem Fahrersitz stand eine halb leere Flasche Mineralwasser, von innen beschlagen.

Ihr Schlüssel steckte nicht im Zündschloss. Er benutzte seinen eigenen, um die Fahrertür zu öffnen. Der grässliche Gestank verdorbener Lebensmittel stieg ihm in die Nase. Die Einkäufe. Sie mussten hier im Wagen sein.

Er riss die Kofferraumtür auf. Hier war der Gestank noch schlimmer. Die Milch war in der Hitze sauer geworden, und der Käse hatte begonnen zu schimmeln. Der

Geruch war fürchterlich, aber das, was er implizierte, war noch viel schlimmer. Jemand hatte Emily entführt. Unmittelbar nachdem sie miteinander gesprochen hatten. Will schluckte schwer und trat einen Schritt zurück. Instinktiv wollte er alles in den nächsten Mülleimer befördern. Aber waren das nicht Beweismittel? Zumindest doch Beweise dafür, dass sie hier gewesen war.

Er ließ den Blick prüfend über die nähere Umgebung des Volvos schweifen und bückte sich, um unter dem Auto nachzuschauen. Doch da war nichts, kein Tropfen Öl, keine Schlüssel, kein Fremder, den man hervorzerren und zusammenschlagen konnte.

Noch in der Hocke, hörte Will einen Wagen näher kommen und ganz in der Nähe halten. Er richtete sich auf und sah, wie sich die Fahrertür der braunen Limousine öffnete und John Geary ausstieg. Will war nicht sonderlich überrascht: ein Cop im Ruhestand, der Beschäftigung brauchte. Geary sah zerknittert und zerzaust aus, seine struppigen weißen Locken hätten dringend einen Friseur gebraucht. Er trug zwar einen Ehering, aber es gab anscheinend niemanden, der ihn aufgefordert hätte, die fleckigen Hosen zu wechseln.

«Sie haben es also gefunden.» Geary näherte sich dem Volvo. «Das ist ihr Auto.»

Will nickte. «Die Lebensmittel sind auch noch drin.»

Geary trat näher und streckte seinen Kopf in den Kofferraum. Er verzog das Gesicht. «Ich habe schon Schlimmeres gerochen. Leider.» Geary schaute sich suchend um. «Zu dumm, dass es letzte Nacht geregnet hat. Die Spurensicherung wird nicht viel finden. Aber wahrscheinlich hat er den Wagen sowieso nicht berührt, sondern gewartet, bis sie die Sachen eingeladen und den Kofferraum wieder geschlossen hatte.»

«Er?»

Geary wandte sich zu Will. «In neunundneunzig Prozent aller Fälle ist es ein Er. Waren Sie schon im Supermarkt?»

Will mochte Geary durchaus, aber diese Bestimmtheit gefiel ihm nicht. Gearys Annahmen riefen Bilder auf, die Wills Verstand nicht akzeptieren konnte. «Ich geh jetzt rein», sagte er und drehte sich um.

«Moment mal.» Geary langte in den stinkenden Kofferraum des Volvos und kramte so lange zwischen den Einkaufstüten, bis er den langen weißen Kassenbon gefunden hatte. Er sah ihn kurz durch und richtete dann seine wässrigen blauen Augen auf Will. «Kasse Nummer acht.»

Will dankte Geary mit einem Nicken, aber als dieser ihm den Bon geben wollte, schüttelte er den Kopf. Diese Information war nützlich, aber das Stück Papier brauchte er wirklich nicht. Er war nicht sicher, weshalb, aber er wollte es lieber nicht berühren.

Geary nickte, ohne jedoch zu lächeln. Sein Blick blieb abwartend auf Will gerichtet. Schließlich sagte er: «Ich könnte Ihnen helfen, wissen Sie.»

Hatte auch gestern ein Fremder Emily seine Hilfe angeboten? Um die Lebensmittel im Auto zu verstauen? *Ich könnte Ihnen helfen, wissen Sie.* Hatte es so einfach angefangen?

«Ich weiß nicht recht», sagte Will. *Lass mich dich umarmen*, hatte Mrs. Simon in sein vierjähriges Ohr geflüstert. «Ich denk drüber nach.»

Will drehte sich um und ging über den Parkplatz auf den Supermarkt zu. Er spürte Gearys Blick in seinem Rücken. Das durchgeschwitzte Hemd klebte ihm auf der Haut. Als die automatischen Türen zur Seite glitten, war er dankbar für den Schwall trockener, kalter Luft, der ihm entgegenkam. Es war noch früh am Tag, und der Supermarkt war bis auf ein paar Leute an der Café-Bar fast leer. Will beneidete die Unbekannten um ihr kleines alltägliches Ritual. Wie gerne würde er jetzt den Morgen mit seiner Familie verbringen: Frühstück mit allen, dann die Jungen auf dem Schulweg begleiten, mit Maxi spielen, während Emily unter der Dusche stand, und dann wieder ins Restaurant für einen langen Arbeitstag und einen späten Feierabend. Das war bis gestern noch seine eigene Routine gewesen.

Er ging an einer scheinbar endlosen Reihe von Kassen vorbei, bis er die Nummer acht erreichte. Das Licht am Markierungspfosten war aus, die Kasse geschlossen. Eine Sackgasse. Aber in einer Sackgasse stellte man nicht den Motor ab, sondern man wendete und suchte den nächstmöglichen Ausweg.

Fünf Meter hinter sich, in Richtung Haupteingang, entdeckte Will an der Wand einen Schalter, über dem *Information* stand. Es war nahe liegend, dort anzufangen.

Er trat vor den Schalter und betätigte eine kleine Klingel, die auf dem silbern und rosa gesprenkelten Resopaltresen stand. Nichts passierte. Er läutete nochmals. Niemand schien Notiz von ihm zu nehmen. Wütend drückte er viermal auf die Klingel.

Endlich tauchte ein junger Mann aus dem Hinterzimmer auf. Er trug ein gestärktes weißes Hemd mit kurzen Ärmeln und dazu eine blau-rot gestreifte Krawatte, die viel zu kurz war. Ein Namensschild über der Hemdtasche wies ihn als *Todd, Manager* aus. Er sah keinen Tag älter als fünfundzwanzig aus.

Todd lächelte und entblößte dabei eine zweireihige Zahnspange. Er beugte sich über den Tresen. «Was kann ich für Sie tun, Sir?»

«Meine Frau hat gestern hier eingekauft», begann Will.

Todd nickte lächelnd.

«Und sie ist seitdem nicht mehr nach Hause gekommen.»

Todds Lächeln verblasste.

«Sie wurde zuletzt hier gesehen.»

«Sind Sie sicher, dass sie *hier* eingekauft hat, in diesem *Super Stop & Shop*? Wir haben überall auf dem Cape Filialen. Und dann gibt es noch einen *Shaw's* drüben auf den Commons.»

«Sie kauft immer hier ein», entgegnete Will. «Auf dem Kassenbon steht, dass sie an Kasse acht bezahlt hat. Könnten Sie mir sagen, wer dort gestern Nachmittag gearbeitet hat?»

Todd brauchte einen Moment, um über das Ansinnen nachzudenken. «Nun, eigentlich spricht nichts dagegen. Einen Moment bitte.» Er verschwand im Hinterzimmer und kam kurz darauf wieder zurück. «Das muss Pam gewesen sein.»

«Ist sie jetzt auch hier?»

«Nein, heute hat sie frei.»

«Ich würde gern mit ihr sprechen.»

«Persönliche Informationen über unsere Angestellten darf ich nicht herausgeben», entgegnete Todd mit seinem spangenbewehrten Lächeln. «Tut mir Leid. Die Vorschriften.»

«Sie könnte die letzte Person sein, die meine Frau gesehen hat. Ich würde wirklich gern mit ihr sprechen.»

«Nun, Sir, ich kann einfach nicht viel mehr für Sie tun. Haben Sie es schon bei der Polizei versucht?»

«Könnte ich mit Pams Vorgesetztem reden?»

«Das bin ich, und wie gesagt: Sie hat ein Recht auf Privatsphäre.»

Das Kind war wirklich der Manager. Will kam sich auf einmal alt vor.

«Kann ich Ihnen sonst noch irgendwie behilflich sein?», fragte Todd mit unverbindlicher Freundlichkeit. Sein glitzerndes Lächeln ließ jede Hoffnung auf weitere Auskünfte erlöschen.

«Nein.» Will wandte sich zum Gehen, drehte sich dann aber noch einmal um, weil er Todd am liebsten einen kleinen Rat gegeben hätte. Er wusste gar nicht genau, welchen, vielleicht den Anstoß, sich mehr zu öffnen, mehr Mensch zu sein und nicht Repräsentant eines Jobs. Aber vielleicht wollte er auch nur seine Frustration an einem leichten Opfer abreagieren. Aber dann sah er Geary um die Ecke kommen. Die Entschlossenheit des alten Mannes machte Will Angst. Intuitiv machte er kehrt und marschierte durch die erstbeste nicht besetzte Kasse, direkt in den Supermarkt hinein.

Die Gänge waren lang und breit, die Regale randvoll mit allem, was unter der amerikanischen Sonne und anderenorts produziert wurde. Der blassgrüne Boden war auf Hochglanz poliert. Will lief die Gänge auf und ab, überfordert von dem Angebot, aus dem er normalerweise ohne die geringsten Probleme auswählte. Er hatte nichts erreicht, und das setzte ihm schwer zu. Was sollte er jetzt tun? Er hatte keine Ahnung, welche Möglichkeiten es gab und wo er anfangen sollte, nach Emily zu suchen.

Er hatte Angst innezuhalten, wenn er in Bewegung blieb, würde sie vielleicht hier Gestalt annehmen, in diesem Moment. Sie würde bei den Kakaodosen stehen und die einzelnen Marken vergleichen. «Welche von den beiden», würde sie ihn fragen und zwei Dosen mit Kakaopulver in die Höhe heben, «würden die Kinder wohl lieber mögen? Maxi würde bestimmt diese mit dem Bären lieber haben, aber David hätte bestimmt die gute dunkle Schokolade am liebsten. Sammy, glaub ich, wär es egal.» Emily würde den ganzen Abend vor diesem Regal stehen bleiben, um die richtige Kakao-Wahl für ihre Kinder zu treffen. Sie war eine Planerin. Ihr war es wichtiger, vorbereitet zu sein als gut ausgeschlafen. Wie oft war er morgens aufgewacht und hatte festgestellt, dass sie bereits aufgestanden war, um irgendetwas für irgendjemanden bereit zu haben? Ihr gefiel es sogar, noch vor dem Morgengrauen in Ruhe zu frühstücken.

Aber als er die Augen öffnete, war sie nicht da. Die Ernüchterung nahm ihm alle Kraft. Er ließ den Kopf sinken und schlug die Hände vors Gesicht.

«Ovaltine», sagte eine Stimme.

Will hob den Blick. Geary.

«Ich habe es mein ganzes Leben lang getrunken, und es hat sich kein bisschen geändert.»

Will atmete tief durch. Geary sah ihm in die Augen.

«Ich war fast dreißig Jahre beim FBI, zehn davon auf Streife. Wenn jemand mich wie einen lästigen alten Versager behandelt, nur weil ich im Ruhestand bin, dann wurmt mich das.» Geary schlug sich auf die Brust. «Ich bin hier am Start, mit oder ohne Gehalt.» Ohne den Blick von Will zu nehmen, holte er eine große Dose Ovaltine aus dem Regal. «Manche Sachen ändern sich nie.» Er sah Will ernst an. «Seien Sie kein Idiot.»

Will verstand. «Kasse acht ist geschlossen», sagte er. «Und der Manager ist nicht zu gebrauchen.»

«Die Leute in diesen Jobs jonglieren ständig mit ihren Schichten. Kommen Sie, wir fragen mal rum.»

Will folgte Geary. Der Kassenbon hing dem alten Mann aus der schmutzigen Hosentasche heraus.

An Kasse sechs scannte eine üppig ausgestattete Frau mit blondem Haar und bloßen, von Tätowierungen bedeckten Armen die Waren des letzten Kunden in ihrer Schlange. Sie warteten, bis der Kunde gegangen war.

«Morgen, Darlene!», sagte Geary.

Erst jetzt bemerkte Will das kleine Namensschild aus Plastik, das am Träger von Darlenes gelbem Top befestigt war.

«Morgen, Dick.»

«Dicht dran. John. Und das hier ist Will, Zwillingsbruder von Willy. Da haben Sie also fast den Nagel auf den Kopf getroffen, Darlene.»

Sie unterdrückte ein Grinsen und musterte Geary von oben bis unten.

«Was kann ich für die Herren tun?»

Geary zupfte den Kassenbon aus seiner Tasche und holte seine Geldbörse heraus.

«Darlene, ich bin vom FBI.» Er klappte sein abgewetztes schwarzes Portemonnaie so schnell auf und wieder zu, dass sie das Verfallsdatum seiner Dienstmarke nicht erkennen konnte.

Ihre penibel gezupften Augenbrauen gingen fragend nach oben.

«Wir suchen jemanden. Eine Frau, die gestern hier eingekauft und an der Kasse acht gezahlt hat.»

Darlene betrachtete den Bon und sah dann Will direkt an.

«Ich hab gesehen, wie Sie mit Todd gesprochen haben.»

«Ein ziemlicher Schnösel, wenn Sie mich fragen.» Will setzte ein verschwörerisches Lächeln auf.

Darlene zwinkerte ihm zu. «Da könnten Sie Recht haben.» Sie senkte die Stimme. «Ich war gestern Nachmittag nicht hier, aber Tariq hat gearbeitet. Er sitzt an der Eins. Sehen Sie ihn?»

Tariq war ein schmächtiger adretter Teenager, der versuchte, mit Hilfe eines Silberrings in der Unterlippe wild auszusehen. Geary zog bei dem jungen Mann eine ähnliche Vorstellungsnummer ab wie bei Darlene, und Will verstand, dass der Ex-Agent diese Masche schon oft angewendet hatte.

«Pam war gestern Nachmittag an der Acht.» Tariqs Zunge bearbeitete den silbernen Ring, als wolle sie ihn verschieben. «Sie hat eine Doppelschicht bis Mitternacht geschoben. Aber ich glaub, gestern Nachmittag hatte Susannah mit ihr die Schicht. Sie sitzt gleich da drüben an der Drei. Die beiden sind dick befreundet. Ich hasse sie.»

«Vielen Dank, Junge.» Geary machte eine kurze Pause. «Entschuldige bitte meine Frage, aber wie putzt du dir die Zähne mit dem Ding im Mund?»

«Gehört das irgendwie zu Ihren Ermittlungen?»

Geary lächelte. «Kann man so nicht sagen.»

«Ich spür nichts.» Tariq nickte bejahend. «Ich merk überhaupt nicht, dass da was ist.»

Will folgte Geary zur Kasse drei. Sechs Minuten waren erst verstrichen, und sie hatten eine Frau gefunden, die möglicherweise Emily gesehen hatte.

Susannah war solariumbraun und hatte kurz geschnittenes, mit Wasserstoffperoxid gebleichtes Haar. Sie ließ ihren Kunden warten, während sie die Uhrzeit unten auf dem Kassenbon prüfte. Dann nickte sie knapp und fuhr fort, die Waren zu scannen. «Kurz danach ist Pam zu mir rübergekommen, und wir haben zusammen Pause gemacht. Sie sagte, da wär in ihrer Schlange so 'n komischer Typ gewesen, und darum hätte sie ein paar Minuten früher

Schluss gemacht. Dürfen wir natürlich nicht, aber na ja.» Sie wandte sich an Will. «Ist denn was passiert oder so?»

«Vielleicht», sagte Geary. «Das wollen wir ja gerade herausfinden.»

«Na, jedenfalls hat Pam mir erzählt, dass da eine Dame war, die es eilig hatte und ungeduldig war. Pam gefiel das gar nicht, aber dann ist ihr der Gedanke gekommen, dass die Frau vielleicht von dem Typen, der direkt hinter ihr stand, wegkommen wollte. Pam sagte, er hätte ständig irgendetwas angefasst und sei überall mit seinen Fingern dran gewesen.» Susannah verdrehte die Augen.

«Haben Sie die Frau gesehen?», fragte Will so beherrscht, wie er konnte. Am liebsten hätte er geschrien, gebettelt und geheult.

«Nee, die war schon weg. Aber ich hab den Kerl gesehen. Pam hat ihn mir gezeigt.»

«Können Sie ihn beschreiben?», fragte Geary. «Was auch immer Ihnen noch einfällt.»

«Ich seh den öfter. Er kauft hier so gut wie jeden Montagnachmittag ein. Das weiß ich, weil es gewöhnlich meine Schicht ist. Der ist sozusagen 'n echter Stammkunde. Okay, er ist ziemlich alt, ich mein, nicht so alt wie Sie, Entschuldigung, eher so um die fünfzig. Hat weiße Haare und total weiße Haut, als würde er nie in die Sonne kommen. Und er trägt immer diese blaue Mütze mit so 'nem verknoteten Stück Tau vorne drauf und 'nem kleinen Schirm.»

«So eine Art Seglermütze?»

Susannah zuckte die Achseln. «Er hat auch immer dieselbe weiße Jacke an. Wir nennen ihn Mister White.» Sie verdrehte die Augen. «Ich war echt überrascht, dass er gestern tatsächlich mit jemandem sprach. Normalerweise ist er eher ein menschenscheuer Kauz.»

«Können Sie sich erinnern, mit wem er gesprochen

hat?», fragte Will in der Hoffnung, dass es nicht Emily gewesen war.

«Eine Dame. Älter als er, aber ...»

«Nicht so alt wie ich?» Geary schmunzelte.

Susannah blinzelte verlegen. «Das hab ich nicht so gemeint, echt nicht, sie war eben eher wie meine Oma. Aber sie hatte blondes Haar. Und sie trug so ein fettes Goldarmband mit Anhängern. Ich glaube, sie war auf den Kerl sauer.»

«Wann war das, Susannah? Während die erste Dame, die Sie nicht gesehen haben, bezahlte?»

Susannah schüttelte den Kopf. Eine Franse ihres wasserstoffblonden Haares fiel ihr ins Gesicht. «Nein, später, nachdem er auch bezahlt hatte.»

«Die erste Lady war also fort, die, nach der wir suchen, und er war noch hier im Supermarkt und stritt sich mit der blonden Schönheitskönigin?»

Susannah lachte. «Das muss ich Pam erzählen! Sie stritten gar nicht miteinander, sie hat ihn angemeckert.»

«Und er?», fragte Geary.

«Hat nur zugehört. Er hat sie nicht mal richtig angesehen. Und dann hat er seinen Wagen aus dem Laden geschoben. Sie ist noch einen Moment stehen geblieben und dann auch gegangen.»

«Hatte er eine Menge eingekauft?»

«Nein, im Gegenteil. Nur 'ne Menge Maiskolben. Die waren gestern im Angebot, einen Dollar das Dutzend.»

Geary nickte. «Sonst noch was, woran Sie sich erinnern?»

Susannah verpackte inzwischen die Einkäufe ihrer Kundin in Tüten. «Eigentlich nicht. Er ist sozusagen normal groß, nicht besonders dick oder schlank, schon ein bisschen älter und eben auffällig weiß und sonderbar.»

«Wie kann ich Pam erreichen?», fragte Geary. «Vielleicht weiß sie ja noch mehr.»

Susannahs Blick huschte zu Geary; innerhalb einer Sekunde hatte sie sich entschieden, ihm die Telefonnummer ihrer Freundin anzuvertrauen. Sie schrieb sie auf einen alten Bon, den jemand zurückgelassen hatte, und reichte ihn Geary.

«Ich werd ihr sagen, dass ich mit Ihnen gesprochen habe.»

«Danke.» Geary zwinkerte ihr zu.

Susannah lächelte zurück und machte sich daran, die Waren des nächsten Kunden zu scannen.

Will und Geary gingen durch die automatischen Türen an die klare Morgenluft.

«Darf ich mal Ihr Telefon leihen?», fragte Geary.

Will reichte ihm sein Handy. Geary drehte es in der Hand, bis er herausbekam, wie man es aufklappte. Dann wählte er die Nummer, die auf dem Bon stand.

An der Art, wie Geary die Augen verdrehte, konnte Will deutlich erkennen, dass er mit einem Anrufbeantworter sprach. Die Nachricht, die Geary hinterließ, war langatmig, vermittelte aber sein Anliegen. Er hinterließ seine Privatnummer und bat Pam um einen Rückruf.

«Wie finden wir jetzt Emily?», fragte Will.

«Wir? Sie meinen sich selbst und das Mashpee Police Department?»

«Meinen Sie, ich sollte die State Police anrufen?»

«Noch nicht. Die sind gut, aber sie legen auch erst mal nur eine Akte an. Eine Vermisstenanzeige erregt anfangs eine Menge Aufmerksamkeit, aber das versickert schnell. Es sei denn, Geld ist im Spiel oder es handelt sich um ein Kind.»

Will blickte Geary ins Gesicht. «Was denken Sie?»

«Ich hab eine Ahnung. War ich in das Wir von eben eingeschlossen, Will?»

«Ich beauftrage Sie. Und ich zahle Ihnen, was Sie verlangen.»

«Ich brauche kein Geld. Ich möchte nichts als die Erlaubnis, alles, was ich vielleicht herausbekomme, in meinem Buch zu verwenden.»

«In Ihrem Buch?»

«Unaufgeklärte Verbrechen. Wenn meine Vermutung stimmt, dann könnte einer der Wirrköpfe, die ich schlummernd in einem Aktenschrank gefunden habe, gestern hier eingekauft haben.»

«Mister White?»

«Vielleicht, vielleicht aber auch nicht. Wenn sie nicht gefasst werden, wissen wir nicht, wer sie sind. Das ist das Puzzle. Mein Job war es, eine Art Linse zu schaffen, mit deren Hilfe man ein Verhaltensprofil erstellen kann. Wir sammeln alles, was wir haben, und werten es dann aus. Sie würden überrascht sein, was man alles herausbekommt. In acht von zehn Fällen klappt es.»

«Und was ist in den anderen beiden Fällen?»

Geary schüttelte den Kopf. «Es handelt sich nicht um eine perfekte Wissenschaft.»

«Warum ausgerechnet gestern? Warum Emily?»

«Wenn ich Recht habe, dann war der Zeitpunkt kein Zufall. Ich weiß aber nicht, ob es unbedingt Emily treffen musste.»

Will durchfuhr ein Schauder. Falscher Ort, falsche Zeit. «Was soll ich denn jetzt tun, Dr. Geary?»

«Geben Sie mir ein wenig Zeit. Sprechen Sie mit niemandem, bevor ich nicht die Zeit gefunden habe, mir einen Reim daraus zu machen. Reden Sie nicht mit der Presse, das könnte unseren Mann verschrecken.»

«Aber würde die Publicity uns nicht helfen?» Will dachte an all die Fernsehmeldungen, Gesichter, die über den Bildschirm flackern, dazu die Geisterstimme eines Nachrichtensprechers, die grabesdüster um Hinweise zum Verschwinden einer Frau, eines Mannes oder eines Kindes bittet. Und die seltsam quälenden Einzelheiten: Geburtsdatum, Gewicht, Haarfarbe, verschwunden am soundsovielten, um jene Uhrzeit.

«Es gibt einen richtigen Zeitpunkt und einen falschen, die Medien hinzuzuziehen», sagte Geary. «Ich würde das gern mit einem Kriminologen besprechen, den ich kenne und dessen Meinung ich gerne einholen möchte. Er hat mir in der Vergangenheit geholfen, ein paar ganz harte Nüsse zu knacken.»

«Und wenn man zu lange wartet?»

«Ein gewisses Risiko besteht immer. Aber denken Sie nach, Will. Im Moment haben Sie mehr zu gewinnen als zu verlieren.»

«Wie lange?»

«Ich ruf Sie um drei Uhr an, spätestens halb vier. Lassen Sie mir bis halb vier heute Nachmittag Zeit, bevor Sie mit jemandem sprechen.»

Sie tauschten Telefonnummern und Adressen aus.

«Fahren Sie nach Hause zu Ihren Kindern. Duschen Sie, essen Sie etwas. Ich melde mich.»

Will stieg in seinen gemieteten SUV, in dem es noch nach Zigarettenrauch roch. Er beschloss, Geary zu vertrauen. Irgendetwas musste er tun. Er konnte nur hoffen, dass es nicht der schlimmste Fehler seines Lebens sein würde.

KAPITEL 5

«Daisy, komm von dem Anleger runter!»

Marian hatte gedacht, dass ihre Tochter mit fünf Jahren schlau genug sein müsste, Gefahren zu erkennen. Sie irrte sich. Daisy hatte sich bis an den äußersten Rand des Anlegers vorgewagt, weil sie etwas in der Sonne hatte glitzern sehen.

«Ted, sieh mal nach, was die Kleine da aufgesammelt hat.»

Ihr Mann Ted eilte im Laufschritt zu dem kurzen Anleger und ging neben Daisy in die Hocke.

«He, Daddy.»

Marian musste schmunzeln. Daisy sah genau aus wie ihr Vater. Groß, dünn, und ihrer beider braune Haut glänzte vom Sonnenschutzmittel.

«Was hast du denn da, Süße?»

«Ein Armband. Guck mal. Ist das nicht hübsch?»

Ted drehte sich zu Marian um. «Ein Armband mit Glücksanhängern.»

«Zeigt es mir mal. Und du, Daisy, geh bitte da vom Rand weg.»

Daisy und Ted kamen zu Marian, die auf einer Decke am Ufer saß. Sie warteten auf Marians Cousin Henry, der sie mit seinem Boot abholen kam. Ihm gehörte eine ganze Kette von Drugstores, aber er brachte es nicht über sich, einen öffentlichen Anleger zu benutzen: Das kostete ja Geld. Er hätte von Martha's Vineyard direkt nach Waquoit Bay tuckern können, stattdessen nahm er den langen Umweg nach Popponesset Beach. Jedes Jahr im Sommer warteten sie an diesem ungepflasterten Ende von Simon's Narrow Road auf ihn. Hier befand sich in einer verborgenen schmalen Bucht der winzige Anleger, der von Leuten benutzt wurde, die sich selbst gern als Eingeweihte betrachteten.

«Zu reich, um Geld auszugeben», sagte Marian über Henry. Wenn Daisy nicht so gern mit Henrys Boot gefahren wäre, hätten sie die Überfahrt einfach mit der Fähre gemacht.

Aber mit Henry war es immer lustig. Das musste Marian zugeben. Wenn sie Martha's Vineyard erreicht hatten, würde er sie in einem alten Elektro-Car mit Baldachin und flatternden weißen Fransen zu ihren Häusern in Oak Bluffs bringen. Ziemlich albern und großspurig, aber Daisy amüsierte sich jedes Mal köstlich. Dann würden sie sich in dem orangefarbenen Knusperhäuschen einrichten, das Grandma Peet Marians Mutter hinterlassen hatte, und Henry würde in seinem eigenen rosafarbenen, von der eigenen Mutter geerbten Haus verschwinden. Man erzählte sich, dass Grandma und Grandpa Peet einmal die Hälfte aller Häuser um Wesleyan Grove gehört hatten und dass sie es gewesen waren, die alle in verschiedenen Farben gestrichen hatten. Marian wusste nur, dass die Farben zur Tradition geworden waren, ja sogar zur Touristenattraktion, und seither waren sie immer wieder in derselben Farbe gestrichen worden.

Sie hatte sämtliche Sommer ihrer Kindheit in dem orangefarbenen Haus verbracht, umgeben von afroamerikanischen Intellektuellen, die sonst niemand kannte. Es war ein Haus, in dem man redete und Bücher las. Bis heute gab es kein Fernsehen, und vor zwei Sommern war auch das Radio kaputt gegangen. Diesmal war es nur ein Dreitagesausflug, und Marian war noch total erschöpft von dem Festival, das sie zum Ende des Sommers als Direktorin eines gemeinnützigen Künstleraustauschprogramms in Boston organisiert hatte. Sie wollte sich einfach nur zurückziehen und ausruhen. Dafür hatte sie ein Exemplar von Helen Dewitts *Der letzte Samurai* im Koffer und war entschlossen, es bis zum Ende durchzulesen. Ted und Daisy vertrieben sich die Zeit am liebsten damit, im Teich zu angeln.

Daisys Knie waren schon wieder aufgeschürft, und das passte nicht so recht zu dem sommerlichen Rüschenkleid, das sie unbedingt tragen wollte. Nur wenn ein Kleid so weit war, dass es beim Drehen in die Höhe schwang, kam es für sie infrage. Dies bauschte sich auf und war dazu noch mit Rüschen besetzt.

Daisy streckte ihre kleine Hand vor, um Marian das Armband zu zeigen. Es war aus reinem Silber. Den Anhängern nach musste es einer Mutter mit drei Kindern gehören; einer interessanten Frau, wie Marian wegen des Cellos und des Schwimmers schloss.

«Mami, mach es mir um.»

Daisy hielt ihrer Mutter das schmale Handgelenk entgegen und gab ihr das Armband.

«Ich weiß nicht, mein Schatz. Vielleicht sollten wir es liegen lassen für den Fall, dass die Dame, die es verloren hat, herkommt, um es zu suchen.»

«Nein, es gehört mir, ich hab's gefunden.»

«Schatz, das geht doch nicht.»

«Bitte, Mom, darf ich es nicht jetzt eine Weile tragen?»

Das Tuckern des Motors wurde lauter, und Ted winkte.

«Da ist Henry! Kommt, Mädels, macht euch fertig, er ist da!»

«Also gut», sagte Marian, «warum behältst du es nicht erst mal. Wir überlegen uns was, wenn wir vom Vineyard zurückkommen. Vielleicht gibt es ja hier auf dem Cape ein Fundbüro.»

Ted trug ihr Gepäck zu Henrys Boot, der *Everlasting*

Love. Sie war frisch lackiert. Ihr unterer Teil in einem glänzenden Waldgrün, die obere Hälfte gleißend weiß. Henry begrüßte Ted und breitete dann, bis über beide Ohren grinsend, die Arme für Daisy aus.

Marian hatte ihrer Tochter gerade noch das Armband anlegen können, als die auch schon dem Boot entgegenflog. Daisy sprang über den halben Meter Abstand zwischen dem Anleger und dem schmalen Steuerborddeck der *Everlasting Love*. Beinahe hätte sie das Boot verfehlt, aber ihre abgewetzte weiße Sandale setzte kurz vor Henry auf, und sie fiel in dessen Arme.

Das silberne Armband rutschte ihr vom Handgelenk und fiel scheppernd aufs Deck.

«Mein Armband!», rief Daisy.

«Nun sieh sich das mal einer an.» Henry hob es auf. «Ich mach es dir in null Komma nichts wieder heil, sobald wir zu Hause sind.» Er steckte es in die Tasche seiner Shorts.

Marian nahm Teds Hand und kletterte vorsichtig an Bord.

«Es gehört ihr nicht», sagte sie ihrem Cousin. «Wenn du es reparieren kannst, dann mach es sorgfältig. Sobald wir wieder auf dem Cape sind, wollen wir die Besitzerin ausfindig machen.»

«Stimmt», sagte Daisy, «Und die einzige Besitzerin, die ihr findet, das bin ich.»

KAPITEL 6

Emily spürte das Wogen des Wassers. Sie wurde auf den feuchten Planken hin und her geworfen. Und dieser Geruch. Moder. Salzige Luft.

Sie war nackt. Die Innenseiten ihrer Oberschenkel brannten. Ihre rechte Seite war gefühllos. Die Hände waren hinter dem Rücken zusammengebunden, offenbar mit dickem Tau, die Beine an den Knöcheln zusammengezurrt. Ihre Haut brannte von einigen Abschürfungen. Hatte sie sich zur Wehr gesetzt?

Sie erinnerte sich daran, die Einkäufe in den Wagen geladen zu haben. In den Himmel hinaufgeblickt zu haben. Daran, dass etwas auf ihr Gesicht gepresst worden war, dass ein ätzender Geruch in ihre Nase gedrungen war.

Man hatte ihr die Augen verbunden, sodass sie nichts sehen konnte. Nicht den kleinsten Fleck Licht. Ein dickes Klebeband, das an ihrer Haut zerrte, verschloss ihren Mund.

Sie versuchte sich zu erinnern. Was genau war geschehen?

Dieser gestörte Fremde aus dem Supermarkt war es gewesen. Er steckte dahinter. Sie wollte sich von ihren Fesseln befreien und ihn am liebsten umbringen. Sie hatte einen Schwarzen Gurt, sie konnte es tun. Oder war sie aus der Übung? Es war schon Jahre her.

Wo war dieser Dreckskerl? Hatte er sie hier abgeladen, um sich später über sie herzumachen?

Was war mit den Kindern?

Wie spät war es?

Maxi hatte eine Ohrenentzündung und brauchte ihr Medikament.

Lass mich raus, ich muss weg.

Wie oft hatte sie Sam versprochen, dass es die Bösewichte aus dem Fernsehen in Wirklichkeit nicht gab? David wusste es besser, aber Sammy war noch jung genug, um es zu glauben.

Sie hätte ihre Kinder nicht anlügen sollen.

Sie hätte nicht ohne BH in den Supermarkt gehen sollen.

Sie versuchte, sich zu bewegen, um festzustellen, ob sie die Fesseln lösen konnte, ob sie irgendwo nachgaben. Er hatte sie straff verschnürt, aber sie schaffte es doch, sich auf den Rücken zu schwingen. Die Hände gequetscht. Aber sie spürte, wie das Blut kribbelnd in ihre rechte Körperhälfte strömte. Dafür wurden nun ihre Hände und Arme taub. Sie versuchte, sich auf die andere Seite zu schaukeln, aber es war vergeblich.

Ein Knarren in der Kajüte.

Noch eines. Ein Schritt. Noch ein Schritt.

Sie sah sein Bild vor Augen – der Maismann, weiße Jacke, weißes Gesicht, flackernder Blick –, und ihr drehte sich der Magen um. Kotze stieg ihr in die Kehle, aber das Klebeband verhinderte, dass sie sich erbrach. Sie schluckte es. Etwas davon trat ihr in die Nase, und sie hatte das Gefühl, ersticken zu müssen. Sie zwang sich zu schlucken, mit aller Kraft, immer wieder zu schlucken. Dann schnäuzte sie die Nase, so kräftig sie konnte. Der Geruch war schauderhaft, und sie konnte kaum mehr atmen.

Er war stehen geblieben.

Sie spannte die Muskeln an, presste gegen die Fesseln. Ihre Haut platzte auf, als sie Handgelenke und Knöchel wand, um irgendwo eine schwache Stelle zu finden. Er musste Ahnung vom Fischen haben, denn er verstand sich gut auf Knoten.

Sie war sein Fang.

Das konnte doch alles nicht wahr sein.

Sie hörte, wie er weiter auf sie zuging. Beobachtete er sie? Hatte er seinen Spaß daran?

Emily zwang die Bauchmuskeln zu einem Kraftakt und ließ ihren Körper nach vorn schnellen. Es gelang ihr, sich hinzusetzen. Jetzt musste sie eine Möglichkeit finden, sich ganz aufzurichten. Wenn sie das schaffte, konnte sie hüpfen. Und wenn sie hüpfen könnte, hätte sie auch die Chance, sich durch Kopfbewegungen vorzutasten, um einen Weg nach draußen zu finden.

Außer dass er da war. Neben ihr stand. Sie konnte ihn atmen hören.

Sie durfte sich hier nicht gefangen halten lassen, wenn ihre Kinder sie brauchten. Besonders Maxi. Sie war doch noch ein Baby.

Emily nahm all ihre Kraft zusammen und rief sich die Kindheitsträume ins Gedächtnis, in denen sie hatte fliegen können. Als sie die Konzentration in jeder Faser ihres Körpers spürte, schwang sie sich auf die Knie.

Seine Hand packte ihren Arm und drückte so fest, dass sie meinte, ihre Haut müsste platzen. Er stieß sie auf den Boden zurück wie eine Stoffpuppe.

Dann spürte sie einen beißenden Stich in ihrem Arm, und eine heiße Welle überschwemmte ihre Muskeln.

Wenn nur, wenn nur …

Ihr Körper trieb davon wie ein Stück Holz, nicht mehr Teil ihrer selbst. Und in einem Akt des Widerstandes reagierte ihr Geist hypersensibel. Sie nahm alles wahr, jede Veränderung war ihr bewusst.

Wasser brandete gegen das Boot. Sie bewegte sich. Irgendwohin. Er nahm sie mit.

Wohin?

KAPITEL 7

Im Haus herrschte Stille. Die Kinder schliefen noch. Sarah saß am Küchentisch. Sie hatte kein Auge zugetan – obwohl sie das Schlafmittel genommen hatte. Die Sonne ging gerade auf, die ersten Strahlen spiegelten sich im See. In den letzten Jahren waren sie und Jonah oft schon zu dieser Stunde auf den Beinen gewesen und hatten ihren Tee hinunter an den Strand mitgenommen. Sie hatten auf zwei grünen Liegestühlen gesessen und aufs Wasser geblickt. Zusammen hatten sie sich am Anblick der Sonne erfreut, die ihren Bogen über den Himmel begann, orange-rosafarbenes Licht in die verblassende Dunkelheit mischte und sanft den Morgen einleitete. Sie hatten ihren Tee getrunken, an vergangene Tage gedacht und den kommenden besprochen. So hatte Sarah den Tag am liebsten begonnen.

Sie betrachtete das Foto von Emily, das sie auf Wills Wunsch zur Polizeiwache gefaxt hatte. Damals war Emily mit Maxi schwanger gewesen, und ihr Gesicht war auf dem Foto runder als gewöhnlich, aber Sarah fand, dass sie gut getroffen war. Emily hatte die beiden Jungen beobachtet, die auf dem Sofa eng zusammengerückt waren, weil David Sam etwas vorgelesen hatte. In ihrem Gesicht stand die Freude darüber, dass die beiden einander so nahe waren, dass David so liebevoll mit dem damals fünfjährigen Sam umging und dieser mit Ehrfurcht auf die Fähigkeiten seines großen Bruders reagierte. Die Intensität dieses Moments hatte Sarah beeindruckt, und da ihre Kamera zufällig auf dem Tresen neben ihr gelegen hatte, hatte sie nach dem Apparat gegriffen und ihn auf ihre Tochter gerichtet. Genau in dem Moment, als Sarah abgedrückt hatte, hatte Emily mit ihren haselnussbraunen Augen in die Kamera geschaut. Dieselben Augen, in die Sarah geblickt hatte, als ihr ihre eben geborene Tochter in den Arm gelegt worden war, die Augen, die im Laufe der Jahre Fragen gestellt, angeklagt und innige Liebe ausgedrückt hatten.

Sarah fuhr mit den Fingerspitzen über das Hochglanzfoto. Wo mochte ihre Kleine jetzt sein? Was musste sie durchmachen? Hatte sie Angst? Hatte sie Schmerzen?

Wenn Emily nur nicht zum Einkaufen gefahren wäre. Sie hatten doch eigentlich nichts gebraucht.

Sie konnte den Morgen nicht mit Nichtstun und Abwarten verbringen; sie musste mithelfen, Emily zu finden. Neben Ricky's Market hatte ein Copy-Shop aufgemacht. Ihre Nachbarin Barbara würde sich bestimmt gerne um die beiden Jungen kümmern. Maxi würde sie mitnehmen, das würde sie schaffen.

Sarah nahm einen Bogen weißes Papier aus dem Faxgerät und klebte Emilys Foto genau in die Mitte. In fetten schwarzen Buchstaben schrieb sie VERMISST über das Foto und darunter: *Emily Parker, vermisst seit Montagnachmittag, 3. September 2001. Zuletzt gesehen beim Stop & Shop am Mashpee-Kreisel. 39 Jahre alt, 1,70 m groß, 67 Kilo, rotblondes Haar, haselnussbraune Augen, Sommersprossen.* Sarah hätte nur zu gerne gewusst, was Emily angehabt hatte, aber zumindest konnte sie das Armband beschreiben, das ihre Tochter nur zum Duschen und Schlafen ablegte. *Sie trägt ein silbernes Armband mit folgenden Glücksanhängern: Schwimmer, Cello, Schwert, Münze, Herz, drei Babys.*

Sarah legte den Stift zur Seite und betrachtete ihr Werk. Als Jonah nach einem kurzen Kampf gegen den Krebs im Alter von 77 Jahren gestorben war, war ihr seine plötzliche Abwesenheit unfassbar erschienen, aber sie war dennoch nicht ganz unerwartet gekommen. Die Leere jedoch, die Emily hinterließ, war unwirklich. Es konnte einfach nicht sein, dass so etwas ihrer Tochter widerfuhr. Sarah hatte die ganze Nacht lang mit aller Kraft gegen die Tränen gekämpft, um die Kinder nicht zu wecken und um sich nicht selbst in noch größere Angst zu versetzen, als sie ohnehin schon verspürte. Aber jetzt konnte sie ihre Tränen nicht mehr zurückhalten. Sie weinte, bis sie nicht mehr konnte. Ein hohler Klagelaut entrang sich ihrer Kehle und hallte im ganzen Haus wider.

Kurz darauf hörte sie oben Bewegung. Stimmen. Die Jungen redeten. Maxi wimmerte.

Sarah wischte sich die Tränen aus dem Gesicht und bemerkte, dass sie immer noch die gleiche Bluse wie gestern trug. Sie durfte die Kinder nicht merken lassen, dass sie gar nicht ins Bett gegangen war. Mit hastigen Schritten eilte sie die Treppe hinauf in ihr Schlafzimmer, schlug die Bettdecke zurück, zog sich aus und warf sich den Morgenmantel über. Kaltes Wasser ins Gesicht, um die schmerzliche Angst als bloße Erschöpfung zu tarnen. Als sie sich gerade das Gesicht trocken rieb, wurde die Badezimmertür aufgestoßen.

Sammy warf sich in ihre Arme. «Ich hab Hunger!»

«Guten Morgen, mein Kleiner.» Sie küsste sein vom Schlaf zerzaustes Haar.

Dann erschien David in der Tür. Er hielt eine der glitzernden Pokémon-Karten in der Hand, an denen Sam so hing.

«Das ist meine!» Sam hechtete nach Davids Hand.

«Ich weiß, du Blödmann. Ich hab sie auf dem Fußboden gefunden. Du musst besser auf deine Sachen aufpassen.»

«Gib her!»

«Wie heißt das Zauberwort?»

Sam rang David zu Boden. Sarah wollte die zappelnden Körper gerade voneinander trennen, als Maxis Geschrei lauter wurde.

Großmütter waren nicht dazu gemacht, so viel Chaos zu bewältigen.

«Hört auf mit der Rangelei.»

Sie hatte ein Mädchen aufgezogen, ein Einzelkind. Jungen waren nicht ihre Kragenweite.

«Ich hab gesagt …»

Sam war stark, aber David war größer und gelenkiger, mit Leichtigkeit drückte er seinen kleinen Bruder zu Boden. Sammy zappelte tapfer, aber David gab nicht nach. War *unbeugsam*. Wie oft hatte er ihr seine «unbeugsamen Arme» demonstriert.

«Los, Oma», forderte er dann und streckte ihr seinen Arm entgegen, «versuch mal, ihn zu beugen.»

Sie hatte es nie ernsthaft versucht, denn sie war sicher, den Arm ohne Schwierigkeiten beugen zu können. «Meine Güte!», rief sie dann jedes Mal aus.

«Nein, versuch es wirklich mal!», hatte David beharrt.

Einmal hatte sie es richtig versucht und mit Erstaunen festgestellt, dass sie den Arm nicht einen Millimeter bewegen konnte.

David und Sam hatten diese Technik beim Aikido-Training für Kinder gelernt, dort, wo Will Emily kennen gelernt hatte. Ihr Plan war es, eine Familie von Schwarzgurten zu werden. Will und Emily hatten beide diesen Grad erreicht. Emily war seit der Geburt ihrer Kinder aus der Übung gekommen, aber Will trainierte jeden Samstagmorgen mit seinen Söhnen.

So stolz Sarah auch sonst auf die Fähigkeiten ihrer Enkel war, in diesem Moment wurde es ihr zu viel. «Ich dachte, beim Aikido lernt man, sich zu verteidigen, nicht zu kämpfen?», fragte sie die Jungen vorwurfsvoll. Das war ihre letzte Zuflucht, und sie wirkte.

David löste sich zuerst und warf die Arme in die Höhe. Sam lag wie keuchend unter ihm, seine wachen Augen blitzten listig. Seine Hände schossen unter Davids Achseln und kitzelten ihn. David fing an zu kichern und versuchte seinerseits Sam zu kitzeln. Die glänzende Karte lag unbeachtet neben ihnen.

Sarah eilte hinüber ins Kinderzimmer. Maxi stand in ihrem Kinderbettchen, hielt sich am Gitter fest, das Gesicht tränenüberströmt. Sarah nahm das Baby ihrer Tochter auf den Arm. Maxis Körper war ganz heiß. Sie zog ihr den Pyjama aus und öffnete ein Fenster. Ob sie die Klimaanlage einschalten sollte? Sie musste die Temperatur überprüfen.

Maxis Blick flog zur Tür.

«Mommy Bae?» Mommy Baby. Maxis Spezialausdruck für zwei unzertrennliche Hälften eines Wesens.

Eine Welle der Erleichterung durchlief Sarah, und sie drehte sich um, aber in der Tür zum Schlafzimmer stand niemand. Keine Mommy Bae, keine Emily.

«Bald kommt deine Mommy, mein Schatz. Gehen wir in die Küche und sehen nach, was es zum Frühstück gibt.»

Maxi fing wieder an zu weinen. Sarah drückte ihr Enkelkind an die Brust und streichelte Maxis flaumiges blondes Haar, während sie schweren Schritts die Treppen hinabging.

In der Küche waren die Jungen dabei, den Tisch mit Schüsseln und Löffeln für Cornflakes zu decken. Sam holte sämtliche Packungen hervor und reihte sie auf dem Tresen auf, während David die Milchtüte aus dem Kühlschrank nahm. Sarah beschloss, sich zurückzuhalten und sie nicht darauf hinzuweisen, dass sie weder die gesamte

Auswahl auf einmal herausholen noch die Milch bei dieser Hitze draußen lassen sollten.

«Bravo», sagte sie stattdessen. «Was seid ihr beide doch für tolle Helfer.»

Die Jungen setzten sich, während Sarah für Maxi eine Flasche fertig machte. Sam fragte als Erster: «Wo ist Mommy?»

«Sie ist gestern Abend doch nicht ins Kino gegangen, oder?», fragte David.

Sarah wünschte, sie hätte sie nicht belogen, aber was hätte sie sagen sollen? *Mommy ist verschwunden, und ihr werdet sie vielleicht nie wiedersehen.*

«Sie ist schon weg, sie hat etwas in Hyannis zu erledigen.»

Sammy zuckte mit den Achseln, und David sah sie fragend an. Sarah war erleichtert, dass er nicht anfing zu diskutieren. Doch sie hatte nicht die geringste Ahnung, was sie sagen sollte, wenn die beiden herausfanden, dass Emily seit gestern nicht nach Hause gekommen war. Hoffentlich würde Will bald zurück sein. Es war seine Aufgabe, es den Kindern zu erklären.

Kaum waren die Jungen mit ihren Cornflakes fertig, stoben sie vom Tisch. Maxi war mäkelig, aß nur die Hälfte ihrer Reisflocken, sah sich gelegentlich um und wimmerte «Mommy Bae».

Sarah rief Barbara an, die zusagte, in zwanzig Minuten da zu sein. Sie schickte die Jungen zum Anziehen, machte sich fertig und bereitete eine zweite Flasche für Maxi vor, die sie mit auf die Fahrt nehmen wollte. Sam, noch immer im Pyjama, rannte durch die Küche, zwickte seine Schwester in die Schulter und lief lachend davon. Maxi schrie heftig. Sarah versuchte, sie zu beruhigen, als es schon an der Tür läutete und Barbara ihr gewohntes «Juuhuu!» ertönen ließ.

Sarah machte fünfzig Farbkopien und kaufte eine Rolle Klebeband. Mit der Annahme, dass Maxi sie nicht behelligen würde, hatte sie falsch gelegen. Die Kleine zeterte und schlug unentwegt mit den Beinen gegen Sarahs Hüfte, während der Fotokopierer surrend seine Arbeit tat. Als sie sah, wie Maxi an ihrem Ohr zupfte, fiel Sarah ein, dass sie vergessen hatte, der Kleinen ihr Antibiotikum zu geben. Sie sollte es zweimal am Tag einnehmen und hatte es bisher noch gar nicht bekommen. Sarah schimpfte mit sich selbst. So etwas durfte ihr nicht passieren. Sie musste sich zusammenreißen, musste gut für die Kinder ihrer Tochter sorgen. Behutsam schaukelte sie Maxi auf der Hüfte und sang «Leuchte, leuchte, kleiner Stern», während der Kopierer Emilys Bild ausspuckte: VERMISST VERMISST VERMISST.

Das erste Plakat hängte sie gleich im Copy-Shop auf, dann eins bei Ricky's Market und zwei weitere an den benachbarten Läden. Zwei am *Stop & Shop*, eins in jedem Laden des Einkaufskomplexes und eins an der Drive-in-Bank gegenüber dem Parkplatz. Überall tummelten sich bereits Leute, die frühmorgens einkauften.

Die fünfzig Kopien waren schneller weg, als sie dachte. Als sie die Commons hinter sich hatte, waren nur noch einige wenige übrig. Sie fuhr zum Deer-Crossing-Einkaufszentrum und brachte die übrigen Plakate dort an. Es war erst halb elf, als sie fertig war.

Als Sarah gerade daheim in die Garage fuhr, schlief Maxi ein. Das Baby war erschöpft, und Sarah beschloss, es im Auto schlafen zu lassen. Wills Mietwagen parkte draußen, und wenn sie das Haus mit Maxi betrat, würden ihre Stimmen die Kleine bestimmt aufwecken.

Sarah ging durch die Abstellkammer hinein und ließ die Außentür offen, um Maxi zu hören, wenn sie aufwachte.

Sie wollte so dicht an der Garage nicht laut rufen, also schlich sie leise hinein. Es war niemand zu sehen. Sie sah überall nach. Niemand. Vielleicht hatte Barbara die Jungen mit zu sich nach Hause genommen. Hektisch wählte Sarah Barbaras Nummer. Barbara antwortete sofort: «Will ist zurückgekommen. Wusste gar nicht, dass er auf dem Cape war. Er sah nicht gut aus, Sarah.»

«Weißt du, wo sie jetzt sind?»

«Keine Ahnung. Er hat mich gefragt, wo *du* bist. Was ist denn eigentlich los?»

«Ich erklär's dir später. Nimm's bitte nicht persönlich. Heute ist nicht unser bester Tag.»

«Dabei hat er doch gerade eben erst begonnen ...»

Sarah bedankte sich bei Barbara und legte auf.

Der Strand. Vielleicht hatte er sie zum Schwimmen mitgenommen.

Sie stieß die Verandatür auf, eilte die Treppen hinab, durch das Wäldchen zu ihrem Privatstrand.

Sie hatte fast richtig geraten. Will und die Jungen waren am Strand, jedoch nicht im Wasser.

Will stand vor den Jungen, den Rücken zum Ufer. Sie übten Aikido. Will bewegte sich mit kraftvoller Anmut und war so konzentriert, dass er Sarah gar nicht bemerkte. Die Bewegungen der Jungen spiegelten die seinen. Die langsamen Drehungen, das plötzliche Ausstrecken eines Arms, das sanfte Absenken. Dann wieder dieselben Bewegungen in die andere Richtung, die Blicke nach vorn gerichtet, auf nichts reagierend. Ihre Kontrolle war atemberaubend. Sie waren wie Schwalben, die sich auf einem unsichtbaren Luftstrom bewegten. Etwas Schöneres hatte Sarah nur selten gesehen, und sie wusste, dass sie diesen Augenblick nie vergessen würde. Alle drei wirkten leicht wie Federn, schienen aber gleichzeitig vor Kraft zu bersten.

Als die Bewegungsfolge zum Abschluss kam, fiel Wills Blick kurz auf Sarah. Er nickte und fuhr dann fort.

«Haltet die Balance», forderte er seine Söhne auf. «Ihr müsst eins mit euch selbst sein.»

Die Jungen standen einander gegenüber, die Beine gespreizt, sodass sich ihre Füße in den Sand gruben. Sie hielten die Hände gegeneinander gepresst, und abwechselnd lehnte sich einer zum anderen herüber. Sam versuchte, David umzustoßen, und reagierte leicht unwillig, als sich dieser widersetzte.

«Sucht das Gleichgewicht, es geht nicht darum, stärker zu sein als der andere», sagte Will.

Sam gab ein wenig nach und nun waren sie im Einklang miteinander.

Erst jetzt wandte sich Will Sarah zu.

«Wo ist Maxi?», fragte er.

«Ich habe sie im Auto schlafen lassen.»

Im selben Moment wurde Sarah bewusst, dass sie einen Fehler gemacht hatte. Wie oft hatte Emily ihre altmodische Gewohnheit, Babys unbeaufsichtigt zu lassen, kritisiert. Emily ließ Maxi nie allein in ihrem Kinderbett schlafen, während sie alle am Strand waren, und im Auto hätte sie sie erst recht nicht gelassen. Doch Sarah betrachtete das ganze Grundstück als ihr Heim und hatte sich stets sicher und behütet gefühlt. Aber sie hätte es besser wissen müssen, besonders heute.

Will schoss an ihr vorbei und rannte hinauf zum Haus.

Kaum waren sie allein am Strand, verkehrten die Jungen ihre friedliche Übung ins Gegenteil. Mit verbissenen Gesichtern drückten sie die Hände immer fester gegeneinander. David bewegte sich plötzlich so schnell, dass Sarah nicht genau sehen konnte, was er tat, aber Sams Körper drehte sich, und der Junge landete mit dem Gesicht vornüber im Sand, einen Arm hinterm Rücken verdreht. David beugte sich hinunter und hielt seinen Bruder fest.

«David!», schrie Sarah empört.

David ließ Sam los, der sich aufrappelte und sich Sand aus dem Gesicht wischte.

«Ich sag es Dad!»

Flink lief Sam auf den Hain zu. David verfolgte ihn und rief: «Los doch, sag's ihm, dann werd ich's dir erst recht zeigen!»

Wie hatte Emily diese friedlichste aller Kampfkünste beschrieben? «Die Kunst der Liebe, der Weg der Harmonie, um den Angreifer besorgt sein.»

Sarah eilte hinauf ins Haus, weniger besorgt um die Jungen als vielmehr um Maxi. Hoffentlich hatte Will sie selig schlummernd vorgefunden, trotz ihrer Fehlentscheidung. Aber wenn er sie weinend auf ihrem Kindersitz vorgefunden hatte, dann würde Sarah alle Schuld für ihren Irrtum auf sich nehmen. Keine Erklärungen oder Ausreden. Was immer Will ihr vorwerfen würde, sie würde es sich einfach anhören und sich dann entschuldigen.

Ängstlich betrat sie die Küche. Will stand am Tisch mit Maxi auf dem Arm und lächelte sie an. Sarah atmete auf. Maxi ging es gut, sie war begeistert, ihren Vater zu sehen, und schlang ihre Ärmchen um Wills Hals. Will drückte sie fest an sich. Sarah konnte sich vorstellen, was Will empfand. Sie hatte lange gebraucht, bis sie verstanden hatte, dass Will zu jener seltenen Art von Vätern gehörte, zu der auch Jonah gezählt hatte. Will brauchte seine Familie ebenso sehr wie sie ihn.

Schweigend bereitete Sarah einen vorgezogenen Lunch zu: Sandwiches mit Putenbrust. Sie hatte das dringende Bedürfnis, mit Will zu sprechen, aber das würde warten müssen, die Bedürfnisse der Kinder hatten Vorrang.

Maxi fing an zu schreien, als Will sie zu füttern versuchte. Sie drehte ihren Kopf zur Seite.

«Wie geht es ihrer Ohrenentzündung?», fragte Will Sarah.

«Ich bin nicht sicher, aber ich glaube, sie kämpft immer noch damit.»

«Hast du ihr ihre Medizin gegeben?»

«Natürlich.»

Sarah brachte es nicht fertig zuzugeben, dass sie die Medizin vergessen hatte. Sie würde sie Maxi heimlich nach dem Lunch geben. Dann wäre es nur eine harmlose Unterlassungssünde. Durch den Mangel an Schlaf waren sie beide dünnhäutig.

Nach dem Essen verschwand Will mit den Jungen im Wohnzimmer. Sarah griff zur Pipette, die noch im Ausguss lag, um Maxi ihr Antibiotikum zu verabreichen. Sie war gerade dabei, sie mit heißem Seifenwasser auszuwaschen, als das Telefon klingelte. Schnell drehte sie den Wasserhahn zu und nahm den Hörer ab.

«Ich rufe wegen der vermissten Frau an», sagte eine Männerstimme.

«Haben Sie sie gesehen?» Sarah spürte einen Funken Hoffnung.

«Nein.»

Will trat mit fragender Mine neben sie.

«Wer ist dran?», flüsterte er.

Sarah zuckte mit den Achseln.

«Ist es die Polizei?»

Sie schüttelte den Kopf.

Er streckte die Hand nach dem Telefon aus. «Darf ich?»

«Will, warte, ich muss dir was sagen …»

Aber er nahm ihr den Hörer aus der Hand und presste ihn ans Ohr. «Hier spricht Will Parker.»

Sarah sah, wie er erblasste.

«Bitte drucken Sie nichts. Geben Sie uns einen Tag, um sie zu finden, bevor er es mit der Angst zu tun bekommt und ihr etwas antut.» Seine Stimme wurde lauter. «Ich weiß nicht, *wer er ist*, ich weiß gar nichts, und ebendeswegen dürfen Sie nichts bringen. Verstehen Sie mich? Tun Sie es nicht! *Bitte*!» Wütend warf er den Hörer auf die Gabel. «Das war Eric Smith von der *Cape Cod Times*.» Sarah hatte Will noch nie so zornig gesehen. «Er hat ein Plakat gesehen. Was für ein Plakat, Sarah?»

Verschreckt trat Sarah einen Schritt zurück. Will hatte ihr noch nie Vorwürfe gemacht. Mit stockenden Worten erklärte sie es ihm. Doch statt sich zu beruhigen, wurde Will immer wütender. Maxi spürte die Unruhe und begann zu brüllen. Der Lärm lockte David und Sam an. Stumm schauten sie die beiden Erwachsenen an.

«Ich hab versprochen, der Presse nichts zu sagen, Sarah!»

«Will, es tut mir Leid, ich wusste ja nicht ...»

«Du hättest auf mich warten sollen. Warum hast du das nicht getan?»

Sie hätte am liebsten eingelenkt, um die Situation zu entschärfen, aber schließlich brachte sie es doch nicht über sich. Sie hatte getan, was sie hatte tun müssen. Sie hatte daran geglaubt.

«Sie ist meine Tochter, Will. *Meine Tochter!*»

Will drehte sich um und sah seine Söhne an.

«Dad», sagte David leise und gefasst.

«Raus, beide. Und zwar auf der Stelle.»

Sam rannte hinaus, aber David blieb stehen und starrte seinen Vater an.

«Jetzt!»

David drehte sich langsam um und ging. Die vordere Fliegentür knallte hinter ihm zu.

Sarah stand wartend da und blickte Will an. Sie war sich vor ihm noch nie so bloßgestellt vorgekommen. Will schüttelte langsam den Kopf und schloss die Augen. Er sah unendlich müde aus. Sarah hatte sich gerade entschieden, auf ihn zuzugehen und ihn zu umarmen – er war ihr Schwiegersohn, fast ihr eigenes Kind –, als die Vordertür kreischend aufging.

«Dad!» David rannte ins Haus. «Die Polizei ist draußen.»

KAPITEL 8

Detective Amy Cardoza fuhr kurz vor ein Uhr am Haus der Parkers vor. Es war ein langer Morgen gewesen. Police Chief Kaminer hatte von dem neuen Vermisstenfall gehört und Snow befohlen, bis zum Appell zu bleiben, dann nach Hause zu fahren und sich kurz auszuruhen. Das beunruhigte Amy ziemlich. Nach drei Jahren Streifendienst war sie gerade erst zum Detective befördert worden und hatte noch keinen Partner, mit dem sie zusammenarbeitete. Snows Partner war vor kurzem in den Ruhestand versetzt worden. Amy hatte gehofft, dass Kaminer die Karten neu mischen und ein anderes Team trennen würde, aber es sah nicht so aus. Im Gegenteil, Kaminer hatte Snow für fünfzehn Uhr auf die Wache zurückbestellt. Die Vermutung, dass er mit Amy zusammen für den Tagesdienst eingeteilt würde, lag auf der Hand. Und das gefiel ihr ganz und gar nicht.

Ihr Verhältnis zu Snow stand unter keinem guten Stern. Seine Familie war mit der *Mayflower* gekommen, in Plymouth gelandet und hatte auf dem Cape gesiedelt. Ihre war hundert Jahre später auf einem Walfänger aus Portugal gekommen, lange genug nach den Engländern, um von ihnen als Eindringlinge angesehen zu werden. Dennoch waren sie geblieben. Zweihundert Jahre lang. Ihr Vater war das erste Familienmitglied gewesen, das das Cape verlassen hatte. Er hatte eine irische Schauspielerin geheiratet, die mit einem Sommerensemble in der Stadt aufgetreten war. Dann war er mit ihr nach Boston gezogen, um sich ihrer umfangreichen Familie anzuschließen. Amy und ihre beiden jüngeren Schwestern hatten alle die helle Haut ihrer Mutter und das pechschwarze Haar und die braunen Augen des Vaters. Ihr Vater hatte sie scherzhaft seine «portugiesischen Blumen» genannt. Sein Ziel war es gewesen, dass sie als wahre Amerikanerinnen Jura, Medizin oder BWL studieren würden, um den langen Prozess der Assimilierung zu vollenden. In Cape Cod sollten sie nichts weiter sehen als einen Ort, den er hinter sich gelassen hatte, das war sein Credo gewesen.

Als Amy sich entschied, die Polizeiakademie zu besuchen, und schließlich auch noch die Berufung nach Cape Cod annahm, hatte niemand in der Familie sie verstanden. Sie erfuhr sehr schnell am eigenen Leib, warum ihr Vater fortgegangen war. Auf dem Cape waren Ehen zwischen Portugiesen und Schwarzen Tradition, und darum wurden die Portugiesen wie die Schwarzen behandelt: als Bürger zweiter Klasse. Vor allem von blütenweißen Einheimischen wie den Snows. Für die Blaublütler waren sie wie die Sommergäste – ewige Außenseiter, deren Anwesenheit nur toleriert wurde, weil sie die Wirtschaft ankurbelten.

Sie wusste, dass Snow sie schon aufgrund ihres Namens verabscheut hatte, bevor er sie überhaupt kennen gelernt hatte. All die Jahre, die sie Streife gefahren war, hatte er sie ignoriert. Und jetzt hatte sie sogar die Kühnheit besessen, in seinen Rang aufzusteigen.

Ihre Kollegen frotzelten schon, dass Kaminer nur gelangweilt war und nach Unterhaltung suchte. Nur, Amy würde sich nicht einschüchtern lassen. Sie würde es allen zeigen und der beste Detective werden, den sie je gesehen hatten.

Vor dem Haus der Parkers standen zwei Jungen, warfen Steine die Straße hinunter und kennzeichneten die Stellen, wo sie gelandet waren, mit Kreidestrichen. Der jüngere ging ganz in dem Spiel auf, der ältere hingegen bemerkte den Streifenwagen und rannte ins Haus. Amy hatte noch keinen zivilen Wagen zugeteilt bekommen, und sie vermutete, dass Kaminer ihr auftragen würde, sich mit Snow dessen Wagen zu teilen.

Sie parkte das Auto vor einem üppigen Sommergarten, der von handgeschichteten Steinen umrahmt war, stieg aus dem Wagen und lächelte den kleinen Jungen an.

«Ich dachte, Sie wären von der Polizei.»

«Bin ich auch, sozusagen. Ich bin Detective.»

«Und wo ist Ihre Uniform?»

Ihre Leinenhosen und das blaue T-Shirt waren offenbar eine Enttäuschung für ihn.

«Detectives tragen normale Kleidung.»

«Und Sie schnappen Verbrecher, so wie die Polizei?»

Amy nickte. «Ich versuche es.»

«Meine Mommy ist verschwunden, glaub ich.» Er ging zum Streifenwagen und spähte hinein. Sie wusste nicht, ob er nach seiner Mutter Ausschau hielt oder nur die Ausrüstung und die technischen Geräte bewunderte, die vorne drin lagen.

«Bist du schon mal in so einem Wagen mitgefahren?», fragte sie ihn.

Er schüttelte den Kopf.

«Nun, vielleicht ergibt es sich ja demnächst mal.»

«Wieso nicht jetzt?»

«Ich hab im Moment ein bisschen was zu tun.» Amy beugte sich zu Sam hinunter. «Außerdem würdest du sowieso die Erlaubnis deiner Eltern brauchen. Das weißt du doch, nicht wahr?»

Er nickte.

Aus dem Inneren des Hauses hörte Amy immer lauter werdende Stimmen. «He, ist dein Daddy zu Hause? Oder deine Großmutter?»

Im selben Moment stieß Will Parker die Fliegentür auf. «Detective! Ich sehe, Sie haben Sam kennen gelernt.»

Amy lächelte Will an. «Ja, das hab ich. Ist alles okay?»

«Sam», sagte Will, «geh mit David nach unten. Die Erwachsenen müssen sich unterhalten.» Sam lief ins Haus.

«Hübscher Garten.»

«Meine Schwiegermutter Sarah hat einen grünen Daumen.»

«Das sieht man.»

«Irgendwelche Neuigkeiten, Detective?»

«Nein. Aber es haben Leute angerufen. Anscheinend hat jemand Plakate aufgehängt.»

Will nickte. «Sarah. Wir haben gerade darüber diskutiert.»

«Diskutiert», sagte Amy.

«Die Situation ist neu für uns. Wir wissen nicht, wie wir uns verhalten sollen.»

«An sich ist daran nichts auszusetzen.»

Sarah erschien in der Fliegentür, Maxi auf der Hüfte. «Also war es kein Fehler?» Sie schloss die Tür hinter sich und trat zu ihnen. Amy bemerkte die dunklen Ringe unter Sarahs Augen und ihre dünne Haut.

«Alles, was uns bei der Arbeit helfen kann, ist uns willkommen. Es wäre jedoch besser gewesen, wenn Sie sich mit uns abgestimmt hätten. Wir hätten Ihnen ein paar Ratschläge geben können, was darauf erwähnt werden sollte.»

«Wir wollen nur Emily finden.» Sarah strich ein Löckchen hinter Maxis Ohr.

Amy unterdrückte den Impuls, die Wange des kleinen Mädchens zu streicheln. «Ebendas wollen wir auch.»

«Ich bin heute Morgen zu dem Supermarkt gefahren», sagte Will. «Der Wagen stand da, und ich hab rumgefragt …»

«Ich weiß. Ich komme gerade von dort.»

«Es hat letzte Nacht geregnet.» Es klang wie ein Vorwurf, so als hätte sie persönlich den Wettergott gebeten, die Überlebenschancen seiner Frau zu verschlechtern. Doch Amy wusste nur zu gut, dass sie die Anspannung der Familie nicht persönlich nehmen durfte.

«Mister Parker, ich habe in diesem Moment ein Team von der Spurensicherung an Ort und Stelle. Der Wagen wird sichergestellt. Wir werden jeden Quadratzentimeter mit dem Mikroskop untersuchen.»

«Wann?»

«Heute. Jetzt in dieser Minute.»

«Warum hat das so lange gedauert?»

Amy stockte. Wenn sie selbst die Nachtschicht gehabt hätte, hätte sie sofort etwas unternommen. Aber Snow sah solche Dinge anders: Wenn eine Ehefrau verschwand, vermutete er, dass sie eben durchgebrannt war, wie seine eigene Frau es getan hatte, und wieder auftauchen würde, wenn sie nur wollte. Oder auch nicht, wie seine Frau es vorgezogen hatte. Doch das konnte sie Will Parker nicht sagen.

«Vorschriften», antwortete sie stattdessen. «Es gibt eine 24-Stunden-Frist bei Erwachsenen …»

«Hat jemand mit den Leuten gesprochen, die im Supermarkt arbeiten? Sie vielleicht?»

«Das habe ich. Und ich weiß auch, dass Sie und Mister Geary uns zuvorgekommen sind.»

«Haben Sie auch von diesem Mister White gehört?»

Amy versuchte so ruhig wie möglich zu klingen. «Mister Parker, es wäre besser, wenn Sie diese Arbeit uns überlassen würden. Wir haben von dem ominösen Mister White erfahren und werden ihn überprüfen. Wir wissen, dass Ihre Frau keine sonstigen Besorgungen mehr erledigt hat. In keinem der anderen Geschäfte am Ort wurde sie gestern gesehen. Heute Nachmittag bekommen wir einen vorläufigen Bericht von der Spurensicherung. Glauben Sie mir, wir sind an dem Fall dran. Lassen Sie uns unsere Arbeit tun.»

«Und was kann ich tun?» Es war Bitte und Kommentar zugleich.

«Sie sollten beide versuchen, sich etwas Ruhe zu gönnen», schlug Amy vor. «Niemand kann richtig denken, wenn es ihm an Schlaf mangelt. Es würde helfen, die Dinge in die richtige Perspektive zu setzen.»

Will schüttelte den Kopf. «Ich sehe im Moment so gut wie keine Perspektive.»

«Vielleicht hat sie Recht, Will», sagte Sarah. «Wir könnten uns abwechselnd um die Kinder kümmern.»

«Allein mit der Kleinen da haben Sie sicher alle Hände voll zu tun.» Amy lächelte Sarah an. «Wie viel wissen die anderen beiden?»

«Ich bin mir nicht sicher», sagte Will. «Aber es ist ja offensichtlich, dass Emily nicht hier ist.»

«Nun, dann wissen sie Bescheid. Sie werden mir vielleicht nicht glauben, aber solche Fälle klären sich oft auf unglaubliche Art und Weise auf. Manchmal tauchen die Verschwundenen einfach wieder auf und haben alle erdenklichen Erklärungen.» Das stimmte nur bedingt, aber sie teilte betroffenen Familien nie gleich die Wahrheit mit: dass Fälle von vermissten Personen nur selten einen glücklichen Ausgang nahmen.

«John Geary hilft mir.» Will sprach schnell, und es klang nach einer Beichte. «Ich hab ihn darum gebeten.»

«Ich bin nicht sicher, ob das die beste Entscheidung ist», antwortete Amy. «Bei Geary gibt es eine … Vorgeschichte.»

«Er hat gesagt, er sei ein Spitzenmann beim FBI gewesen, bei der Verhaltensforschung. Er scheint viel Erfahrung zu besitzen.»

«Oh, die hat er sicher. Und er sagt auch die Wahrheit, was seine ehemaligen Positionen betrifft. Es ist komplizierter …»

«Wenn er behilflich sein kann, sie zu finden …»

«Seien Sie eben einfach vorsichtig, Mister Parker. John Geary verhält sich durchaus nicht immer vorschriftsmäßig.»

Einer der anderen Detectives hatte ein wenig in den Akten gegraben, als Geary zum ersten Mal auf der Wache erschienen war und mit seinen Erfolgen und Positionen angegeben hatte. Das allgemeine Interesse war groß, als ihr Kollege herausfand, dass Geary auf dem Höhepunkt seiner langen Karriere in Quantico kurz vor einer Anklage wegen sexueller Belästigung gestanden hatte. Dazu war es jedoch nicht gekommen, weil ein psychologisches Gutachten zu dem Schluss kam, dass Geary nicht entfernt in der Lage sei, ein Gesetz zu brechen. Das war Amy ziemlich suspekt. Sexuelle Belästigung war ja ein Tatbestand, der von Männern oft verleugnet wurde. Genau darum waren diese Gesetze überhaupt erst verabschiedet worden: damit nicht irgendwelche Idioten Frauen nachstellten, die nichts als ihren Job machen wollten.

«Ich würde mich hier gern ein bisschen umsehen, wenn Sie nichts dagegen haben.»

«Natürlich nicht», sagte Sarah. «Treten Sie ein.»

Amy folgte ihnen nach drinnen. Es war ein sehr hübsches Haus, übersät mit Spielsachen und voll gestopft mit Antiquitäten, Orientteppichen und da und dort dem nautischen Krimskrams, der in keinem der Häuser auf dem Cape fehlen durfte. An den Wänden hingen Originalgemälde, zum größten Teil figurativ, aber einige auch abstrakt.

«Sammelt einer von Ihnen Kunst?», fragte Amy.

«Ich bin Malerin», antwortete Sarah. «War es jedenfalls mal. Aber seit mein Mann gestorben ist, habe ich nicht mehr gemalt.»

«Das tut mir Leid.»

«Es war erst letzten Winter», sagte Sarah und bückte sich, um ein Plastikschwert aufzuheben, das im Weg lag.

Amy sah sich um. Der Rest des Hauses bestätigte ihren ersten Eindruck. Eine typische Familie, etwas chaotisch. Nichts erregte ihr besonderes Interesse, bis sie in die Küche kamen. Hier fiel ihr der Fußboden sofort auf. Er war aus Holz, wie die restlichen Böden im Haus auch, aber hier war die Farbe nicht gleichmäßig. In der Mitte war ein Rechteck, das viel heller war als der Rest des Holzes. Doch nur wenige Augenblicke später, als sie in die Garage trat, erblickte sie die Antwort auf ihre Frage.

Auf einer Seite der für zwei Wagen ausgelegten Garage parkte ein goldfarbener Ford Taurus Kombi, auf der anderen Seite wurden allerlei Gartengeräte und Werkzeug aufbewahrt. Was Amy jedoch am allermeisten interessierte, war der zusammengerollte Teppich, der in der Ecke stand.

«Ist das der Teppich aus der Küche?», fragte sie.

«Der ist uralt», sagte Sarah. «Ich wollte ihn auf den Müll schaffen.»

«Können wir ihn kurz ausrollen?»

«Emily ist verschwunden», sagte Will, «und Sie wollen Ihre Zeit damit verschwenden, einen alten Teppich zu inspizieren?»

«Ja, das würde ich gern.»

Will nahm Sarah Maxi ab und verließ die Garage, nicht ohne die Tür knallend zuzuschlagen. Sarah starrte auf den Teppich.

«Als ich gestern Abend Maxi Saft geben wollte, ist mir der Rest der Pizza auf den Boden gefallen.» Sarah kniff die Augen zusammen. «Ich hab den Teppich schon immer gehasst, aber mein Mann konnte sich nicht von ihm trennen. Die Jungen haben mir geholfen, ihn aufzurollen. Ich war froh über die Ablenkung. Das Warten auf Emily wurde allmählich unerträglich.»

«Mrs. Goodman ...»

«Sie ist nicht hier.» Sarah fing an zu weinen. «Das ist das Problem. Sie ist *verschwunden*.»

Es war das erste Mal, dass Amy einer verzweifelten Familie ohne die Rüstung ihrer Uniform entgegentrat, und sie kam sich nackt vor. Aber sie kannte ihren Job. Die Familie stand unter Schock. Sie hatte zwar auch keine Ahnung, wo Emily Parker war, aber sie wusste, wie sie vorzugehen hatte. «Bitte verstehen Sie», versuchte sie Sarah zu beruhigen, «dass wir uns das Haus anschauen müssen.»

Als Amy wieder zur Wache zurückkam, reichte ihr Suellen einen ganzen Stapel Telefonnotizen.

«So viele Anrufe habe ich seit meiner Beförderung noch nie bekommen.»

Suellen grinste sie schief an. «So lange ist die auch noch nicht her, Honey.»

Insgesamt hatte sie zwölf Nachrichten bekommen, und neun davon betrafen Sarah Goodmans Plakate. Amy machte einen Umweg über die Küche, um sich eine Tasse Kaffee einzuschenken, und setzte sich dann an ihren alten Schreibtisch bei den Streifenpolizisten. Hoffentlich würde sie bald bei den Detectives einen Schreibtisch zugeteilt bekommen. Sie nahm das Telefon und wählte.

Die meisten Nachrichten waren Blindgänger. Die Informationen hatten entweder nichts mit der Sache zu tun oder waren gänzlich nichts sagend. Aber zwei Anrufer klangen interessant.

Der erste musste Kinder haben, denn Amy hörte sie im Hintergrund. Er klang wie jemand, der weitaus Besseres zu tun hatte, als seine Zeit damit zu verbringen, der örtlichen Polizeidienststelle auf die Nerven zu fallen. Er berichtete, er habe am Tag zuvor Filme zum Videoverleih zurückgebracht, und als er kurz beim Supermarkt vorbeigefahren sei, um noch schnell ein paar Dinge einzukaufen, habe er etwas bemerkt, das seine Aufmerksamkeit erregt habe. Ein Mann mit weißem Haar und bleichem Teint sei in einem Oldtimer in der Farbe Lachskoralle mit Händlernummernschildern davongefahren. Bei ihm sei eine blonde Frau gewesen, die geschlafen habe. Als er das Plakat gesehen habe, habe er sich entschlossen, bei der Polizei anzurufen. Amy schrieb es auf und las es dem Mann zur Bestätigung noch einmal vor.

Der andere Anruf kam von einem Mann, der sich weigerte, seinen Namen zu nennen. Das gefiel Amy zwar nicht, aber sie hörte ihm zu. Er beschrieb einen älteren weißhaarigen Mann, der in Begleitung einer blonden Frau zu ebendem Zeitpunkt vom Parkplatz gefahren sei, als Emily Parker verschwunden war. Aber diesmal fuhr Mister White einen Buick Skylark. Glücklicherweise war das Kennzeichen besonders auffällig gewesen und der Mann hatte es sich gemerkt.

Seltsam, dachte Amy, aber sie verstand.

Es gab zwei Mister White.

KAPITEL 9

Im Fenster von Lizzy's Boxcar Diner blinkte die Botschaft «All you can eat» auf. Geary fuhr auf den Parkplatz und sah sich nach Bells blauem Nissan um: nirgends zu sehen. Er nahm sich eine Zeitung aus einem der Verkaufskästen vor der Tür, trat ein und setzte sich in eine Nische am Fenster. Bei einer Kellnerin bestellte er Thunfisch mit Käse auf Roggenbrot, dann schob er die blaue Glasvase mit einer einsamen roten Nelke beiseite und schlug die Zeitung auf, um zu warten. Bell und er kannten sich seit Jahrzehnten, und er hatte nicht einmal erlebt, dass Bell pünktlich erschienen war. Bell war zu spät zu Besprechungen gekommen, zu Prozessen, zu Fortbildungsseminaren, ja sogar zu FBI-Meetings, bei denen es um irgendeinen Psychopathen gegangen war, der bereits auf dem Weg zu seinem nächsten Opfer war.

Geary überflog die Titelseite der *Cape Cod Times*. Einige Wale waren bei Wellfleet gestrandet. Ein neunjähriger Junge war auf seinem Fahrrad in Yarmouth von einem Auto angefahren worden und befand sich in kritischem Zustand in einem Krankenhaus in Boston. Die Schulen bereiteten sich auf das nächste Jahr vor. Und ein großes Foto zeigte, wie die Einheimischen über die Sommergäste dachten. Abreisende Urlauber, deren Autos sich auf der Route 6 stauten, wurden mit selbst beschrifteten Transparenten verabschiedet, auf denen stand: *Verschwindet; Euch wär'n wir los; Uns bleibt euer Geld, Ihr haut endlich ab; Kommt wieder, aber bleibt nicht zu lange.* Geary gefiel das nicht; er war auch immer noch ein Neuling und schlug sich auf die Seite der Leute, die das ganze Jahr gespart hatten, um sich die absurden Sommerpreise auf dem Cape leisten zu können. Der Artikel unter dem Bild stammte von einem gewissen Eric Smith, der keinen Hehl daraus machte, wie froh er war, dass die «Heuschrecken» abgereist waren und viel Geld dagelassen hatten.

In Geary stieg beim Lesen Zorn auf. Er hatte den Preis für sein kleines Häuschen auch ein wenig übertrieben gefunden, aber er war nicht auf den Gedanken gekommen, dass die Einheimischen ihn hinter seinem Rücken auslachen könnten.

«Ah, das jährliche Freudenfest.» Bells tiefe Stimme ertönte hinter Geary. «Es gibt nichts Schöneres für die Einheimischen als die Abreise der Sommergäste.»

Geary blickte auf. «Bloß komisch, dass auch ich mir wie ein Sommergast vorkomme. Dabei wohne ich doch hier.»

«Du bist *Strandgut*, John. Eine Stufe höher.»

«Ich fühl mich nicht gerade willkommen.»

«Du wirst auch hier Freunde finden», sagte Bell, «genauso viele wie anderswo.»

Bell quetschte sich in die Nische. Er war fast eins neunzig groß, hatte lange dünne Beine, einen Schmerbauch und den rötlichen Teint eines Mannes, der sein Leben lang keine Sonnencreme verwendet hat. Sein Haar war weiß und kurz geschnitten, bedeckte jedoch nur einen kleinen Teil seines roten Schädels. Dafür waren sein Bart und seine Augenbrauen umso prägender. Allerdings sah man nur die eine, die andere war mit dem blinden Auge unter einer Augenklappe verborgen. Lila, passend zu seinem Hemd. Geary schüttelte staunend den Kopf und musste beim Anblick seines Freundes wieder einmal lachen. Er war immer aufs Neue verblüfft über Bells verwegene Augenklappen, die dieser sich passend zu seinen diversen Kleidungsstücken anfertigen ließ.

Gearys Thunfisch wurde serviert. Er faltete die Zeitung zusammen und steckte sie in den Serviettenhalter. Ohne auf die Speisekarte zu schauen, bestellte Bell Caesar-Salat mit Hähnchenbrust.

«Warum?», fragte Geary, den Mund voll Thunfisch, «bist du eigentlich nicht am College?»

«Wir fangen erst am Tag nach dem Labor Day an.» Bells Stimme dröhnte durchs Lokal, und wie gewöhnlich drehten sich die Leute um, weil sie sehen wollten, wer sprach.

«Also heute.»

«Genau.»

«Und du sitzt trotzdem hier herum. Nicht, dass ich darüber nicht froh wäre …»

«Meine erste Unterrichtsstunde ist am Montag, die Immatrikulation können die auch ohne mich regeln. Ich bin auf Lebenszeit eingestellt. Das ist der Vorteil davon, an der Uni zu sein und nicht in Regierungsdiensten zu stehen.»

«Wir schuften also wie blöd, während du machen kannst, was du willst, und dein Gehalt kassierst.»

«Plus Vergütungen.»

«Nicht zu vergessen die freien Sommermonate.»

«Ein großer Verstand braucht Freiräume.» Bell lehnte

sich an die türkis funkelnde Rückwand seines Sitzes. «Außerdem hast du ganz gut von meiner Sachkenntnis profitiert – wenn mich meine Erinnerung nicht täuscht.»

Geary seufzte. Jedes Mal, wenn sie sich begegneten, fing Bell mit dieser alten Sache an und rieb ihm unter die Nase, was er ihm alles verdankte. Es hatte als Scherz begonnen, als persönliches Augenzwinkern, aber Bell hatte all die Jahre nicht locker gelassen. Geary war es allmählich ein wenig leid, aber er spielte dennoch mit. *Ohne das professionelle Gutachten des brillanten Roger Bell wäre John Geary wegen sexueller Belästigung unehrenhaft aus den Diensten des FBI entlassen worden.*

Schlimmer noch, Ruth hätte erfahren, dass er sie belogen hatte.

«Ohne dich …» Geary schüttelte den Kopf.

«Ich hab einen Entschluss gefasst, John. Im Frühling lass ich mich in den vorzeitigen Ruhestand versetzen. Ich werde mein Haus winterfest machen, dir Gesellschaft leisten und dir bei deinem Buch helfen. Natürlich mit voller Namensnennung.»

«Und einer kräftigen Scheibe vom Vorschuss?» Geary lachte. Darum hatte sein alter Freund so sehr darauf gedrungen, dass er ein Buch schrieb, obwohl er wusste, dass ihm das Schreiben schwer fiel. Seit seiner Dissertation hatte er nur noch Täterprofile erstellt, und die waren im FBI-Jargon abgefasst und sollten keine Stilübungen sein, sondern das Bild eines Mörders entwerfen. Geary ahnte, wie Bell sich die Zusammenarbeit vorstellte: Er würde die gesamte Recherche machen und sich durch die erste Fassung hindurchquälen, und dann würde Bell die geschliffene Endfassung abliefern und als Mitautor erscheinen sowie mitkassieren. Nicht ganz sauber, aber Geary hatte keine Einwände. Bell hatte diverse Bücher geschrieben, und eines von ihnen, *Der hasserfüllte Geist*, war sogar zum Bestseller geworden. Sie konnten also mit seinem Namen ihr Honorar glatt verdoppeln.

«Denk mal drüber nach, John. Ich bin sicher, du kommst zum selben Ergebnis.» Bell grinste. «Wir werden einander brauchen. Du wirst schon sehen.»

Die Kellnerin brachte Bells Salat, und er machte sich darüber her.

«Ich hab schon einen Titel für unser Buch», sagte Geary.

«Raus damit.»

«Der Kopf in den Dünen.»

Bells Augenbraue ging fragend nach oben. «Interessant. Erzähl.»

Geary berichtete Bell vom Fall Emily Parker.

«Es verschwinden natürlich ständig Menschen», schloss Geary. «Frauen, Mütter. Aber hier kommt der Haken: Auf den Tag genau vor sieben Jahren verschwindet eine Frau namens Janice Winfrey aus Woods Hole. Fünf Tage später ist auch ihr Sohn wie vom Erdboden verschluckt. Sein Arm wird ans Ufer gespült, der Rest der Leiche wird nie gefunden. Die Mutter liegt kurz darauf nackt vor dem Aquarium herum.»

«Tot, nehme ich an.»

Geary schüttelte den Kopf. «Lebendig, aber geistig verwirrt. Sie kann nicht mehr sprechen und auch nicht mehr klar sehen.»

«Bis heute?»

«Das weiß ich nicht. Aber sie war nicht in der Lage, eine Aussage zu machen.»

«Der Fall wurde also nie geklärt. Deine Mrs. Parker hat einen Sohn?»

«Zwei.»

«Und hast du noch mehr Hinweise?»

«Das war noch nicht alles. Hör zu. Am 19. September 1973 wurde in Santa Monica, Kalifornien, der abgetrennte Kopf eines Kindes in den Dünen gefunden. Sonst nichts.»

«Und die Mutter?»

«Der Kopf wurde damals nicht identifiziert, darum kann ich nichts dazu sagen. Aber wir können die örtliche Polizei einschalten, damit eine DNS-Überprüfung gemacht und festgestellt wird, ob sie zu einer Mutter passt, die zu jenem Zeitpunkt vermisst wurde. Wenn die örtliche Polizei nicht mitzieht, wenden wir uns an die Staatspolizei.»

«Und wenn die sich weigern, dir den Gefallen zu tun?»

Geary lächelte. «Lass ich mich wieder vom FBI rekrutieren. Kinderspiel.»

«Dennoch, die Verbindung, die du da konstruierst, ist ein bisschen weit hergeholt. Das ist fast dreißig Jahre her.»

«10. September 1980, Baton Rouge, Louisiana. Der Arm eines Kindes wird im Sumpf gefunden. Die Mutter war seit dem 3. September als vermisst gemeldet und wurde tot aufgefunden.»

«Verstümmelt?»

«Nicht im Geringsten.»

«Interessant.»

«8. September 1987, Fleetwood, New York. Der Torso eines Jungen wird auf einem Spielplatz gefunden, höchstens drei Stunden tot. Seine Mutter wurde seit dem 3. September vermisst.»

Bell hörte zu. Sein Interesse war geweckt.

«Das ist das Muster», sagte Geary. «Die Mutter am dritten, der Sohn später. Da der Mord in New York gerade erst geschehen war, kann man für den Tod der Kinder einen Zeitraum von fünf Tagen nach dem Verschwinden der Mutter ansetzen.»

«Und der erste Junge, von dem du mir erzählt hast …?»

«Chance Winfrey, sieben Jahre alt, 1994 verschwunden. Verstehst du?»

«Alle sieben Jahre.» Bells Blick blieb weiter auf Geary gerichtet. «3. September. Fünf Tage später ein Kind.»

«Und alles Jungen.»

«Warum?»

«Um einem Muster zu entsprechen», vermutete Geary. «Der Kerl handelt nach einem Plan. Auf den Tag und auf das Jahr genau. Offenbar sucht er sich seine Opfer im Voraus. Was meinst du?»

«Möglich. Das könnte die geographischen Unterschiede erklären. Er sucht sich den Ort aus, reist an, um die Sache zu erledigen, und verschwindet, wenn die Arbeit getan ist.»

«Unser Mann war ein Vielflieger.»

«Und das, bevor man überhaupt Air-Miles sammeln konnte.» Bell verzog abschätzig das Gesicht. «Das nenn ich schlechte Planung.»

«Ich habe meinen Kumpel Tom beim VICAP angerufen. Er hat die Datenbank abgefragt und ein paar Namen gefunden, die eine Verbindung zu Datum und Art des Verbrechens aufweisen. Im Moment habe ich aber nur diese Zeitungsartikel da, die ich im Internet gefunden habe.»

Geary schob Bell über die Resopalplatte hinweg eine Akte zu. Der öffnete sie und fing an zu lesen.

Als Bell mit der Lektüre fertig war, war er so ernst wie seit Jahren nicht mehr. Geary hatte gewusst, dass die Artikel ihn überzeugen würden.

«Du hast Recht», kommentierte Bell. «Es ist ein Wiederholungstäter.»

«Nach dem, was wir wissen, wie schätzt du ihn ein?»

Bell schürzte die Lippen. «Sozial eingestellt ist er nicht, vermutlich menschenscheu.»

«Würde ich auch sagen.»

«Ein Psychopath, aber nicht gerade psychotisch. Ein echter Psychotiker könnte eine so komplexe Serie von Verbrechen nicht aushecken. Mich würden die forensischen Ergebnisse dieser Fälle interessieren. Je organisierter ein Verbrecher ist, desto weniger Beweismaterial hinterlässt er. Mir scheint, unser Mann arbeitet daran, sein Handwerk zu perfektionieren.»

«Inwiefern?» Geary schob seinen Teller beiseite, ihm war der Appetit vergangen.

«Vor sieben Jahren wurde die Mutter lebend aufgefunden. Ich würde gern wissen, was mit den anderen Müttern ist. Wurden sie gefunden? Tot? Lebendig? In welchem Bewusstseinszustand? Konnte eine von ihnen vielleicht beschreiben, was mit ihr geschehen war?»

«Ich werde versuchen herauszubekommen, ob die jeweilige Polizei vor Ort in diesen Fällen weiter ermittelt hat. Ich werde auch beim Bureau nachhaken.»

«Jedenfalls ermordet er die Kinder. Punkt.»

«Aber er bringt sie nicht einfach um.»

«Nein. Er verstümmelt sie.»

«Klingt eher nach Folter.»

Bell nickte. «Aber was die Mütter betrifft, sucht er nach einer Antwort.»

«Er kontrolliert das Ergebnis durch die Art und Weise, wie er die Mutter hinterlässt?»

«Schon möglich.»

«Wie alt schätzt du ihn, Roger?»

«Meine Rechenkünste sind eingerostet.» Bell bearbeitete seinen Salat.

«Ich habe bereits gerechnet, aber ich möchte erst deine Einschätzung hören.»

«Typischerweise schlummert diese Art pathologischer Anlage jahrelang und kommt dann zum Ausbruch, wenn der Täter Ende zwanzig ist. Wenn wir die Perioden von sieben Jahren zusammenzählen, würde er dann nicht so Mitte fünfzig sein?»

«Bingo.» Geary nickte. «Was sonst noch?»

«Er ist weiß. Gebildet. Ich schätze, er versteht sich auf Kreuzworträtsel, Schach, Strategiespiele.»

«Und was ist sein Beruf?»

Bell dachte nach. «Berufstätig, zweifellos. Wahrscheinlich angestellt. Er schafft es, seine Opfer zu verstecken und selbst zu bestimmen, wann und wo er sie wieder fremden Blicken präsentiert. Das erfordert nicht nur Einfallsreichtum, sondern auch die entsprechenden Mittel.»

«Er ist also nicht arm.»

«Nein, aber auch nicht unbedingt reich. Er sucht nach etwas. Ich würde annehmen, dass er sein eigenes Puzzle zusammenbaut. Ein Kopf, ein Torso, ein Arm, noch ein Arm.»

«Fehlen noch zwei Beine.» Geary würde übel. Vielleicht hatte der Ruhestand ihn verweichlicht. Während seiner Dienstzeit hatte er einige grauenvolle Taten gesehen, und er hatte gelernt, Distanz zu halten. Aber Kinder? Daran würde er sich niemals gewöhnen.

«Ja. Das erste Bein jetzt und das zweite nach weiteren sieben Jahren. Dann wird er fertig sein, nehme ich mal an.»

«Mit seinem Meisterwerk. Aber warum?»

«Gute Frage. Er versucht, uns etwas mitzuteilen, und bisher hat ihm niemand zugehört. Es hat ihn noch nicht einmal jemand wahrgenommen.»

«Und ausgerechnet ich musste derjenige sein, der ihn hört, während ich eigentlich meinen Ruhestand genießen sollte.»

«Könnte sein, dass er entdeckt werden möchte, John. Aber er arbeitet subtil, und sein Appell richtet sich nur an geschulte Ohren. Darum musstest du wohl tatsächlich derjenige sein. Was ich nicht verstehe, ist, warum euer VICAP-System das Muster nicht schon früher entdeckt hat.»

«Das wüsste ich auch gern.» VICAP, das Violent Criminal Apprehension Program, war eine Datenbank, auf die die lokale Polizei zurückgriff, wenn ein ungelöstes Kapitalverbrechen vorlag. Jeder dieser Fälle sollte nämlich in der Datenbank registriert sein und regelmäßig auf Querverbindungen überprüft werden. Warum das offenbar nicht geschehen war, bereitete Geary Kopfzerbrechen, und er hatte vor, sich deswegen mit Tom zu beratschlagen, wollte aber erst abwarten, bis er ihm alles übergeben hatte, worauf er gestoßen war. Niemand hatte es gern, wenn man seine Arbeit kritisierte, das wusste Geary aus eigener Erfahrung.

Bell schob das letzte Salatblatt auf seinem Teller hin und her und dachte weiter nach.

«Was meinst du, John, wohnt dieser Mann allein?»

«Nehme ich an. All die Planung. Es sei denn, er kann es geheim halten. Aber das glaube ich nicht. Meiner Meinung nach ist er ein Einzelgänger.»

«Da würde ich dir zustimmen. Psychopathen, die zudem noch Zwangsneurotiker sind, geben scheußliche Zimmergenossen ab.»

«Und noch schlimmere Freunde.»

Bell aß den Teller leer, und die Kellnerin erschien mit Kaffee.

«Möchten Sie?», fragte sie Geary.

«Ich dachte schon, Sie würden nie fragen.»

Sie schnaufte und ging davon.

«Ich bin froh, dass du mit diesem Fall zu mir gekommen bist, John.»

«Ich freue mich, dass du all diese Tussies am College hast warten lassen.»

«Tussies, Dr. Geary?»

Geary zwinkerte ihm zu und beugte sich dann vor. «Im Ernst, Roger. Uns bleiben nur noch drei Tage, diesen Kerl zu kriegen.»

«Mach dir keine allzu großen Hoffnungen. Er hat es geschafft, deinen ehemaligen Kollegen eine ganze Zeit lang zu entgehen.»

Ehemalige Kollegen. Geary hasste den Klang dieser Wörter.

«Er ist davongekommen, weil man ihn nicht bemerkt hat», widersprach er. «Jetzt haben wir ihn aber auf dem Radarschirm. Wie viele Psychopathen haben wir hinter Gitter gebracht, seit ich dich zum ersten Mal angeheuert habe?»

Auf Bells wettergegerbtem Gesicht erschien ein Lächeln. Seit sie einander kennen gelernt hatten, hatte Geary ihn bei jedem seiner Fälle zurate gezogen. «Wir haben selten falsch gelegen, oder?»

«Neunundneunzig von hundert ist eine verdammt gute Quote.»

«Vorsicht, John. Du gehörst nicht mehr dazu. Es könnte gewissen Leuten missfallen, wenn du an einem Fall arbeitest, für den du nicht zuständig bist.»

Geary schüttelte den Kopf. «Offiziell arbeite ich ja nicht daran. Offiziell bin ich im Ruhestand.»

Bell lachte. «Das sehe ich.»

«Ich bringe die Vorarbeiten zu Ende und übergebe dann alles dem Police Department von Mashpee.»

«Und dann stiehlst du dich einfach davon?» Bell unterdrückte ein Grinsen.

«Auf jeden Fall.» Geary nickte. «Ich hab schon lange eine Verabredung mit einem Golfplatz offen.»

«Das bringst du nicht fertig. Kleine Wette, mein Freund?»

«Diesmal nicht, Rog. Kann ich mir bei dir nicht leisten.»

«Ein Dollar.»

«Es geht also ums Prinzip.» Geary warf Bell einen schnellen Blick zu. «Angenommen.»

Über den Tisch hinweg schüttelten sie sich die Hand.

«Ich ruf dich an, wenn ich von Tom höre», sagte Geary. «Noch im Laufe des Tages.»

Bell kicherte. «Dann hast du morgen Nachmittag also Zeit zum Golfspielen?»

«Worauf du wetten kannst.»

Das Lachen Bells begleitete Geary zur Tür hinaus.

KAPITEL 10

Das Erwachen war ein allmählicher Übergang von einer Dunkelheit in die andere. Emily hatte das Gefühl, im Nirgendwo zu schweben. Der Wellengang war jetzt stärker als zuvor. Ihr Gleichgewichtssinn war beeinträchtigt, weil sie so lange still gelegen hatte, ohne etwas zu sehen.

Sie hatte keinen Gleichgewichtssinn mehr.

Sie war in einer mit Wasser gefüllten Trommel, wurde hin und her geworfen und sank langsam auf den Boden.

Sie vergaß zu atmen, aber ihr Körper erinnerte sich und schreckte auf wie ein Neugeborenes, das zum ersten Mal das Gefühl zu fallen empfindet.

Sie fiel.

Sie wünschte sich, unten anzukommen, auf den Boden zu prallen, nichts mehr zu empfinden. Dann sah sie ihre Gesichter, und der Wunsch verschwand.

Ihre Kinder.

Sie würde sich nicht den Tod wünschen. Er wollte ihre Furcht, aber die gehörte ihr, und er würde sie nicht bekommen. Ihre Furcht erhielt sie am Leben, und ihr Hass auf den Maismann hielt sie am Leben.

Wenn er nur wüsste, mit wem er es zu tun hatte. Sie würde ihn umbringen.

Ich habe mich unter Kontrolle und werde zu keiner Zeit einen Kampf welcher Art auch immer beginnen.

Sie stellte sich vor, wie sie ihn zerschmetterte.

Aiki ermöglicht es, sich selbst zu überwinden, und führt dazu, dass der Wunsch, mit dem Gegner zu kämpfen, verschwindet.

Ruhte die Kraft im Körper oder im Geist? Werden wir durch unsere Absichten oder durch unsere Handlungen definiert?

Hatte sie ihre Kinder gut genug unterrichtet?

Binde mich los und gewähre mir einen fairen Kampf.

Emily lief zu Maxi, wenn sie weinte. Das ist nicht fair, sagte Sam, nicht fair, nicht fair. Du liebst doch mich, nicht sie. Lieb mich mehr, lieb mich zuallererst. Ich will der Beste sein und auch der Erste.

Davids Stimme klang fest, wenn er vorlas. David wollte ein Schwert. Ich habe einen braunen Gurt, warum kann ich jetzt nicht ein Schwert haben? Weil du noch ein Kind bist, deshalb. Aber ich kenne die fünf Meditationen.

Die erste Meditation ist die Meditation der LIEBE, in der du dein Herz darauf richten musst, den Wohlstand und das Wohlergehen ALLER Wesen zu ersehnen, auch das Glück deiner Feinde.

Die zweite Meditation ist die Meditation des MITGEFÜHLS, in der du ALLER Wesen gedenkst, die leiden, und in deiner Vorstellung ihren Kummer und ihre Ängste so lebendig werden lässt, dass in deiner Seele ein tief empfundenes Mitleid mit ihnen erwacht.

Die dritte Meditation ist die Meditation der FREUDE, in der du dich für das Wohlergehen anderer einsetzt und ihre Freude zu deiner machst.

Die vierte Meditation ist die Meditation über die UNREINHEIT, in der du die bösen Konsequenzen der Verworfenheit bedenkst, die Auswirkungen von Unrecht und Verderbtheit. Wie oberflächlich ist oft die Freude am Augenblick, und wie verhängnisvoll sind ihre Folgen.

Die fünfte Meditation ist die Meditation über die GELASSENHEIT, in der du dich erhebst über Liebe und Hass, Tyrannei und Knechtschaft, Reichtum und Not und stattdessen dein Schicksal mit unbefangener Gemütsruhe und vollkommenem Gleichmut betrachtest.

Gib mir ein Schwert, Mommy, ich will ein Schwert.

Aiki ist Liebe. Aiki befähigt, sich selbst zu überwinden, und führt dazu, dass das Begehren verschwindet, mit dem Gegner zu kämpfen. Es ist der Weg absoluter Selbstvollendung, welcher den Gegner ausschaltet.

Ich bin alt genug. Ich bin bereit. Gib mir ein Schwert. Ich sage dir, wann du bereit bist. Es mag sein, dass du langsam erwachsen wirst, aber ich bin immer noch deine Mutter.

Schritte. Er war auf dem Boot. Er kam näher.

Sie wollte schreien, konnte aber nicht. Ihr Mund war zugeklebt, und der Schrei wurde zurückgeworfen, hallte laut wider in ihrem Kopf. Sie hörte das Echo, und sie hörte den Himmel über dem Ozean. Er war leer und hell und frei. Sie konnte ihn erkennen, wenn sie hinsah. Heute war keine einzige Wolke am Himmel.

KAPITEL 11

Will saß auf dem Boden im Wohnzimmer und spielte mit den Jungen Monopoly. Es fiel ihm schwer, sich zu merken, welches seine Spielfigur war. David hatte es bemerkt und ihn darauf aufmerksam gemacht: «Dad, du hast den Roten.»

Wenn alles verlaufen wäre wie geplant, wäre Emily jetzt bereits mit den Kindern in New York. Überall in der Wohnung lägen Koffer und Spielsachen. Die Kinder wären übermüdet früh ins Bett gegangen, und er und Emily hätten vor dem Einschlafen noch Pläne für das neue Haus gemacht; sie hätten die Finanzen besprochen und sich alles bis hin zur Farbe der Wände ausgemalt.

Sam würfelte und jubelte, als er eine Vier hatte. Er bewegte seine Spielfigur vier Felder weiter. Dann wandte er sich Will zu und sagte: «Dad, du bist dran.»

Will nahm die Würfel in die Hand, aber er konnte sich einfach nicht konzentrieren. Er kam sich vor wie eine Faust in einem viel zu engen Gummihandschuh, die trotzdem beharrlich versucht, sich zu strecken.

«Spiel du für mich», forderte er David auf und erhob sich.

Sam lehnte sich zurück und probierte, seinem Vater ein Bein zu stellen. Will wich ihm aus.

«Ich bin gleich wieder da», sagte er und blieb noch einmal stehen, um sich nach ihnen umzudrehen. «Ich hab euch lieb.»

Die Jungen sahen Will nach. Er warf noch einen Blick ins Kinderzimmer, wo Maxi friedlich ihren Mittagsschlaf machte. Dann ging er in sein und Emilys Zimmer, schloss die Tür hinter sich und wählte Dr. Gearys Telefonnummer. Nachdem es zwanzigmal vergeblich geläutet hatte, legte er auf und sah auf seine Armbanduhr: Es war kurz nach zwei. Der versprochene Anruf sollte erst in anderthalb Stunden kommen.

Er konnte nicht mehr warten. Er musste etwas tun. Er brauchte Emily.

Sarah lag wach auf dem Bett, als er in ihr Zimmer schaute. «Maxi schläft, und die Jungen sind unten. Ich würde gern für ein paar Minuten nach draußen gehen, wenn du nichts dagegen hast.»

«Natürlich nicht, mein Lieber.»

«Bist du in Ordnung?»

Ihre Augen wirkten verschleiert. Sie nickte, aber er wusste, dass es ihr nicht gut ging. Dennoch sagte sie: «Geh nur.»

Er ging durch den Abstellraum und in die Garage. Die Tür war offen, doch es war trotz der Nachmittagshitze kühl und feucht.

Er dachte daran, ein bisschen herumzulaufen, doch dann sah er die Fahrräder. Sie hatten den ganzen Sommer über an derselben Stelle gestanden, zwischen Sarahs Wagen und dem Weg zur Tür. Alle drei waren alt und verrostet, Jonahs Rad sah noch am besten aus. Will nahm Jonahs Helm vom Lenker und öffnete die Schnalle. Er schüttelte den Staub ab und setzte ihn auf, befestigte den Riemen unterm Kinn. Er passte. Dann schob er das silberne Rad aus der Garage, schwang sich auf den Sattel und trat in die

Pedale: die geschwungene Auffahrt hinauf, um den Vorgarten herum, dann zurück zum Haus. Nochmals. Und nochmals. Es ging ihm schon besser, aber es war noch nicht genug.

Diesmal fuhr er die Straße hinauf bis zur Abzweigung und dann wieder zurück. Über der alten Straße lag tiefe Stille, nichts war zu hören außer dem Klicken der Gangschaltung und dem Summen der Insekten. Er drehte um und fuhr zum Haus zurück, dann wieder die Straße hinauf, und wieder und wieder. Schließlich fuhr er den ganzen Weg bis zum Gooseberry Way.

Er trat stetig und fest in die Pedale.

Bevor die Kinder gekommen waren, hatten Emily und er häufig Fahrradausflüge unternommen, wenn sie bei Sarah und Jonah auf dem Cape zu Besuch gewesen waren. Sorglos, mit Zeit im Überfluss, waren sie hinüber nach Falmouth geradelt, hatten bei der ersten Abzweigung das Städtchen verlassen und waren der Shore Street bis zum Ozean gefolgt, zur Linken adrette New-England-Häuser mit grünen Rasenstücken im Vorgarten; zur Rechten Zäune, Strand und sonnengebleichte Ein-Zimmer-Häuser, die auf Stelzen im Sand verankert waren. Sie waren zügig bis zum Shining-See-Radweg geradelt. Dann hatten sie das Tempo gedrosselt und waren dem Asphaltstreifen in Richtung Woods Hole gefolgt, vorbei am Gischt sprühenden Ozean, an Pinienwäldern und an steinigen Stränden und Feldern voller wild wachsender Blumen. Will erinnerte sich an das Glücksgefühl, das ihn ergriffen hatte, als er hinter Emily unter einem schattigen Baldachin von Ästen herfuhr, voller Vorfreude auf ihr gemeinsames Leben, auf die Familie, die sie eines Tages haben würden.

Als Will das Haus erreichte, verblasste die Erinnerung. Er drehte noch einmal um, ohne langsamer zu werden.

Schneller. Seine Beine traten, die Gedanken rasten durch seinen Kopf, er fuhr so schnell er konnte, und es war doch nicht schnell genug.

Es gab viele Dinge, die Will nicht wusste, die meisten sogar. Aber was er wusste, konnte ihm niemand nehmen; diese Erkenntnisse gehörten ihm wie der eigene Körper. Die schnelle Verfärbung von Apfelscheiben. Die allmähliche Verdunstung von Wasser. Die Heilkraft eines Pflasters auf der eingebildeten Wunde eines Kindes.

Seine Vaterschaft.

Die Stimmen seiner Kinder.

All das wusste er, weitere Fragen stellte er nur, wenn es zumindest potenziell auch Antworten darauf gab. Emily hatte das einmal eine Vermeidungsstrategie genannt, aber nur am Anfang. Später hatte sie ihn verstanden. Die Abwesenheit seiner Eltern hatte Wills Jugend geprägt, seine Verwandten hatten ihn zu trösten versucht, indem sie Schichten wohlmeinenden Schweigens über ihn gebreitet hatten. Nach dem Begräbnis war der Tod seiner Eltern nicht mehr erwähnt worden. Nur Caroline hatte darüber gesprochen, damals, als die Großeltern nicht mehr mit ihr fertig wurden und sie zu Tante Judy und Onkel Steve, die Will aufgenommen hatten, geschickt hatten.

Caroline war mit der Würde einer entthronten Prinzessin aufgetreten, so hatte es Will zumindest empfunden; er war damals zwölf. Sie war siebzehn, und es waren acht Jahre vergangen, seit sie unter einem Dach gelebt hatten. Will fand, dass sie sehr schön war: schlank und blass mit langem braunen Haar, das ihr in Locken über den Rücken fiel. Sie schenkte niemandem Beachtung außer Will, ihrem kleinen Bruder, ihrem einzigen richtigen Blutsverwandten. Die anderen mied sie, als wüsste sie, was sie von ihr dachten. Caro sei «drogensüchtig» und schlafe «in ihrem

Alter schon mit diversen Jungen», hatte Tante Judy am Abend vor Caros Ankunft beim Essen gesagt, und außerdem sei sie «eine zu große Belastung für Großvater und Großmutter», die sie zu sich genommen hätten, weil sie damals als lieb und gehorsam gegolten hätte. «Na ja, das gilt jetzt nicht mehr!», hatte Judy gesagt. Darum hatte Caroline das Haus ihrer Großeltern in Upstate New York verlassen und war nach Westport, Connecticut gekommen, um bei den Parkers zu wohnen, bis sie sich für einen Job oder das College entschied.

Caro saß an jenem ersten Abend beim Essen neben Will und sagte kein Wort. Die anderen unterhielten sich und ignorierten ihr Schweigen: teils weil es nicht ihre Art war, in die Privatsphäre eines anderen einzudringen, teils weil sie nicht wussten, was sie mit diesem jungen Mädchen anfangen sollten, das schreiend aus der Wohnung ihres fünfundzwanzigjährigen Freundes hatte entfernt werden müssen, als dieser wegen Drogenhandels verhaftet wurde.

Obwohl es ein warmer Sommerabend war, trug Caro ein schwarzes Sweatshirt mit langem Arm. Will bemerkte, wie Tante Judy diese Tatsache registrierte. Caro wurde bei Will im Zimmer einquartiert, und er war glücklich, sie wieder in seiner Nähe zu haben. Er machte sich in seinem grünen Sommerpyjama bettfertig und fand sie auf dem Rand des von ihrem Cousin geborgten Betts vor. Sie hatte auf ihn gewartet. Will zog seine Bettdecke zurück, setzte sich mit überkreuzten Beinen auf sein kariertes Laken, sah hinüber zu seiner großen Schwester und lächelte. Caro nickte und erzählte ihm dann etwas, was er nie erfahren hatte.

«Sie waren nicht sofort tot, Willie.» Sie hatte braune Augen, ein klares Braun, das ihn an etwas erinnerte.

«Aber Judy und Steve haben doch gesagt …»

«Ich weiß, dass sie dir das gesagt haben.»

Will zuckte die Achseln. Er hatte das Gefühl, in Caros Augen noch ein Kleinkind zu sein, und wusste nicht genau, ob er wirklich wissen wollte, was sie ihm zu erzählen hatte. Sein Leben war bisher nicht schlecht gelaufen, ihres jedoch schon, und vielleicht wäre es besser für ihn, wenn er nicht alles wusste.

«Sie wollten es dir nicht erzählen», fuhr Caro fort. «Aber du warst doch dabei, also weißt du es doch im Grunde selbst.»

Sie hatte diese vertrauten Augen, und als sie den Blick abwandte und zum Fenster hinausschaute, überkam Will ein Anflug von Panik.

«Was?», fragte er seine Schwester.

«Mrs. Simon brachte uns am nächsten Tag ins Krankenhaus, um Mom zu besuchen», sagte Caro leise. «Weißt du das nicht mehr? Daddy war an dem Morgen im Krankenhaus gestorben.»

Will schüttelte den Kopf; er konnte sich nicht erinnern.

«Ich bin zuerst hineingegangen. Du hast mit der Krankenschwester auf dem Flur gewartet. Dann brachte Mrs. Simon mich hinaus, und du durftest.»

Caro wartete. Doch Will konnte sich nur an die so oft wiederholte Information, dass seine Eltern bei einem Autounfall ums Leben gekommen waren, erinnern. Sie hatten Caroline für ein Sommerlager anmelden und danach zu Mittag essen wollen. Alles war so schnell gegangen, dass sie nichts gefühlt und nichts gedacht haben konnten. «Es war, als hätte man ein Licht gelöscht», hatte Tante Judy ihm gesagt und ihm über die Wange gestrichen. «Sie haben keine Schmerzen gespürt.» Das hatte ihn stets beruhigt.

«Was hat Mom zu dir gesagt?», fragte Caro ihren Bruder. Ihre dünnen Beine baumelten über der Kante des anderen Betts, und ihr Blick ruhte wieder auf ihm.

«Nichts», sagte Will. «Ich war nicht bei ihr.»

Caro presste die Lippen zusammen, und er fürchtete, dass sie seinetwegen verärgert war. Ihre Augen wurden schmal. «Sie hat mir gesagt, dass es meine Aufgabe sein würde, mich um dich zu kümmern, weil du ja noch ein Baby warst.»

«Ich war vier.»

«Fast vier. Sie starb am Tag vor deinem Geburtstag. Hast du das auch vergessen?»

Nein, daran erinnerte sich Will, hatte aber immer angenommen, sein Zeitgefühl wäre falsch. Es hatte eine Schokoladentorte vom Konditor gegeben, mit einem Cowboy, der über seinem Hut ein Lasso schwang. Sein Geschenk war ein kleines rotes Fahrrad mit Stützrädern gewesen, an dessen Lenkrad nicht nur ein Windschutz aus Plastik angebracht gewesen war, sondern auch ein Halfter für seine Spielzeugpistole. Alle waren erschienen, so viele Familienmitglieder waren noch nie zu einer Geburtsparty gekommen. Keine Freunde. Seine Großmutter hatte geweint, als sie ihn mitten im Wohnzimmer auf sein neues Fahrrad gesetzt hatte. Die Verwandten hatten ihn still umringt. Er hatte nicht verstehen können, warum seine Großmutter weinte. Es war wirklich ein schönes Fahrrad gewesen, und er hatte es sich so sehr gewünscht. Genau das Fahrrad, das er seiner Mutter im Geschäft gezeigt hatte.

«Hat Mom dir gesagt, dass sie dich lieb hat?», fragte Will seine Schwester.

Caro nickte.

«Sie starb im Auto», sagte Will, «an Ort und Stelle, genau wie Daddy. Sie hat nichts gefühlt, es war, als hätte man ein Licht ausgeknipst.»

Caro schüttelte den Kopf, legte sich immer noch angezogen aufs Bett und starrte an die Decke, bis Will sich hinüberbeugte und die Lampe ausschaltete. Keinen Monat später kam man überein, dass Caro nach Upstate New York zurückkehren, sich einen Job suchen und bei ihren Großeltern wohnen würde, bis sie im Winter achtzehn wurde. Dann wäre sie volljährig und konnte tun, was sie wollte. Über den Tod ihrer Eltern redeten sie nie wieder.

Will trat schnell und fest in die Pedale. Schweiß tropfte ihm von der Stirn auf die Handrücken, aber er fuhr unbeirrt weiter, bis er das Haus erreichte. Erst da wurde ihm bewusst, dass er sein Handy auf Vibrationsalarm gestellt hatte. Er war immer noch außer Atem vom schnellen Radeln, als er sich meldete: «Ja?»

«Mein Gott, Will», sagte Sarah. «Wo bist du denn?»

«Direkt vorm Haus.»

«Jemand hat für dich angerufen, ein Dr. Geary. Will?»

Er schob Jonahs Rad in die Garage, stellte es auf seinen Ständer und setzte den Helm ab. Die Fliegentür knarrte, als er sie öffnete. Er ging durch den Abstellraum und in die Küche, wo er Sarah fand, die am Telefon noch immer mit ihm sprach.

«Er hat gesagt, dass er auf dem Weg hierher ist. Will, wer ist das?»

«Sarah, ich bin hier.»

Verblüfft drehte sie sich um, das Telefon noch immer am Ohr. «Er hat gesagt, er wäre in zwanzig Minuten hier», sagte sie und legte auf.

Will duschte in Windeseile und zog sich trockene Sachen an. Dabei versuchte er sich zu wappnen. Geary kam nicht, um ihm mitzuteilen, dass man Emily gefunden hatte. Das hätte er am Telefon gesagt. Er kam, um ihm etwas anderes zu erzählen – oder auch gar nichts. Will war sich nicht sicher, was schlimmer war.

Er war gerade fertig, als Geary in einem zerbeulten braunen Wagen vorfuhr. Will stieß die Fliegentür auf, um den alten Mann einzulassen. Geary nickte ihm zu und gab Sarah die Hand. Sie erwiderte seinen Händedruck, als würden sie einander schon lange kennen.

«Sagen Sie schon», forderte Will ihn auf. «Bitte.»

Gearys Blick schweifte zu Sarah hin und wieder zurück. Die Verzweiflung in ihrem Gesicht hätte einen Geist erschreckt, schien aber Geary nicht zu beeindrucken. Er sagte nur: «Herrlicher Tag heute.»

Sam kam die Treppe heruntergepoltert. «Dad! Ich hab gewonnen!» David war direkt hinter ihm, Maxi in den Armen. Sie sah angeschlagen aus, presste verschlafen die kleinen Fäuste gegen die Augen. Als sie Will sah, streckte sie ihm die Arme entgegen. Er nahm sie, und sie schmiegte sich an ihn.

«Sarah, Dr. Geary und ich müssen uns unterhalten.» Will küsste die zarte Beuge an Maxis Hals und reichte sie ihrer Großmutter.

Sam starrte Geary an. «Sie sind ein *Doktor*?»

«Das ist meine Verkleidung.» Geary zwinkerte. «Unter meinem Cape bin ich ein ganz normaler Bursche.»

«Was für ein Cape?», fragte Sam.

«Jungs, zieht eure Badehosen an», sagte Sarah.

«Ich will aber nicht schwimmen.» David rückte näher an Will heran.

«Dann pass zumindest unten am Strand auf Maxi auf.» Wills strenger Ton verfehlte seine Wirkung nicht. Die beiden Jungen schossen aus dem Raum. Sarah kümmerte sich gar nicht erst um Badesachen für sich selbst oder Maxi. Sie griff nach einer Strandtasche, die auf dem Fußboden an der Wand stand, und steuerte auf die Tür zu. Aber bevor sie hinausging, wandte sie sich an Geary.

«Wenn Sie irgendetwas tun können, um meine Tochter zu finden …»

«… werde ich es tun.» Geary blickte Sarah direkt in die Augen.

Maxi gähnte und ließ den Kopf auf Sarahs Schulter sinken. Sarah nickte und folgte den Jungen in Richtung See.

Will führte Geary durchs Wohnzimmer auf die Veranda, von der aus man einen schönen Blick auf Sarahs Rosengarten hatte. Die Jungen tollten bereits im Wasser, man konnte ihre Stimmen in der Ferne hören. Die beiden Männer setzten sich in den Schatten der Markise.

«Wie werden die Kinder damit fertig?», fragte Geary.

Will sah ihn nachdenklich an. «Ich habe mich noch nicht entschieden, was ich ihnen überhaupt sagen soll.»

«Bis wir Näheres wissen, sollten Sie davon ausgehen, dass Ihre Frau wieder nach Hause kommt.»

«Wieso?»

Geary antwortete nicht sofort. Anscheinend wollte er etwas sagen, das ihm nicht leicht fiel.

«Ich habe einige Informationen», begann er. Als Will sich zu ihm hinüberbeugte, wich er zurück. «Nichts Konkretes, aber einen Hinweis.»

«Sagen Sie schon.»

Geary stützte die Ellbogen auf die Knie und presste die Hände zusammen.

«Etwas, was Sie heute Morgen Detective Snow erzählt haben, hat mich an einen alten Fall erinnert.»

«Ihre Recherche?»

«Ja.»

«Aber da geht es doch nur um ungeklärte Verbrechen?»

«Ja.»

«Ich verstehe nicht.»

«Das Entscheidende ist das Datum», antwortete Geary. «Es geschieht immer am selben Tag. Ich sag es Ihnen nicht gerne, aber es wäre das fünfte Mal. Immer am dritten September. Alle sieben Jahre.»

Will fühlte sich, als sei von irgendwo eine unsichtbare Hand gekommen und habe auf seinen Brustkorb geschlagen. Was Geary ihm sagte, war schlimmer als alles, was er sich vorgestellt hatte. Er hatte sich vorgestellt, dass sie fort war. Aber nicht, dass sie in den Händen eines Wahnsinnigen war und dessen Zwangshandlungen ausgeliefert war. Will schloss die Augen. Geary fuhr fort.

«Ich habe mit meinem alten Freund Tom vom FBI gesprochen. Er arbeitet beim VICAP, die spüren Serienverbrechen nach.»

Hinter seinen geschlossenen Lidern sah Will nur noch Rot.

«Hören Sie mir zu, Will, das war noch nicht alles.»

Will öffnete die Augen und er sah, dass Geary ihn eindringlich fixierte.

«Es geht um Mütter.»

«Mütter? Die Frau muss eine Mutter sein? Wieso?»

Wieder zögerte Geary.

«Es geht ihm nicht darum, sie umzubringen. Er hält sie fünf Tage lang gefangen.»

«Und dann?»

Schließlich sprach Geary es aus: «Er entführt das Kind der Frau.»

Eine Hitzewelle schwappte durch Wills Körper.

«Und dann was?»

Geary seufzte. «Wir werden dieses Arschloch kriegen.»

«Sie werden ihn kriegen? Wo er Ihnen doch so lange entwischt ist?»

«Wir haben erst jetzt den Zusammenhang zwischen den einzelnen Fällen erkannt.»

«Was geschieht mit den Müttern?», fragte Will.

«Sie werden freigelassen», sagte Geary, «sobald er mit dem Kind fertig ist.»

Will starrte dem alten Mann ins Gesicht und zwang sich dazu, die nächste Frage zu stellen.

«Was macht er mit dem Kind?»

Geary antwortete nicht.

Will stand auf. *«Was macht er mit dem Kind?»*

«Behalten Sie die Kinder immer bei sich. Lassen Sie sie nicht aus den Augen.»

Die Stimmen der Jungen drangen vom Ufer herauf. Will kämpfte gegen den Impuls, zu ihnen zu laufen.

«Ich glaube das einfach nicht.»

«Das kann ich mir vorstellen. Es wäre auch besser, wenn sie keinen Anlass dazu hätten. Sie genauso wenig wie jemand anderes.»

Emily. Seine Kinder. Die Panik, die er auf dem Fahrrad hatte abschütteln wollen, sprang ihm wieder an die Kehle. Seine Stimme krächzte, als er fragte: «Welches?»

Geary schaute auf die Bäume. «Einer der Jungen.»

Eine schrille Stimme verhallte über dem See, aber Will vermochte nicht zu sagen, ob Vergnügen oder Ärger in ihr lag.

Geary wandte sich zu Will. «Ich habe diese Sache bereits mit dem Kriminologen durchgesprochen, von dem ich Ihnen erzählt habe. Ich verspreche Ihnen, Will, wir erstellen ein Profil von diesem Unmenschen, und dann setze ich die örtliche Polizei und, wenn es sein muss, auch das FBI in Bewegung. Das ist mir in der Vergangenheit auch schon gelungen. Uns bleiben noch drei Tage, und wir werden ihn kriegen.»

«Wie soll ich sie schützen?» Will konnte seine eigene Stimme kaum hören. «Was ist, wenn ich es nicht kann?»

Aus dem Augenwinkel sah Will, dass David vom See heraufkam. Er blieb stehen, als er seinen Vater sah. Will versuchte zu lächeln, und es gelang ihm sogar zu winken, aber David nahm es nicht wahr.

David. Als er geboren wurde, so klein und so vollkommen, hatte Emily ihn ihr Kunstwerk genannt. Er war mit solcher Macht in ihr Leben eingebrochen, dass danach nichts war wie zuvor. Er hatte sie gelehrt, Eltern zu sein, und sie auf die jüngeren Kinder vorbereitet.

«Warum lassen Sie die Kinder nicht von Ihrer Schwiegermutter nach New York zurückbringen?», fragte Geary.

«Sie würde die lange Fahrt allein mit den Kindern nicht schaffen.»

«Und wenn Sie selbst fahren?»

Das war durchaus eine gute Idee, aber er konnte sich nicht vorstellen, Emily hier zurückzulassen. Ohne sie würde Will das Cape nicht verlassen.

«Dad!», rief David.

«Ich komme!» Will wandte sich zu Geary. «Ich rufe meine Schwester an.»

«Gut.» Geary stand auf. «Ich bleibe in Kontakt mit Ihnen. Und mit der Polizei.»

«Vielen Dank, Dr. Geary.»

«John.»

Will nickte.

«Ich finde schon selbst hinaus. Gehen Sie und kümmern Sie sich um Ihre Jungs.»

Will lief die Verandastufen hinunter und gesellte sich zu David.

«Wetten, dass ich schneller bin», sagte er zu seinem Sohn, und sie rannten los in Richtung See.

«Dad.» Als sie die Lichtung kurz vor dem Strand erreicht hatten, hielt David inne. «Warum war dieser Mann da?»

Will legte David die Hand auf die Schulter. «Alles in Ordnung, wir mussten nur etwas besprechen. Mach dir keine Sorgen.»

David entzog sich mit einem Ruck der Hand seines Vaters. «Was soll das heißen, mach dir keine Sorgen? Ich bin doch nicht blöd, Dad. Wo ist Mom?» David blinzelte in die Sonne. Will sah das Misstrauen in seinen Augen. Er wollte etwas erwidern, wusste aber nicht, was. Wie konnte er es David sagen? Wie konnte er es verschweigen? Der Junge war zu klug, um belogen zu werden, aber zu unschuldig, um die Wahrheit zu vertragen.

«Sie werden Mom finden.» Wills Magen verkrampfte sich. «Dr. Geary hilft uns, sie zu finden.»

«Wie denn?»

Bevor Will versuchen konnte zu antworten, vibrierte sein Handy. Er fuhr mit der Hand in die Hosentasche, zog es hervor und klappte es auf. Eine Frauenstimme fragte nach Mister Parker.

«Am Apparat.»

«Hi, hier ist Pam. Aus dem *Stop & Shop*. Ich hab Ihre Nachricht bekommen.»

«Ja.» Will sah David an, hob das Kinn und wies auf den Strand. «Los», flüsterte er. «Ich komm gleich nach.»

David blieb stehen.

Obwohl er es höchst ungern tat, drehte er sich um, ging ein paar Schritte zur Seite und senkte die Stimme. Er spürte die erwartungsvolle Unruhe des Jungen hinter sich und erklärte Pam, so gut er konnte, die Lage.

«Haben Sie etwas gesehen?», fragte er Pam.

«Ich nehme an, meine Freundin hat Ihnen schon das meiste erzählt. Ich wollte Ihnen nur sagen, mir kommt der

Kerl immer fies vor. Er ist immer mit der Frau da, die ihn angeschrien hat. Ich glaube, sie ist vielleicht seine Mutter oder so.»

«Wieso?», flüsterte Will.

«Die beiden erinnern mich irgendwie an diese Mutter-Sohn-Sache aus New York, wissen Sie? Wo sie eine reiche Lady umgebracht haben, um an ihr Haus zu kommen. Ich hab das in *Most Wanted* gesehen.»

Will wusste nicht, was er von diesen Informationen halten sollte. Es konnte etwas daran sein oder auch nicht. Er würde es Geary gegenüber erwähnen.

«Können Sie sich sonst noch an etwas erinnern?», fragte er. «Irgendetwas?»

«Eigentlich nicht.»

«Nun, sollte Ihnen aber doch …»

«Ich rufe an, versprochen.»

«Danke.»

«Sir, ich hoffe, Sie finden sie. Sie wirkte so nett.»

«Danke für den Anruf.» Will klappte sein Handy zu.

«Wer war das, Dad?»

Will schüttelte den Kopf. Er brauchte Zeit, um darüber nachzudenken, was er seinen Kindern sagen sollte. Wie er ihnen helfen konnte, mit der Situation umzugehen, ohne ihnen Angst einzujagen.

«Komm», sagte Will, «fragen wir Grandma, was sie zum Abendessen möchte.»

David folgte Will hinunter zum See. Sarah saß auf einem Klappstuhl neben Maxi, die im Sand spielte. Ein paar Meter entfernt von ihnen planschte Sam im Wasser. Sarahs Haut sah in der Sonne fast durchsichtig aus.

Will konnte es seiner Schwiegermutter nicht sagen, noch nicht. Er würde sie drängen, diese Nacht eine Schlaftablette zu nehmen und so tief zu schlafen, wie es ging. Dann würde er alles genau planen und ihr am nächsten Morgen davon erzählen.

Sarah schlug Spaghetti Bolognese zum Abendessen vor, und Will ging zurück ins Haus, um zu kochen – und um zu telefonieren. Er wollte Caroline um Hilfe bitten, doch nachdem er eine Nachricht auf ihrem Anrufbeantworter hinterlassen hatte, fiel ihm ein, dass sie und Harry ihre Anwaltspraxis in den Wochen um Labor Day schlossen und eine Reise machten. Dieses Jahr waren sie in Italien. Vor dem späten Sonntagabend würden sie nicht wieder zurück sein, und bis dahin würde sowieso alles vorbei sein. Auf die eine oder andere Weise. Dann fielen ihm Charlie und Val ein, alte Freunde von Emily. Innerhalb von Minuten war alles geregelt: Sie würden über Nacht zum Cape fahren und gleich am frühen Morgen alle drei Kinder mit zurück nach New York nehmen.

KAPITEL 12

Amy stieß die Imbissverpackungen zur Seite, die zerknautscht zu ihren Füßen lagen. Sie saß nicht gern auf dem Beifahrersitz, und schon gar nicht auf diesem. Al Snow saß am Steuer des Chryslers, der ihm vom Department zur Verfügung gestellt worden war und den er schon seit Jahren fuhr. Am Rückspiegel hing ein Duftbaum, und auf das Armaturenbrett hatte Snow ein Foto seiner Tochter im Teenager-Alter geklebt. Sein Kleingeld hob er in der Ablage zwischen den beiden Vordersitzen auf.

Schweigend fuhren sie durch die Seitenstraßen von Mashpee nach Popponesset Beach. Amy war schon mal hier gewesen, aber die Nebenstraßen auf dem Cape glichen einem Labyrinth, und sie hätte ihre Straßenkarte gebraucht, um Squaw's Lane zu finden. Snow hingegen kannte jede einzelne Abzweigung. Er fuhr Uncle Percy's Road entlang, Clover Street hinunter und dann Uncle Hank's Road hinauf, zurück zu Kim's Path und von da direkt auf die Squaw's Lane. Amy nahm sich vor, später nachzusehen, ob das der kürzeste Weg war. Sie hatte Gefühl, dass er absichtlich im Kreis gefahren war, um zu beweisen, dass er den Weg besser kannte als sie.

Nach den Angaben des Kfz-Amts wohnte der erste Mister White in der Squaw's Lane Nr. 2. Sein Name war Robert R. Robertson. Etwas Fieseres konnten sich Eltern wohl kaum ausdenken, und Amy hoffte um seinetwillen, dass sein mittlerer Name nicht auch noch Robert war.

In der Squaw's Lane gab es nur fünf Häuser, bescheidene Hütten, die dicht beieinander standen und deren winzige Gärten durch verrostete Maschendrahtzäune voneinander getrennt waren. Wer immer diese kleinen Grundstücke erschlossen hatte, hatte vor allem auf die Strandlage gesetzt. Auf sonstige Annehmlichkeiten war verzichtet worden.

«Sommerhäuser», sagte Amy.

Snow sah stur geradeaus. «Hauptsächlich.»

Nummer 2 stand am Ende der kurzen Straße, ein grauer Bungalow aus Holz mit einer kleinen Veranda auf dem Kamm einer Düne, die sich auf den breiten unberührten Strand am Nantucket Sound ergoss. In der Ferne verschmolz der schiefergrüne Ozean mit dem klaren Himmel.

Der silberfarbene Skylark stand in der Auffahrt.

Snow parkte den Wagen, und sie stiegen aus.

«Irgendwie komisch», sagte Amy und deutete auf das ärmliche Haus in der unbezahlbaren Lage.

Snow verstand sie nicht oder wollte es nicht zugeben. «Was meinen Sie?»

«Nichts.»

Sie stiegen eine Reihe angefaulter Holzstufen hinauf, die vor einer mit Fliegengitter verkleideten Außentür endeten. Die Tür quietschte, als Snow sie aufzog. Amy drückte auf die Klingel, und sie hörten ein einzelnes, gedämpftes «Ding». Der Anstrich der inneren Tür war abgeblättert, und weiße Farbschuppen lagen überall herum. Am Zaun hing ein metallener Mülleimer, der von Maishülsen und deren langen goldenen Fasern überquoll.

Schließlich öffnete sich die Tür einen Spalt, und ein Gesicht starrte ihnen entgegen. Der Mann war so weiß, dass er ein Albino hätte sein können. Haar, Haut und Augen verschwammen zu einem einzigen Fleck. Er schloss die Tür und schob sie dann wieder einen Spalt auf. Er wiederholte das Ganze noch einmal. Amy wusste, dass sie an der richtigen Stelle waren.

«Ich bin Detective Cardoza vom Mashpee Police Department. Das hier ist Detective Snow. Sind Sie Robert Robertson?»

Die Augen des Angesprochenen huschten zwischen Amy und Snow hin und her. Schließlich blieb sein Blick an Snow hängen.

«Bob?», sagte Snow.

Die blassen Augen blinzelten. «Bobby.»

«Was dagegen, wenn wir ein paar Fragen stellen?»

Bobby öffnete die Tür gerade weit genug, um hinauszuschlüpfen. Ganz offensichtlich wollte er sie nicht hineinlassen. Amy konnte nur einen kurzen Blick auf eine ordentlich ausgerichtete Reihe von Schuhen auf einem weißen Teppich und ein hohes Regal mit Taschenbüchern, deren Rücken perfekt in einer Linie standen, richten.

Bobby schwitzte stark. Laut seiner Akte war er zweiundfünfzig Jahre alt, sah aber eher aus wie sechzig.

«Wir untersuchen eine Vermisstenanzeige. Emily Parker.» Amy zeigte Bobby Emilys Bild. «Kennen Sie die Frau?»

Bobbys Blick flackerte dreimal, huschte über die Gesichter der Detectives und landete dann wieder bei dem Foto. Er schüttelte den Kopf.

Er log.

«Sie mögen gern Mais.» Amy nickte in Richtung des Mülleimers am Zaun.

Bobby schwieg.

«Mais war gestern im Angebot im *Stop & Shop* bei den Mashpee Commons. Kaufen Sie oft dort ein?»

«Immer montags», sagte Bobby. «Dann gibt es doppelten Rabatt.»

«Sie haben gestern eine riesige Menge Mais gekauft. Leben Sie allein? Oder haben Sie vielleicht eine Party gegeben?»

Er schien nicht zu wissen, welche Frage er zuerst beantworten sollte.

«Leben Sie mit jemandem zusammen?», wiederholte Amy.

Bobby schüttelte den Kopf. «Ich mag keine Partys. Leute machen mich nervös.»

Das konnte Amy ihm ansehen. Er war auch im Augenblick ziemlich nervös. «Also haben Sie den ganzen Mais gestern Abend allein gegessen?»

«Zum Teil. Für heute Abend ist noch was übrig. Und auch für morgen. Ich mag Mais. Und er war im Angebot.»

Amy verstand: Bobby aß nur das, was im Angebot war. Sonst nichts. Deswegen sah er so ungesund aus. Und er tat alles immer dreimal. Ein Zwangsneurotiker also. Sie würde später nachschauen, ob er schon einmal straffällig geworden war. Vielleicht würde sie auch einen Psychiater finden oder sonst jemanden, der ihr nähere Angaben zu dem Befinden des Mannes und seiner Lebensgeschichte machen konnte. Er könnte Emily in seinem Haus versteckt halten oder irgendwo sonst. Aber möglicherweise war er auch viel zu labil, um so eine Entführung zu organisieren. Das musste sie herausfinden. Könnte Bobby Robertson so etwas durchziehen, würde er es wollen, und wenn, warum?

«Noch eine Frage», sagte sie.

Sein Blick schnellte zu Amy, und er blinzelte – dreimal.

«Wer war die Frau, mit der Sie sich im Supermarkt gestritten haben? Sie ist Ihnen nach draußen gefolgt. Ist sie mit Ihnen weggefahren?»

Bobby gefiel die Frage nicht. «Ich hab mit niemandem im Laden gesprochen!», sagte er. «Ich mag nur gerne Mais!»

Er verschwand nach drinnen und verriegelte die Tür.

«Wir kommen mit einem Durchsuchungsbeschluss wieder», sagte Amy zu Snow, als sie zum Wagen zurückgingen.

«Man braucht ein Verbrechen, um einen Durchsuchungsbeschluss zu bekommen», sagte er. «Die werden nicht einfach ausgestellt, damit wir uns während des Sommerurlaubs nicht langweilen.»

«Sie sind nicht im Urlaub, Al.»

Er ging nicht auf ihren Kommentar ein. «Ich sag Ihnen, wir brauchen ein Verbrechen.»

«Nein, man braucht nur den begründeten Verdacht auf ein Verbrechen.»

Snow zuckte die Achseln. «Ich schätze, ich sehe das alles etwas anders als Sie.»

«Eine Frau wird vermisst.»

«Ja, aber …»

«Frauen lösen sich nicht einfach in Luft auf.»

Er zog die Augenbrauen in die Höhe. «Amy, verschonen Sie mich. Sie wissen so gut wie ich, dass es Tausende von Ehefrauen gibt, die ihre Männer auf diese Weise verlassen haben.»

Amy blieb stehen. «Und diesen Bobby da drinnen finden Sie ganz normal, oder wie? Er wurde hinter ihr in der Schlange *gesehen*, und er wurde auch dabei *beobachtet*, wie er mit einer blonden Frau davonfuhr. Warum reicht Ihnen das nicht?»

«Er wurde aber auch mit einer blonden Frau gesehen, die nicht Mrs. Parker war und mit der er sich angeblich gestritten hat.»

Snow rutschte hinters Lenkrad und zog seine Tür zu. Amy setzte sich neben ihn.

«Der Typ ist nicht ganz dicht, da bin ich Ihrer Meinung», sagte Snow. «Das heißt aber nicht, dass er auch ein Kidnapper ist. Wir wissen ja nicht einmal, was mit ihr geschehen ist.»

«Al, das versuchen wir ja herauszufinden.»

Snow entgegnete nichts und setzte den Wagen zurück. In Amy brodelte es. Wie sollte sie konstruktiv mit Al Snow zusammenarbeiten, wenn sie sich nicht einmal über grundsätzliche Dinge einig waren? Doch noch waren sie nicht offiziell Partner, noch hatte er ihr nichts zu sagen. Sie würde diesen Fall weiterverfolgen. Das war nicht nur ihr Recht, sondern auch ihre Pflicht. Sie würde Emily Parker nicht in einem Nebel voreingenommener Vermutungen verschwinden lassen.

Mit ihrem Handy rief sie auf der Wache an, verlangte Kaminer und sagte ihm, dass sie einen Durchsuchungsbeschluss für Robertsons Haus wollte. Er stellte keine Fragen, sondern sagte nur, er würde sich darum kümmern. Dadurch ermutigt, sagte sie, dass sie gerne auch das Haus der Mutter der Vermissten durchsuchen würde. Kaminers Reaktion war interessant.

«Gute Idee, aber wissen Sie was, Amy? Ich bin überrascht, dass Sie mich deswegen nicht schon früher angerufen haben.»

Der Besuch bei den Parkers am Gooseberry Way war erst zwei Stunden her. Das hieß, ihr Boss erwartete viel von ihr. Ein gutes Zeichen.

«Chief, noch eine Sache.»

«Schießen Sie los.»

«Ich finde, wir sollten diesen Robertson observieren lassen, zumindest bis der Hausdurchsuchungsbeschluss durch ist.»

«Geht in Ordnung.»

«Wann, glauben Sie, werden wir die Durchsuchungsbeschlüsse haben?», fragte sie noch, als er aufhängen wollte.

«Sobald ich herausgefunden habe, an welchem Teich der Richter angelt.»

Snow fuhr zügig, knapp unterhalb der Geschwindigkeitsbegrenzung. Er hatte nicht ein einziges Mal in ihre Richtung geblickt, während sie telefonierte. Sie klappte ihr Handy zu und sah ihn in Erwartung einer Reaktion an, doch er verzog keine Miene. Darauf lief es also hinaus. Er würde keine Initiative zeigen, aber er würde ihr auch nicht in die Quere kommen. Nun, damit konnte sie leben.

Sie fuhren nördlich auf der Route 28 und bogen vor der Bourne Bridge ab. Hier reihte sich ein Autohändler an den anderen, darunter war ein kleines Ausstellungsgelände, auf das ein altes Metallschild hinwies: *Ragnatelli's Vintage Automobiles: Fahren Sie ein Stück Geschichte.* Das Nummernschild des Fords, den Mister White Nr. 2 gefahren hatte, war von Ragnatelli's gewesen.

Ungefähr zwanzig Autos, alles Klassiker, die meisten aus den 40er und 50er Jahren, standen auf dem Hof. Amy war keine große Autoliebhaberin, aber auch ihr gefielen die alten Fords und Chevys in jenen Bonbonfarben, die man heute kaum mehr sah: Kirschrot, Swimmingpoolblau, Sahnegelb, Bronze, Minzgrün oder Schwarz-Weiß wie ein Oreo-Keks. Ganz abgesehen von einem schicken 1947er Ford in Lachskoralle. Er stand ganz unschuldig inmitten der anderen Autos, aber er hatte bestimmt etwas zu erzählen. Wie die anderen letztlich auch, dachte Amy.

Am Ende des Ausstellungsplatzes stand ein mit weißen Schindeln gedecktes Bürohäuschen. Snow konnte sich nicht von den Autos losreißen, daher ging Amy allein in das Büro. Sie wurde von einer Frau in den Vierzigern begrüßt, deren Lippenstift dem kirschroten Chevy heftige Konkurrenz machte.

«Kann ich Ihnen helfen?»

Amy zog ihre Dienstmarke hervor. «Ich hätte gerne ein paar Informationen zu einem Ihrer Wagen.»

«Sie wollen also nicht kaufen.» Die Frau seufzte.

«Tut mir Leid.»

«Zu welchem Wagen denn?»

«Der rosa Oldtimer da, ein 1947er Ford?»

«Ja, ein Schmuckstück.»

«Sind Sie hier die Besitzerin?»

«Seine Ehefrau. Sal hatte den Tick mit diesen Autos schon, bevor ich ihn kennen lernte. Ich war Lehrerin, und jetzt kümmere ich mich um unser Büro.»

Ein gerahmtes Foto auf dem Schreibtisch zeigte Mister

und Mrs. Ragnatelli in inniger Umarmung auf einem Sofa. Der Mann hatte enorme Ausmaße und wog mindestens einhundertfünfzig Kilo.

«Ist dieser Wagen in jüngster Zeit gefahren worden?»

«Gestern erst.»

«Und von wem, Mrs. Ragnatelli?»

«Ich weiß den Namen nicht, ich war gestern Nachmittag nicht hier. Sal hat gesagt, ein Mann hätte ihn zur Probe gefahren und später zurückgebracht.»

«Ist es normal, dass Sie Interessenten mit den Wagen wegfahren lassen?»

«Sicher. Man muss sie zum Kauf verführen. Die Leute fahren gern allein in einem Wagen, um das richtige Gefühl dafür zu bekommen. Es ist vielleicht ein Risiko, aber bis jetzt ist uns noch keiner gestohlen worden. Wir lassen uns immer eine Kreditkarte geben, und dafür ist bisher noch jeder zurückgekommen.»

«Ja, das kann ich mir vorstellen.» Durch das kleine Fenster des Büros konnte Amy sehen, dass Snow auf dem Fahrersitz eines minzgrünen Ford saß, dessen Vorderteil sie an die Schnauze eines Pavians erinnerte. «Heben Sie Kopien der Kreditkarten auf?»

«Das sollten wir vielleicht mal tun. Ich sag Ihnen was, Sal ist heute unterwegs, oben in Fall River ist eine Oldtimer-Ausstellung. Sie könnten ihn anbeepen, und er ruft Sie dann zurück. Sagen Sie ihm, Sie hätten mit Vera gesprochen.» Sie schrieb die Nummer ihres Mannes auf die Rückseite einer Visitenkarte und reichte sie Amy.

«Danke.» Amy ließ die Karte in ihre Tasche gleiten. «Nach dem Labor Day ist hier nicht mehr viel los, oder?»

«Normalerweise schon, aber es ist insgesamt ein flauer Sommer gewesen. Unsere Branche leidet als Erstes, wenn es wirtschaftlich bergab geht.»

Snow hatte sich anscheinend in den grünen 1940er Ford verguckt und konnte sich nicht davon trennen. Amy sah sich das Innere des rosa Oldtimers an, warf einen Blick unter die Motorhaube und überprüfte den Kofferraum. Alles sah vollkommen normal aus. Snow war inzwischen ins Büro gegangen, um bei Vera den Preis seines grünen Fords zu erfragen. Schließlich kam er heraus, und während des gesamten Rückweges zur Wache lag ein Leuchten auf seinem Gesicht.

Er fuhr auf seinen gewohnten Parkplatz hinter dem Gebäude und lächelte Amy versonnen an. Die Lücke zwischen seinen beiden Vorderzähnen war deutlich zu erkennen, und für einen kurzen Moment fand sie, dass er auf die leicht traurige Weise eines zu groß geratenen Kindes fast niedlich aussah.

«Warum kaufen Sie sich den Wagen nicht, Al?»

«Ich kann mich gut drin sitzen sehen.» Er lachte leise. «An einem Sommerabend übers Cape fahren, Picknick am Strand, ein Glas Wein mit einer netten Dame.»

Amy wollte ihm gerade raten, sich bei einer Partnervermittlung anzumelden, als seine Hand plötzlich auf ihrem Schenkel landete.

«Sie machen wohl Witze!» Sie stieß die Tür auf, stieg, so schnell sie konnte, aus und streckte den Kopf zum offenen Fenster hinein. «Was zum Teufel denken Sie sich, Al?»

«Vergessen Sie's.» Er sah sie nicht an, ließ den Motor aufheulen und fuhr so schnell davon, dass sie kaum zurücktreten konnte.

Amy ging direkt an ihren Schreibtisch und versuchte sich zu beruhigen. Snow war nicht der Erste, der zudringlich geworden war, und sie wusste, dass er auch nicht der Letzte sein würde. Doch ausgerechnet Snow … Es warf ein schlechtes Licht auf seine Intuition, dass er meinte, Signale empfangen zu haben, die es weit und breit nicht gab. Sie erwog, Chief Kaminer von dem Vorfall zu berichten, aber entschied sich schnell dagegen. Sie war der einzige weibliche Detective im Mashpee Police Department und wollte sich lieber darauf konzentrieren, gute Arbeit zu leisten, bevor sie mit irgendwelchen Beschwerden kam.

Der Nachmittag ging dem Ende zu, und sie zwang sich, konzentriert an die Arbeit zu gehen. Auf ihrem Schreibtisch lag eine Nachricht, dass John Geary zweimal angerufen hatte. Sie rief zurück, erreichte ihn aber nicht. Der Richter war immer noch angeln, und Kaminer hatte für den Tag Schluss gemacht. Sal Ragnatelli hatte sie bereits siebenmal angebeept, aber er hatte sie nicht zurückgerufen. Auch der kriminaltechnische Bericht über Emily Parkers Wagen ergab keine neuen Anhaltspunkte. Nichts außer ein paar Haaren und Fasern, die zur Familie gehörten. Keine ungewöhnlichen Fingerabdrücke an der Kofferraumtür. Der strömende Regen der vergangenen Nacht hatte den Tatort buchstäblich reingewaschen.

Wer immer Emily entführt hatte, war vorsichtig zu Werke gegangen. Und Snow hatte zu lange gewartet.

Den Rest des Tages verbrachte sie damit, sämtliche psychiatrischen Kliniken und Krankenhäuser sowohl auf dem Cape als auch in der Umgebung bis hinauf nach Boston anzurufen und um Auskunft über einen Robert R. Robertson zu bitten. Meist kam sie nicht über den Empfang hinaus. Es war unglaublich, wie viele Psychiater und Betreuer nachmittags zum Lunch außer Haus waren. Und wenn sie doch einmal jemanden erreichte, erfuhr sie nichts.

Schließlich erkundigte sie sich bei dem Team, das Bobby Robertson observierte, nach Fortschritten, aber die beiden Kollegen genossen buchstäblich einen Strandtag: Einer lag in der Nähe des Hauses auf einem Handtuch, während der andere in seinem Wagen unten an der Squaw's Lane ausharrte. Bobby hatte sich nicht von der Stelle gerührt.

Es war fast neun Uhr, als Amy in ihr Haus am Plum Hollow Drive zurückkehrte. Sie bewohnte ein hübsches Landhaus auf zwei Morgen Land, das sie zusammen mit ihrem Exmann Peter kurz nach der Hochzeit gekauft hatte. Bei der Scheidung war es nach harten Auseinandersetzungen ihr zugesprochen worden. Ausschlaggebend war gewesen, dass er in seiner Tätigkeit als Bauunternehmer weniger verdient und daher während ihrer zweijährigen Ehe auch weniger von dem Haus abbezahlt hatte. Davon abgesehen hatte er auch keinen Kredit bekommen, um es ihr abzukaufen. Stattdessen hatte sie ihn zum Marktpreis ausgezahlt und würde jetzt bis in ihre alten Tage damit beschäftigt sein, die Hypothek auszulösen – und die zahllosen Wodkaflaschen auszugraben, die er auf dem Grundstück versteckt hatte. Aber sie liebte es hier; es war ruhig und friedlich, und im Großen und Ganzen gefiel es ihr, allein zu leben.

Sie stieg aus dem Wagen und schob ein paar rote Kletterrosen beiseite, die an der Pergola bei der Küchentür wuchsen. Kaum hatte sie den Schlüssel umgedreht und ihre gelb gestrichene Küche betreten, fiel die Anspannung des Tages langsam von ihr ab. Sie sammelte die Post vom Fußboden auf und legte sie zusammen mit ihrer Tasche auf den Tisch mitten im Raum. Nachdem sie sich ein großes Glas Eiswasser eingeschenkt hatte, öffnete sie den Kühlschrank, um nach etwas Essbarem Ausschau zu halten. Viel war nicht da. Sie würde sich mal wieder eines der Tiefkühlgerichte auftauen müssen, wenn sie überhaupt noch eines vorrätig hatte. Tatsächlich: Huhn mit Reis, als Beilage durchweichte Erbsen, und etwas Schokoladenpudding zum Nachtisch. Sie zog den Deckel ab und stellte den Behälter in die Mikrowelle. Als sie sich umdrehte, bemerkte sie, dass der Anrufbeantworter neben dem Telefon auf dem Küchentresen blinkte. Sie hatte zwei Nachrichten.

«Amy, hier ist Al. Das vorhin tut mir Leid.»

Schön. Es tat ihm Leid. Sonst was Neues?

«Detective Cardoza, hier ist John Geary. Ich weiß nicht, ob Sie versucht haben, mich zurückzurufen, ich hab nämlich nicht so ein Gerät, aber Sie ja zum Glück schon. Ich muss gleich morgen früh mit Ihnen sprechen. Wir sehen uns auf der Wache.»

DRITTER TAG

KAPITEL 13

Ein Traum, in dem seine Mutter vorkam, weckte David. Draußen vor den Fenstern war es stockdunkel und totenstill. Aber in dem Zimmer, in dem er zusammen mit Sam und Maxi schlief, schimmerte eine Nachtleuchte, sodass er trotzdem etwas sehen konnte. Maxi lag auf der Seite, den Rücken gegen die Stäbe ihres Kinderbetts gepresst. Sammy hatte die Beine zu einem V gespreizt. David zog die Decke bis zum Kinn und dachte über seinen Traum nach. Teile davon waren bereits verblasst, andere sah er deutlich vor sich. Seine Mutter war nicht nach Hause zurückgekehrt, und niemand hatte einen Ton darüber verloren. Maxi war erwachsen geworden und sah genau aus wie Emily, aber sie war doch eine Fremde, die ihn ermahnte, seine Hausaufgaben zu machen, obwohl er das schon längst getan hatte. Sammy warf einen Basketball gegen die Tür von Grandmas Garage, und eine Stimme, die sich anhörte wie die des Doktors, der gestern zu Besuch gekommen war, rief immer wieder *Stop Stop Stop*. Von diesen Worten war er wach geworden. *Stop Stop Stop.*

David wollte nicht wieder einschlafen, damit der Traum nicht von neuem begann. Er setzte sich auf, um nicht wieder einzunicken. Ein Wecker neben Sammys Bett zeigte in roten Ziffern die Zeit an: 5.13 Uhr.

Einmal hatte er Grandma gefragt, wann die Zeitung käme. Gegen fünf Uhr morgens, hatte sie ihm geantwortet. Das fiel ihm jetzt wieder ein. Er hatte mitbekommen, wie sein Dad am vergangenen Abend Grandma gesagt hatte, sie solle die Zeitung nicht ins Haus bringen. David schloss daraus, dass weder er noch Sammy die Zeitung sehen sollten, besonders er nicht, denn Sammy konnte sie noch nicht lesen. Wahrscheinlich stand etwas über ihre Mutter darin.

Vielleicht war sogar ihr Bild auf der Titelseite. Vielleicht war sie ja tot, und die Erwachsenen wollten nicht, dass die Kinder davon erfuhren. David war es leid, immer zu hören zu bekommen, dass alles in Ordnung sei. Er wusste, dass das nicht stimmte. Er wusste, dass seine Mutter nicht nach Hause gekommen war, dass guten Menschen böse Dinge geschahen, einfach weil es überall Monster gab und die Welt bei weitem kein so toller Ort war, wie die Erwachsenen den Kindern immer vorzumachen versuchten. Und er wusste, dass seine Eltern ihn all die Jahre Aikido hatten lernen lassen, damit er sich gegen die Bösen verteidigen konnte. Er war ja nicht blöd. Er wusste es genau.

Er hatte beobachtet, wie sein Vater am vergangenen Abend rund ums Haus gegangen war, um sich davon zu überzeugen, dass alle Türen und Fenster verschlossen waren, sogar das Dachfenster über Grandmas Loft. Alles fest verriegelt. Das Garagentor wurde sowieso jeden Abend runtergerollt, bevor sie zu Bett gingen, aber diesmal hatte Dad auch die Tür zwischen Garage und Abstellraum verschlossen. Es war genau wie in Manhattan, wo alles verschlossen sein musste und man nicht einmal im Sommer bei offenem Fenster schlafen konnte. Entweder man hatte eine Klimaanlage, oder man schwitzte, dazwischen gab es nichts, vor allem keine frische Brise. Kamen die Bösen immer nur, wenn man schlief, war das so? Waren sie wie Fledermäuse und nur des Nachts wach? Oder waren sie auch Menschen? Aber dann waren sie ja auch tagsüber böse?

David traf eine Entscheidung. Er würde nachsehen, ob Mom sich in ihrem Bett befand. Wenn nicht, würde er zur Straße hinaufgehen und selbst die Zeitung holen, bevor sie die Möglichkeit hatten, sie vor ihm zu verstecken.

Er schob die Decke beiseite und stahl sich leise aus dem Zimmer. Die Tür ließ er einen Spalt weit offen, wie es Mom und Grandma auch taten, um zu hören, wenn Maxi aufwachte. Seine Füße knirschten auf liegen gelassenen Spielsachen, als er das Wohnzimmer im Parterre durchquerte. In dem Raum dahinter schliefen seine Eltern. Die Tür war fest verschlossen. Als er den Knauf drehte, ertönte ein lautes Klicken, und als er die Tür aufschob, knarrte sie sogar. Im Zimmer war es sehr dunkel. Er blieb einen Moment stehen und wartete darauf, getadelt zu werden. Nichts geschah. Als seine Augen sich zur Genüge an die Dunkelheit gewöhnt hatten, konnte er seinen schlafenden Vater im Bett erkennen. Er war am Tag zuvor ziemlich müde gewesen, und David nahm an, dass er jetzt fest schlief. Allein. Seine Mom war nicht da.

David zog die Tür hinter sich heran, ohne sie ganz zu schließen, damit sie keinen Lärm machte. Er schlich zur Vordertür. Es gab ein lautes Geräusch, als er den Schlüssel herumdrehte und die Tür öffnete. David hielt inne und wartete darauf, dass jemand erschien und ihn ins Bett zurückschickte. Es kam niemand. Er schob die Fliegentür auf, von der er wusste, dass sie ziemlich schlimm ächzte, und ließ sie hinter sich zufallen. Dann rannte er die Straße hinauf. Er hatte es bis hierher geschafft, und wenn er nur als Erster die Zeitung in die Hand bekam, war es ihm gleichgültig, ob sie ihn erwischten.

Es war so dunkel, dass er die Straße kaum erkennen konnte.

Er hörte auf zu rennen, weil er fürchtete, vom Weg abzukommen. Stattdessen ging er schnellen Schrittes die alte Straße hinauf, vorbei an den Abzweigungen zu den beiden anderen Häusern, die am See standen. Man bekam seine Nachbarn hier draußen nicht zu Gesicht, es sei denn, man begegnete einander im Auto. Dann hielt man stets nebeneinander an und plauderte ein Weilchen. David war es immer peinlich, wenn Grandma das tat. Es war nicht wie in Manhattan, wo man in einem großen Gebäude zusammen mit Hunderten von Leuten wohnte, die man zwar ständig sah, mit denen man aber ausdrücklich kein Wort wechselte. Hier war es genau anders herum; es gab nicht besonders viele Leute, aber wenn man ihnen über den Weg lief, musste man so tun, als würde man sie kennen.

Als er sich der Hauptstraße näherte, war es bereits ein wenig heller, und er konnte die Briefkästen erkennen, drei für Post und zwei für Zeitungen. Er fing wieder an zu laufen und erreichte die Briefkästen in dem Moment, als die Sonne über den Horizont stieg. Mit einem Schlag wurde die Nacht zum Tag. Er wusste nicht genau, welcher Kasten ihrer war, und darum griff er sich einfach irgendeine Zeitung und rannte den Weg zurück.

Sobald er außer Sichtweite der Hauptstraße war, blieb er stehen, zog die weiße Plastikhülle ab und faltete die Zeitung auseinander. Mit ausgestreckten Armen hielt er sie vor sich und betrachtete die Titelseite. Kein Bild seiner Mutter.

Er blätterte um, und da war sie.

Auf dem Bild sah sie fröhlich aus, und das verwirrte ihn. Dann wurde ihm klar, dass sie natürlich ein Bild von früher benutzt hatten. Ob sie jetzt lächelte, wusste niemand. Er warf die Zeitung zu Boden, trampelte sie in den Schmutz der alten Straße, setzte sich darauf und weinte.

Nach einigen Minuten stand er auf und schüttelte den Schmutz von der Zeitung. Unter dem lächelnden Gesicht seiner Mutter stand *Vermisst seit Montag*. In dem kurzen Artikel wurde ihr Name erwähnt, dass sie aus New York komme, dass sie ihre Mutter auf dem Cape besucht habe, dass sie drei Kinder habe, dass sie immer dasselbe Armband trage und dass sie nicht mehr gesehen worden sei, seit sie vor zwei Tagen beim Einkaufen gewesen war. Nichts, was David nicht bereits gewusst hätte. Er las weiter.

Der Artikel schloss mit dem Satz, dass Mrs. Parkers Mann sich unkooperativ verhalten und bei einem Anruf einfach aufgelegt habe. David erinnerte sich daran, aber zu dem Zeitpunkt war es ihm nicht sonderlich wichtig vorgekommen. Andauernd riefen Leute an und stellten Fragen, die man nicht beantworten wollte. Seine Eltern nannten sie Telefonwerber und sagten, man brauche mit ihnen nicht zu sprechen. Wenn sie anriefen, bekamen sie entweder ein freundliches «Tut mir Leid, aber nein» zu hören oder ein gereiztes «Lassen Sie uns zufrieden und streichen Sie uns von Ihrer Liste». Der Anruf gestern war etwas anders gewesen, denn sein Dad hatte etwas über seine Mom gesagt, daran konnte David sich erinnern. Aber dann hatte er ebenso gereizt reagiert, wie bei einem von diesen Anrufen. Doch offenbar war jemand von der Zeitung dran gewesen, der nun schrieb, dass Dad wütend geworden war. Dad wurde manchmal wütend, wie jeder mal wütend wurde, Mom auch und David selbst ebenso. Aber so, wie es hier stand, klang es, als hätte Dad aufgelegt, weil er wusste, wo Mom war, es aber nicht sagen wollte. Dabei hatte sein Vater keine Ahnung, wo seine Mutter war.

In einem Kasten neben dem Artikel stand die Anzahl aller Leute, die bis jetzt in diesem Jahr landesweit vermisst wurden und nicht wieder nach Hause gekommen waren: 515 109. In der Erläuterung hieß es, dass Vermisste fast nie gefunden würden. Dass Leute, die andere entführten, ihnen meist sehr viel Leid zufügten und sie dann töteten. Dass Kidnapper, die Geld wollten, es umgehend verlangten. Dass die Polizei zu beschäftigt sei und ohne konkrete Hinweise nicht wisse, wo sie suchen solle. David verschlang den Artikel, vielleicht hatte Dad deswegen mit dem Mann gesprochen. Vielleicht hatte er seinen eigenen Privatdetektiv beauftragt, wie sie es im Fernsehen auch manchmal machten. Vielleicht würden sie Mom ganz allein finden müssen.

David faltete die Zeitung zusammen, klemmte sie unter den Arm und lief so schnell wie möglich zum Haus zurück. Er stieß die Fliegentür und die Innentür auf und rannte zum Schlafzimmer seiner Eltern. Sein Dad schreckte hoch und starrte ihn an, als sei er ein Geist.

«Was ist passiert?» Sein Dad klang verwirrt. «Was ist los? Ist etwas Schlimmes geschehen?»

«Ich weiß es.» David marschierte mit der zerknüllten und schmutzigen Zeitung zum Bett, breitete sie aus und wies auf die Seite zwei.

Sein Vater griff nach der Zeitung und hob sie in die Höhe, um einen Blick darauf zu werfen. Dann legte er sie ganz ruhig aufs Bett. «Komm her.» Er rutschte zur Seite, um David Platz zu machen.

David blieb wie angewurzelt stehen.

«Komm *her.*»

David rührte sich nicht. «Du hast mich angelogen, Dad. Du hast gesagt, mit Mom ist alles in Ordnung und sie kommt bald wieder.»

«Es ist wahrscheinlich auch alles in Ordnung mit ihr, und sie kommt bald wieder.»

«Haben sie angerufen und Geld verlangt?», fragte David.

«Wer denn? Mein Kleiner ...»

«Die Kidnapper. War das der, der dich gestern auf deinem Handy angerufen hat? Denn wenn er angerufen hat und Geld wollte, dann lebt sie vielleicht noch.»

David sah, dass sein Dad sprachlos war. Er saß versteinert da, so wie Sammy, wenn er dachte, dass ein Monster unter seinem Bett wäre. Dann traute er sich nicht aufzustehen, um zur Toilette zu gehen, und machte ins Bett. Und wenn Mom das merkte, weinte er wie ein Baby. Doch Dad saß nur da und atmete tief durch. Aber es war kein Monster unter seinem Bett, und das wusste sein Vater. Er war so still, weil er dachte, dass Mom etwas Schlimmes passiert war.

«Sie haben kein Geld verlangt», sagte David. «Oder doch?»

Sein Vater schüttelte den Kopf. «David, es tut mir Leid, aber wir dürfen die Hoffnung nicht aufgeben.»

«Was meinst du mit Hoffnung, Daddy? Ist es so wie mit dem Weihnachtsmann? Ich weiß nämlich, dass es ihn gar nicht gibt, aber die Geschenke will ich trotzdem.»

«Nimm die Geschenke, David. Und gib die Hoffnung nicht auf, ich bin sicher, dass sie wiederkommen wird.»

«Aber woher *weißt* du das?» David hatte die Fäuste geballt. Er wollte auf irgendetwas einschlagen und traf das Bett. Die Zeitung flog in die Höhe.

Sein Vater beugte sich zu ihm und sah ihn auf eine Weise an, die nur bedeuten konnte, dass er gut zuhören sollte: «Das hier ist wirklich wichtig, und ich brauche deine Hilfe. Ich möchte nicht, dass du die Straße hinaufrennst oder allein an den Strand gehst, obwohl du schon elf bist und der Älteste von euch dreien. Ich brauche jetzt deine Hilfe. Sam wird sich auch daran halten, wenn du es tust. Versprochen?»

David nickte.

«Und dann möchte ich nicht, dass Sammy Angst bekommt. Also darfst du ihm hiervon nichts sagen.» Er zeigte auf die Zeitung. «Du weißt, was für eine lebhafte Phantasie er hat. Versprich mir, dass du deinem Bruder nichts erzählst.»

David dachte nach. Er war bereit, es zu versprechen, fürs Erste. Er würde es so machen wie beim Weihnachtsmann: Er würde die Geschenke annehmen und dann entscheiden, wie er damit umgehen würde.

Sammy kam in seinem Flugzeugpyjama ins Zimmer geflogen und landete neben David auf dem Bett. «Was ist das?»

«Eine Zeitung, Blödmann.»

David warf sich auf Sammy, zerrte ihn vom Bett. Und kitzelte ihn durch. Sam lachte und versuchte zurückzuschlagen, doch David war zu schnell. In Windeseile hatte er sich neben seinem Vater unter der Bettdecke versteckt.

Sammy stand auf und rang nach Atem. «Maxi ist auch schon wach.»

«Ich hab sie gar nicht gehört», sagte Dad.

«Sie hat aber die Augen offen. Sie ist ganz rot und sieht richtig komisch aus.»

Dad sprang auf und rannte aus dem Zimmer.

KAPITEL 14

Maxi hatte die Augen weit aufgerissen. Ihre Pupillen waren geweitet, ihr Blick richtete sich auf einen unsichtbaren Fleck an der Zimmerdecke. Ihre gerötete Haut schien vor Hitze zu glühen.

Er hob ihren schlaffen Körper aus dem Bett und rief: «David, hol Grandma!»

David polterte die Treppe hinauf, Sam erschien in der Tür.

«Sammy», befahl Will, «zieh dich jetzt *sofort* an.»

Maxi fühlte sich in seinen Armen an wie ein Sack glühender Kohlen. Ihr Kopf pendelte wie der eines kleinen Babys, das noch keine Kontrolle über seinen Hals hat, und instinktiv hob Will den Ellbogen, um ihn zu stützen. Einzelne Haarsträhnen klebten auf ihrer Stirn. Sie atmete schwer. Will nahm jeweils zwei Stufen auf einmal und eilte durch den Abstellraum in die Garage. Sarah erschien, noch nicht richtig wach, aber bereits vollständig angezogen.

«Lass die Jungs schon mal in den Wagen steigen», sagte Will. «Wir bringen Maxi ins Krankenhaus.»

«Fahr du nur», sagte Sarah. «Ich bleib mit den Jungs hier.»

Es blieb keine Zeit für Erklärungen. «Sarah, *bitte*, lass sie einsteigen.»

Er drückte auf den Knopf für das Garagentor. Während es in die Höhe rollte, schloss er die hinteren Türen von Sarahs Wagen auf, damit die Jungen hineinspringen konnten. Sammy war als Erster drin und schnallte sich an. Als David in die Garage kam, hielt Will ihn an.

«Lauf schnell zum Kühlschrank und hol Maxis Medizin.»

David rannte ins Haus und war Sekunden später mit der kleinen Plastikflasche Amoxcillin zurück.

Sarah saß auf dem Rücksitz zwischen den beiden Jungen und hielt Maxi. Will setzte rückwärts aus der Garage heraus und sah für einen kurzen Moment im Rückspiegel drei in Panik erstarrte Gesichter: Davids, die Stirn von Besorgnis zerfurcht; Sarahs, in deren Augenwinkeln sich Tränen gesammelt hatten, und Sammys, der starr auf seine Schwester blickte. Will fuhr so schnell, wie es auf der alten Straße irgend ging. Die Totenstille wurde nur unterbrochen vom heiseren Keuchen Maxis, die nach Luft rang.

Die Fahrt zum Falmouth Hospital dauerte nur sieben Minuten, aber es kam Will vor wie eine Stunde. Er fuhr direkt bei der Notaufnahme vor, schnappte sich Maxi aus Sarahs Armen und rannte auf den Eingang zu. Die Jungen folgten Will ins Innere.

In der Notaufnahme herrschte Chaos. Krankenschwestern und Ärzte eilten hektisch an ihnen vorbei, ohne sie zu beachten. Will nahm den antiseptischen Geruch wahr, den er so hasste. Zu viele Erinnerungen wurden dadurch wach. Jedes Mal, wenn er ein Krankenhaus betrat, kroch die Angst, erneut jemanden zu verlieren, in ihm hoch.

Es hatte einen Frontalzusammenstoß auf der Route 28 gegeben, und eine schwer verletzte Familie wurde auf Tragbahren hereingetragen. Vier verletzte Kinder wurden nacheinander durch die Aufnahme in den angrenzenden Raum geschoben. Die Mutter war bewusstlos, und man hatte ihr einen Schlauch in den Mund geschoben. Zwei Notaufnahmehelfer versuchten sie wiederzubeleben.

Will wollte David und Sammy beiseite scheuchen, aber es war bereits zu spät. Sie hatten alles gesehen. Will war klar, dass seine Söhne zunehmend aus dem Gleichgewicht gerieten. Aber er wusste nicht, wie er es verhindern sollte. Maxi hing regungslos an seiner Schulter, und niemand kam, um ihr zu helfen. Mit der freien Hand dirigierte er Sam und David zum Anmeldeschalter.

Der Pfleger hinter dem hohen Tresen telefonierte.

«Entschuldigung», unterbrach Will. «Meine Tochter ist krank und braucht dringend einen Arzt.»

Der Pfleger quetschte einen Anflug von Mitgefühl in sein Lächeln. «Ich seh schon. Aber wir hatten gerade einen Autounfall, und da sind alle beschäftigt. Ich sage auf der Kinderstation Bescheid, dass die jemanden runterschicken.» Er drückte einen roten Knopf, und gleich darauf ertönte seine routinierte Stimme über die Lautsprecheranlage und rief einen Kinderarzt in die Notaufnahme.

Will schob die Jungen auf zwei der orangefarbenen Schalenstühle, die entlang der Wand des Warteraumes befestigt waren. David und Sammy ließen ihren Vater nicht aus den Augen, während er mit Maxi auf und ab ging und ihr ein Wiegenlied ins Ohr flüsterte. David hielt krampfhaft die Arzneiflasche mit dem Antibiotikum fest.

Plötzlich wurde Will bewusst, dass er Maxi seit seiner Ankunft auf dem Cape keine Medizin gegeben hatte. Ob Sarah wohl tatsächlich daran gedacht hatte? Behauptet hatte sie es jedenfalls.

«Lass mich mal die Flasche sehen.»

David gab sie ihm.

Will studierte sorgfältig das Etikett. Es war auf den 1. September datiert, jenen Samstag, als Emily zu ihm in die Stadt gekommen war und Maxi zum Arzt gebracht hatte. An jenem Tag hatte Maxi mit der Einnahme der Medizin begonnen. Montag wäre der dritte Tag gewesen; der Tag, an dem Emily nachmittags verschwunden war. Hatte Maxi seither noch das Antibiotikum bekommen? Jetzt war Mittwoch. Die Einnahme war für zehn Tage vorgeschrieben, heute sollte Maxis fünfter Tag gewesen sein, und doch war die Flasche noch mehr als drei Viertel voll. Will drehte sich der Magen um. Seit gestern Morgen war er selbst vor Ort gewesen. Er hätte sich der Sache annehmen sollen; er hätte es nicht Sarah überlassen sollen, denn er wusste doch, dass sie schon unter normalen Umständen manchmal etwas vergaß. Es war seine Schuld, dass sie jetzt hier waren. Ganz allein seine Schuld.

Und plötzlich erinnerte er sich. Am Morgen bevor seine Eltern verunglückt waren, hatte er gequengelt, damit sein Vater ihn beim Rasenmähen helfen ließe. Seinem Vater war der Geduldsfaden gerissen. «Es ist zu gefährlich», hatte er gesagt. «Wenn du älter bist, kannst du mir helfen.» Er hatte sich die Zeit genommen, Will auf die Vordertreppe zurückzutragen, von wo aus er seinem Vater zum letzten Mal zugeschaut hatte. Die Ärmel hochgekrempelt, sehnige Arme, ein schweißnasser Hals. Wenn sein Vater nicht von ihm abgelenkt worden wäre, hätten seine Eltern dann ihre Fahrt früher angetreten? Hätten sie die Gefahrenzone auf dem Highway unbeschadet passiert?

Will blickte zu seinen Söhnen und wusste, dass er sie niemals für einen so schicksalsschweren Fehler verantwortlich machen würde. Alle Ablenkungen durch sie waren ihm willkommen, und er hatte ihnen bereits im Voraus alle Fehler vergeben, die sie in ihrem Leben begehen würden. Er versuchte sich an das Gesicht seines Vaters zu erinnern, als er mit dem Mähen fertig gewesen war, aber es gelang ihm nicht, es war wie ausradiert durch die Anstrengung seines Gedächtnisses. Wenn er sich nur erinnern könnte, dann könnte er sich selbst vergeben.

«Dad», sagte David, «dein Telefon klingelt.»

Will fragte sich, wie lange es wohl schon geklingelt haben mochte. Er zog das Telefon aus der Tasche.

«Ich bin's, Charlie.» Er klang leicht gehetzt.

«Bist du schon am Haus?», fragte Will. «Ich musste nämlich …»

«Ich wollte dir nur sagen, dass wir spät losgekommen sind. Val fühlte sich gestern Abend nicht recht wohl, und sie macht sich Sorgen um das Baby. Der Gynäkologe hat ihr geraten, lange zu schlafen, bevor wir losfahren würden, aber jetzt sind wir auf dem Weg.»

«Ist alles okay mit ihr?» Weitere Stunden des Wartens klafften vor Will auf. War es ein Fehler gewesen, trotz Vals Schwangerschaft die Hilfe der beiden in Anspruch zu nehmen? Aber es war ihr doch gut gegangen, und das Baby sollte erst in drei Monaten kommen. «Vielleicht sollte sie besser zu Hause bleiben, Charlie. Du könntest doch allein kommen.»

«Jetzt sitzen wir schon im Auto», sagte Charlie. «Um die Mittagszeit müssten wir bei euch sein.»

Eine Frau in einem weißen Kittel eilte auf Will zu. Sie trug ein Schild mit der Aufschrift *Dr. Mary Lao, Kinderärztin*.

«Also schön», sagte Will. «Bis dann.»

Bevor er das Handy zuklappen konnte, griff Doktor Lao nach Maxi, die an Wills Schulter eingeschlafen war. «Kommen Sie mit», forderte sie Will auf. Er nahm David und Sammy an die Hand und folgte ihr durch die Schwingtüren, die auch die verletzte Familie geschluckt hatten. Unter hellem Neonlicht war ein ganzes Team von Ärzten mit der blutüberströmten Mutter beschäftigt.

Doktor Lao eilte weiter, bis sie einen freien Untersuchungstisch gefunden hatte. Sie legte Maxi sanft ab, zog sich ein Paar Gummihandschuhe über, drückte Maxis rechtes Auge auf und leuchtete mit einer kleinen Stablampe direkt hinein. Die Pupille verengte sich in einem schnellen Reflex. Doktor Lao wiederholte die Prozedur mit dem linken Auge. Mit dem Finger prüfte sie Maxis Puls. Als sie dann die Spitze eines elektronischen Thermometers in Maxis Ohr schob, schrie die Kleine auf.

Doktor Lao nickte. «Seit wann hat sie schon diese Ohrenentzündung?»

«Meine Frau war am Samstag mit ihr beim Arzt.» Will reichte Doktor Lao die Flasche mit dem Antibiotikum. Sie sah sich das Etikett an und kam schnell zu demselben Schluss wie Will kurz zuvor.

«Sie hat ihre Medizin nicht bekommen», sagte Doktor Lao. «Die Entzündung hat sich in die Nebenhöhlen ausgebreitet. Sie hat über vierzig Fieber, und das ist zu hoch. Ich muss sie einweisen und sofort intravenös mit Medizin versorgen. Danach dürfte es ihr besser gehen, aber zu Hause muss sie unbedingt ihr Antibiotikum nehmen, und zwar über den gesamten Zeitraum. Ist das ein Problem?»

«Nein», antwortete er. «Ich kann erklären, was geschehen ist.»

«Gleich. Erst müssen wir uns um sie kümmern.» Doktor Lao winkte eine Krankenschwester heran. «Bringen Sie dieses Baby hinauf in die Drei. Ich bin gleich da.»

Als die Krankenschwester mit Maxi verschwand, stürzte Sarah herein. Doktor Lao musterte sie kurz. Erst jetzt schien sie David und Sammy zu bemerken. «Sind das auch Ihre Kinder?», fragte sie Will.

«Ja.»

«Manchmal gehen die Kleinen im Trubel unter, was?» Doktor Lao lächelte nicht. «Sorgen Sie dafür, dass Ihre Tochter sämtliche Dosen der Medizin bekommt, nachdem wir sie entlassen haben. Das hier hätte sehr ernst ausgehen können.»

«Es ist meine Schuld», sagte Sarah.

«Nein.» Will drückte sanft Sarahs Arm. «Ich übernehme die volle Verantwortung. Sie ist mein Kind.»

«Wo ist die Mutter?», fragte Doktor Lao. «Ich würde auch gern kurz mit ihr sprechen.»

Will hatte nicht die geringste Ahnung, wie er die Frage beantworten sollte. Er fühlte sich auf einmal wieder wie damals, als er vier war und mit seinen Cousins das Jack Sprat Funhouse besucht hatte. Seine drei Cousins tobten um ihn herum und schauten sich lachend ihre Zerrbilder in der Vielzahl gebogener Spiegel an. Er stand wie angewurzelt auf einem Fleck. An der Decke über ihm befand sich ein gewölbter Spiegel, und als er nach oben blickte, sah er sich selbst, ganz allein, platt gedrückt. Als er zu weinen anfing, schienen seine Tränen riesengroß.

KAPITEL 15

«Dr. Geary, das fällt nicht in Ihren Zuständigkeitsbereich. Bitte, überlassen Sie uns die Angelegenheit.» Die junge Frau bedachte ihn mit einem herablassenden Lächeln und wandte sich wieder der Tastatur des Computers zu. Warum taten sie das immer, wenn sie wollten, dass man sich aus dem Staub machte?

«Sweetheart, ich bin im Ruhestand, ich hab keinen Zuständigkeitsbereich, und das bedeutet, ich kann tun, was ich will.»

Ihre Finger erstarrten, ein Blick aus ihren dunklen Augen durchbohrte ihn. «Nennen Sie mich nicht Sweetheart.»

Gearys Hand schnellte in die Höhe, um Frieden zu signalisieren. «Hab's nicht so gemeint, wollte nur Ihre Aufmerksamkeit gewinnen.» Er zwinkerte ihr zu und bedauerte diese Geste sofort.

Amy Cardoza seufzte und drehte sich ihren Stuhl in seine Richtung. Sie schlug die Beine übereinander und kreuzte die Arme. Ihr Blick huschte zur Wanduhr. «Fünf Minuten, nicht mehr. Nehmen Sie sich einen Stuhl.»

Geary schnappte sich den nächsten Stuhl und setzte sich.

In dem Moment kam Snow herein. Er hielt eine gelbe Karte mit einem Smiley-Gesicht und der Aufschrift *Hat jemand meine Nase gesehen?* in der Hand. «Das hier ist zum Unterschreiben für Suellen», sagte er. «Vergessen Sie nicht, die Feier ist morgen um fünf.»

Amy unterschrieb die Karte, ohne Snow eines Blickes zu würdigen, und reichte sie zurück. «Sie könnten gleich dableiben, Al.»

Snow setzte sich neben Amy, und Geary konnte sich ein wenig Genugtuung nicht verkneifen, als er bemerkte, dass Amy von ihm abrückte. Amy sah wieder auf die Uhr. 9.07 Uhr. «Schießen Sie los.»

Geary öffnete seinen braunen Ordner auf den Knien und holte eine Akte nach der anderen hervor.

Snow warf Amy einen skeptischen Blick zu, den sie jedoch ignorierte.

«Eine Minute», sagte sie.

Geary zog fünf Zeitungsartikelkopien aus einer der Akten und legte sie in chronologischer Reihenfolge auf dem Tisch aus. Dann öffnete er die nächste Akte und entnahm ihr fünf Ausdrucke, auf denen in Blau die Überschrift *Federal Bureau Of Investigation: VICAP* prangte. Vervollständigt wurde das Ganze durch einen Stoß gelber Blätter, die in seiner eigenen Handschrift oder seinem «Gekritzel», wie Ruth es genannt hatte, beschrieben waren. Er verteilte die gelben Blätter auf die fünf Haufen.

«Zwei Minuten», sagte Amy.

Geary lehnte sich zurück und sah ihnen ins Gesicht. Beide gaben sich den Anschein, an seinen Papierstapeln nicht allzu interessiert zu sein. Er ließ weitere dreißig Sekunden verstreichen. Er wusste genau, dass die Überschriften der Artikel und der Ausdrucke für sich selbst sprechen würden. Als ihre Aufmerksamkeit geweckt war, ergriff er das Wort.

«3. September 1973. Roz Gregory verschwindet in Los Angeles vor einem Restaurant, in dem sie mit ihrem Freund zu Mittag gegessen hat. Er bleibt zurück, um die Rechnung zu bezahlen, sie geht hinaus zum Wagen, zwei Minuten später kommt auch er heraus, und sie ist verschwunden. Siebzehn Tage später wird in den Dünen von Santa Monica ein verwester Kopf gefunden. Es ist der Kopf von Evan, ihrem Sohn, acht Jahre alt, der fünf Tage nach seiner Mutter am 7. September verschwand. Roz Gregory kehrt nicht zurück, und eine Leiche wird nie gefunden. Der Fall bleibt ungelöst.»

«Kalifornien?», sagte Snow. Das weiße Pulver auf seinem Uniformhemd ließ Geary vermuten, dass er es eilig hatte, zur zweiten Hälfte seines Doughnut zurückzukehren. Aber Geary hatte noch mehr zu sagen, und wenn er das überzeugend genug vortrug, würde Snow der Appetit vergehen.

Amy sah auf die Uhr. «Fahren Sie fort.»

«3. September 1980, Louisiana. Terry McDaniel verschwindet bei einem Softballspiel, an dem ihr siebenjähriger Sohn als Werfer für die Baton Rouge Bombers teilnimmt. Als er gerade auf der Auswechselbank sitzt, flüstert sie ihm zu, dass sie sich kurz einen Becher Kaffee holt. Sie kommt nicht mehr zum Spiel zurück und taucht auch sonst nicht auf. Fünf Tage später verschwindet James aus seinem Haus, während sein Vater den Rasen mäht. Weitere fünf Tage danach wird sein rechter Arm in einem zwanzig Meilen entfernten Sumpf gefunden. Der Rest seiner Leiche taucht nie auf, doch die Mutter wird tot aufgefunden, völlig unversehrt, ohne offenkundige Todesursache. Bei der Autopsie findet man Spuren von Pancuronium, aber es kann nicht nachgewiesen werden, dass diese Droge allein zum Tod geführt hätte. Der Vater begräbt den Arm, und die Zeitungen haben ihre Schlagzeilen. Die Polizei behandelt den Vater als Hauptverdächtigen, doch ihm ist nichts nachzuweisen. Fall nie gelöst.»

Die Wanduhr zeigte 9.15 Uhr. Snow wippte ungeduldig mit dem Fuß, aber Amy schenkte ihrem Kollegen keine Beachtung. Ihr Blick war auf Geary gerichtet, und sie nickte ernst. Er spürte, dass er ihre Aufmerksamkeit gewonnen hatte. Genauso war es früher immer gewesen, wenn er Special Agents zum ersten Mal über einen neuen Fall informierte. Sobald ihr Blick konzentrierter wurde, wusste er, dass sie keine Ruhe mehr geben würden, bis sie den Killer gefunden hatten.

«3. September 1987, Fleetwood, New York. Marjorie Lipnor lässt ihre beiden Kinder für fünf Minuten allein in der Wohnung, um drei Treppen hinunter ins Kellergeschoss ihres Hauses zu gehen, wo sich der Waschraum befindet. Die nasse Wäsche bleibt vor dem Trockner liegen. Fünf Tage später wird der Torso von Daniel Lipnor, sechs Jahre alt, auf der Kleinkinderschaukel eines Spielplatzes gefunden, in einer anderen Stadt in der Gegend. Höchstens drei Stunden tot. Die Brust übersät von frischen Nadelstichen. Am nächsten Tag wird Mrs. Lipnor aufgefunden. Sie wandert nackt und orientierungslos in Bronxville umher. Sie kann sich nicht daran erinnern, was geschehen ist, und gewinnt ihr Gedächtnis auch nicht zurück. Ihr Mann gerät in Verdacht, erweist sich aber als unschuldig. Zwei Jahre später erhängt sie sich, während ihr älterer Sohn in der Schule ist. Der Fall wurde nie geklärt.»

Snow wirkte nach wie vor desinteressiert, aber Amy war nun ganz bei der Sache.

«Ich bin jetzt schon zwölf Minuten dabei, Detective Cardoza», sagte Geary.

«Fahren Sie fort.»

Geary nahm den vierten Stapel zur Hand und beugte sich ein wenig vor.

«3. September 1994, Cape Cod, Massachusetts. Janice Winfrey verschwindet vom Race Point Beach, wo sie den Tag mit ihrem Mann und ihrem sechsjährigen Sohn Chance verbringt. Sie geht auf die Damentoilette und kehrt nicht wieder zurück. Fünf Tage später verschwindet Chance, als sein Vater ihm den Rücken zukehrt, um auf der Herrentoilette bei Bradlees in der Falmouth Mall das Urinal zu benutzen. Winfrey alarmiert den Sicherheitsdienst, das Geschäft wird innerhalb von vierzig Sekunden geschlossen, doch der Junge wird nie gefunden.»

«Das weiß ich noch.» Snow beugte sich vor. «Alle Wachen auf dem Cape haben daran gearbeitet.»

«Sie auch?», fragte ihn Amy.

Snow nickte.

«Am 12. September», fuhr Geary fort, «wird der linke Arm von Chance unter einem Anleger in Woods Hole gefunden. Janice Winfrey taucht wieder auf ...»

«Nackt», ergänzte Snow, «auf einer Bank am Aquarium. Das werde ich nie vergessen.»

«Lebend», vermutete Amy.

«Wenn man das so nennen will.»

Geary legte den vierten Stapel zur Seite und nahm den fünften zur Hand.

«3. September 2001», sagte er.

Amy schloss die Augen. «Emily Parker verschwindet vom Parkplatz vor dem *Stop & Shop.*» Sie öffnete die Augen wieder und sah Geary an. «Heute ist der dritte Tag.»

«Das stimmt. Sie hat drei Kinder, Detective. Die beiden Jungen sind sieben und elf.»

Amy presste die Handballen gegen die Stirn. Dann sah sie Geary wieder an. Sie bemühte sich, ihre Erschütterung nicht zu zeigen. «Was haben Sie da noch für einen Stoß Papier in der Hand?»

Geary strich das oberste Blatt glatt. «Danke, dass Sie nachfragen, Detective Cardoza.» Es handelte sich um die Charakterskizze, die er nach seinem Lunch mit Bell und seinen Gesprächen mit Tom vom VICAP formuliert hatte. Er hatte fast die ganze Nacht mit deren Abfassung verbracht, damit er den Fall so vollständig wie möglich übergeben und sich später am Nachmittag mit Roger Bell zur verabredeten Runde Golf treffen konnte. Auch wenn sie nur um einen Dollar gewettet hatten – er wollte endlich einmal zuletzt lachen.

«Bitte, Dr. Geary.»

Geary räusperte sich. «Männlich, etwa Mitte fünfzig, weiß, gebildet, hält seinen Verstand wach mit Spielen und Büchern, lebt allein, arbeitet allein oder zumindest selbständig mit einem eigenen Verantwortungsbereich, keine Familie oder von der Familie entfremdet, ein Psychopath mit psychotischen Tendenzen, aber keiner voll entwickelten Psychose. Das bedeutet, dass er in seiner Umwelt funktionieren kann. Er wird alles planen und organisieren, sein Leben wird davon beherrscht. Eine gewisse Mutterfixierung, vermutlich auf Missbrauch in der Kindheit basierend, wahrscheinlich durch die Mutter selbst. Warum alle sieben Jahre?

Ich nehme an, dass der Missbrauch entweder begann oder sich schwerwiegend steigerte, als er sieben Jahre alt war. Sein erstes Verbrechen beging er vermutlich, als er achtundzwanzig war. Psychosen bei Männern weißer Hautfarbe entwickeln sich oft gegen Ende zwanzig. Und achtundzwanzig ist ein Vielfaches von sieben, daher nehme ich an, dass er in dem Alter begonnen hat. Wenn wir das kurz überschlagen, heißt das, dass er heute sechsundfünfzig Jahre alt ist. Das entspricht ungefähr dem Alter unseres Mister White aus dem Supermarkt am Montag ...»

«Bobby Robertson», unterbrach Amy.

Gearys Blick forschte in ihrem Gesicht. «Sie haben ihn gefunden?»

Sie nickte langsam. «Fahren Sie fort.»

«Gute Arbeit, Detective.»

Sie ließ das Kompliment an sich abprallen. «Bitte weiter.»

Geary schaute in seine Aufzeichnungen. «Warum immer am 3. September? Das ist schwer zu beantworten. Meine Vermutung ist, dass ihm etwas geschah, als er sieben Jahre alt war, und zwar am 3. September. Und deswegen setzt er alle sieben Jahre seinen Verbrechenszyklus fort. Dieser Mann versucht etwas zu bewältigen, das mit seiner Mutter zu tun hat. Vielleicht hat sie ihn nicht genug geliebt, aber er liebt sie. Er will sie nicht umbringen. Die ersten beiden Frauen hat er aus Versehen getötet, aber er arbeitet daran, sein Vorgehen zu perfektionieren, und ist von Mal zu Mal erfolgreicher damit. Deswegen haben die letzten beiden Mütter überlebt, zumindest hat er sie nicht selbst getötet. Eine hat sich selbst umgebracht, und die andere wurde ins Taunton State Hospital eingewiesen, kurz nachdem man sie gefunden hatte.»

Amy nickte und machte sich eine Notiz.

«Sein Ziel ist es, die Mütter am Leben zu lassen, sie aber zu zerstören. Die Kinder hingegen tötet er, zerstückelt sie und lässt uns dann eins ihrer Körperteile entdecken. Er präsentiert uns sozusagen ein Puzzle in Form einer Leiche, ein Teil nach dem anderen. Obwohl er noch zwei weitere Verbrechen geplant hat und das erste davon im Augenblick begeht, will er, dass wir ihn aufhalten. Er ist sich bewusst, wie barbarisch seine Taten sind, aber er kann sich nicht bremsen.»

«Aber er wartet sieben Jahre zwischen den einzelnen Taten», warf Amy ein. «Wie kann er mit sich selbst leben, wenn er sich wirklich dessen bewusst ist, was er tut?»

«Das ist der Trick», antwortete Geary. «Wir nennen es Restitution.»

«Er vergisst, was er getan hat? Das ist schwer zu glauben.»

«Zweifellos. Aber so ist es. Die Psyche dieser Menschen pendelt zwischen ungeheuren Extremen, Detective. Sie finden eine Art Ausweg für sich, der es ihnen erlaubt, abwegigen Impulsen nachzugehen, und wenn sie es zu Ende gebracht haben, verschließen sie die Tür dazu. Für sie ist es wie eine Urlaubsreise an einen exotischen Ort. Sobald sie wieder heimgekehrt sind, verblasst die Erinnerung. Während der Intervalle sammeln sie unbewusst Energien für ihren nächsten Ausflug.»

Snow, der still zugehört hatte, sog geräuschvoll Luft ein, als habe er sich plötzlich daran erinnert, atmen zu müssen.

«Seine ganze Persönlichkeit ist durchorganisiert», fuhr Geary fort. «Sein Leben und seine Verbrechen sind es ebenfalls in hohem Maße. Er ist der am besten organisierte Wiederholungstäter, der mir je untergekommen ist. Dieser Mann entführt Menschen am helllichten Tag und hinterlässt nicht eine einzige Spur. Außer einmal einen Fußabdruck in Woods Hole. Aber er ist natürlich nicht der Einzige mit nagelneuen Nikes, Größe 12. Aber falls wir ihn fassen …»

«Wenn wir ihn fassen», sagte Amy mit aller Bestimmtheit.

«Wenn wir ihn fassen, ist so ein Fußabdruck zumindest ein starkes Indiz. Er wiederholt überdies sein fünftes Verbrechen in demselben Staat wie das davor, wodurch er sein Muster durchbricht. Dadurch fallen die jüngsten Fälle in denselben polizeilichen Zuständigkeitsbereich, und es ist leichter, sie miteinander in Verbindung zu bringen.»

«Bobby Robertson.» Amy schüttelte den Kopf.

«Wird er beschattet?», fragte Geary.

«Aber ja.» Sie wandte sich an Snow. «Al, holen Sie Chief Kaminer.»

Snow tat wie gewünscht und verließ den Raum.

«Wie man sieht, hat Kaminer das Ass des Departments zu Ihrem Partner gemacht.» Geary zwinkerte ihr zu.

«Ich komm damit zurecht.»

«Auch das sieht man.»

«Wir müssen die State Police und das FBI mit einbeziehen», sagte Amy in jenem steifen Tonfall, der in Gearys Ohren immer mehr nach guter Ausbildung klang. «Wir haben nur noch zwei Tage.»

«Vielleicht», sagte Geary.

«Was wollen Sie damit sagen?»

«Wenn das FBI erst einmal hier auftaucht, dann werden sich die Medien auf diese Sache stürzen. Ich hab das Gefühl, dass das ihn erschrecken könnte. Es könnte sein, dass er eventuell gar nicht handelt oder vielleicht schon früher. Und selbst wenn er das Kind in Ruhe lässt, Mrs. Parker wird er bestimmt umbringen.»

«Ein großes Risiko also», sagte Amy nachdenklich. «Aber das muss Kaminer entscheiden.»

Snow kehrte mit dem Chief zurück. Kaminer war ein kleiner drahtiger Mann mit gelocktem blonden Haar, das nicht echt aussah. Aber trotz dieser unnötigen Eitelkeit merkte Geary an der unverblümten Art, wie Kaminer ihn ansah, dass er jemand war, mit dem man gut arbeiten konnte.

«Wie ich höre, haben Sie ein paar Hausaufgaben gemacht, Dr. Geary», sagte Kaminer.

Geary legte Kaminer die Lage dar, und dieser sog die Worte auf wie ein Schwamm. Alle paar Sekunden nickte er. Amy fing währenddessen an zu telefonieren, um sich über den Stand der Ermittlungen gegen Bobby Robertson zu informieren.

Schließlich knallte sie den Hörer auf und fuhr auf ihrem Stuhl herum. «Robertson ist die ganze Nacht über zu Hause geblieben, hat aber vor fünf Minuten das Haus verlassen. Er fährt auf der 28 nach Süden, und sie sind direkt hinter ihm.»

«Bringen Sie mich auf den letzten Stand», forderte Kaminer sie auf.

Sie berichtete ihm von Bobby Robertson alias Mister White Nr. 1. «Ich habe heute Morgen einen interessanten Rückruf von der staatlichen psychiatrischen Klinik in Hyannis bekommen. Sie haben dort einen Robert R. Robertson in Behandlung, der seit drei Jahren zweimal die Woche kommt, und zwar auf gerichtliche Anordnung. Man hat ihn beim Diebstahl von Kinderkleidung erwischt und herausgefunden, dass er zwar aktenkundig ist, aber nicht verurteilt. Er hat alle seine Termine in der Klinik eingehalten. Ich habe den Namen seiner Betreuerin – Sally Harmon – und bereits versucht, sie telefonisch zu erreichen, aber bisher erfolglos.»

«Versuchen Sie es weiter.»

«Ja, Sir.»

Kaminer warf einen Blick auf Snow, der noch am Telefon hing. Er hatte einen Anruf für Amy entgegengenommen. Snow nickte zerstreut und schrak dann auf: «Moment mal.» Er legte den Hörer auf die Schulter und fragte Amy: «Wie hieß noch dieser Autohändler?»

«Sal Ragnatelli.»

Snows Gesicht wurde lang.

«Wann?», fragte er den Anrufer. Er lauschte der Antwort und legte auf. «Also, Amy, das war die Reaktion auf deinen Anruf bei Ragnatellis Pager.»

«Das war er?» Snows Verhalten ärgerte sie.

«Das war Detective Martino oben in Fall River. Er beantwortet alle Anrufe, die auf Ragnatellis Pager aufgelaufen sind. Der Mann ist tot.»

«Was?» Amy stand auf. «Wann?»

«Irgendwann gestern. Man hat ihn vor einer Textilfabrik in der Nähe der Main Street gefunden, angelehnt, als würde er sitzen. Leute hatten ihn schon gestern Abend gesehen, aber gedacht, es handele sich um einen Obdachlosen.»

«Todesursache?», fragte Kaminer.

«Zahlreiche Stiche in den Rücken. Er saß in einer ziemlich großen Blutlache, aber erst am Morgen ist das jemandem aufgefallen.»

Kaminer sah Amy an. «Steht der Mann in einem Zusammenhang mit dem Fall Ihrer Vermissten?»

«Ja, Sir, das könnte sein. Ragnatelli handelte mit Oldtimern, und eines seiner Fahrzeuge ist zu dem Zeitpunkt, als Mrs. Parker verschwand, vom Parkplatz des *Stop & Shop* gefahren. Der Zeuge berichtete, dass ein älterer Mann mit weißem Haar am Steuer gesessen habe und dass seine Begleitung, eine Frau mit blondem Haar, geschlafen habe.»

«Und Mrs. Parker ist blond?», fragte Kaminer.

«Ja, Sir. Ein weiterer Wagen wurde beobachtet, wie er ungefähr zur selben Zeit den Parkplatz verließ, ebenfalls mit einem weißhaarigen Fahrer und einer blonden Mitfahrerin. Dieser zweite Wagen gehört Robertson, Sir. Aber er ist bis gerade noch zu Hause gewesen, Caruso und Miles haben ihn beschattet.»

«Also kann er nicht in Fall River gewesen sein und Ragnatelli umgebracht haben», stellte Kaminer fest.

«Nein, Sir.»

«Was ist mit Ihrem anderen Mister White, der Nummer 2?»

«Wir haben ihn noch nicht gefunden, Chief. Ich weiß nicht, wieso er Ragnatelli töten sollte. Das würde sein Muster durchbrechen, und wenn man Dr. Gearys Profil glaubt, wäre das höchst untypisch.»

«Es sei denn, er bekommt es mit der Angst zu tun», sagte Kaminer.

«Dafür scheint er nicht gerade der Typ zu sein», warf Snow ein.

Geary schüttelte den Kopf. «Jeder hat vor etwas Angst.»

«Nebenbei gesagt, Detective Cardoza, Ihre Durchsuchungsbeschlüsse sind da, und zwar beide.»

«Ausgezeichnet, Sir, danke.»

«Ich teile Ihnen Unterstützung für das Robertson-Haus zu. Werden Sie auch die zweite, die am Gooseberry Way, selbst durchführen?»

Geary spitzte die Ohren. «Das Haus der Parkers?»

Amy sagte: «Ich will mich nur mal umschauen, reine Routine. Na ja, nicht ganz. Da gab es einen zusammengerollten Teppich, den ich mir näher ansehen möchte.»

«Detective», unterbrach Geary, «Sie verschwenden nur Ihre Zeit.»

Amy schaute ein wenig mitleidig drein, als sie zu ihm sagte: «Will Parker hat Sie angeheuert, Doktor. Ich glaube nicht, dass Sie sich in der Position befinden, ihn in Schutz zu nehmen.»

«Sie arbeiten für ihn?» Kaminers Augenbrauen zogen sich zu einem Minuszeichen zusammen.

Geary schüttelte heftig den Kopf. «Er bezahlt mich nicht. Ich habe ihm meine Dienste gratis angeboten.»

«Wieso das?», fragte Kaminer.

«Mein Buch über ungelöste Kriminalfälle, Chief. Das war alles, woran ich Interesse hatte, als ich darauf gestoßen bin.»

«Aber jetzt ist es anders», stellte Amy fest.

Geary enttäuschte ihre Skepsis. Gleichzeitig war er von sich selbst überrascht: «Ich mag diese Familie», gab er zu und wusste im selben Moment, dass er die Wette verloren hatte. «Ich will Emily Parker finden, bevor dieser Zerstücklungskünstler ihren Sohn entführt.»

Kaminer sah ihn nachdenklich an. Dieser Geary konnte ihnen vielleicht wirklich helfen.

«Ich stelle Sie als Berater an und betraue Sie mit diesem Fall», sagte er streng zu Geary. «Sie können nicht für Parker und für uns arbeiten, ob mit oder ohne Bezahlung. Sind Ihre Papiere in Ordnung?»

«Sollten im Hauptquartier in D. C. bei den Akten sein. Ich war Special Agent, Chief, und zwar in den obersten Rängen.»

Kaminer beäugte ihn scharf. Anscheinend musste man Geary zeigen, wer der Chef war. «Ich kenne Ihre Laufbahn, Dr. Geary. Hier stehen Sie im Rang eines Detective der Polizei von Mashpee. Höher hinaus geht es nicht.»

Geary verschluckte einen Begeisterungsruf. Erst jetzt merkte er, wie froh er war, wieder gebraucht zu werden. «Danke Ihnen, Sir. Darf ich jetzt, da ich hier arbeite, eine Empfehlung aussprechen?»

«Aber schnell.»

«Lassen Sie mich Will Parker für eine Befragung herbringen. Ich bin überzeugt, dass die Familie nicht in den Fall verwickelt ist, und wenn wir ihn schnell von jedem Verdacht befreien, sparen wir Zeit. Ich kann Doktor Roger Bell zur Unterstützung hinzuziehen, denn er wird sich noch ein paar Tage auf dem Cape aufhalten.»

«*Der* Roger Bell?» Kaminer wirkte durchaus beeindruckt, als Geary den berühmten Kriminologen erwähnte.

«Ja. Ich kenne ihn seit Jahren. Er hat die Behavioral Science Unit beraten. Ich habe ihn bereits über den Fall informiert.»

«Und er hat geholfen, unserem Wiederholungstäter Konturen zu geben?»

«Wir haben die Grundzüge des Profils zusammen erarbeitet.»

«Ich hoffe, er erwartet nicht, von uns bezahlt zu werden», sagte Kaminer barsch. «Wir haben nicht so ein Budget wie das FBI.»

«Nein, Sir, er ist aus alter Gewohnheit dabei, genau wie ich.»

«Also schön, tun Sie es.» Kaminer wandte sich an Amy und Snow. «Amy, Sie nehmen den Durchsuchungsbeschluss und ein paar Leute zur Unterstützung mit zu Robertson und sehen sich dort mal um.»

«Noch etwas, Sir.»

Kaminer schnippte mit den Fingern und ließ die Hand rotieren, um Amy zu veranlassen, schneller zu sprechen. Eine solche Geste hatte Geary noch nie gesehen.

«Ich würde gern die überlebende Mutter, Janice Winfrey, befragen.»

«*Nachdem* Sie bei der Befragung des Ehemanns dabei waren und *nachdem* Sie mit dieser Harmon gesprochen haben.» Kaminer wandte sich um, und Geary hatte den Eindruck, dass der kleine Mann mit den Augen zwinkerte. Ob er belustigt war oder ob eine Herausforderung dahinter steckte, war nicht ganz klar. Ein leichtes Lächeln trat auf Kaminers Gesicht. «Nehmen Sie Geary mit zu Janice Winfrey. Mal sehen, was unser neuer FBI-Seelenklempner herausbekommt. Ja, und bei der Durchsuchung der Robertson-Wohnung sollte er eigentlich auch dabei sein. Sie können Snows Wagen benutzen.»

«Meinen Wagen?», fragte Snow.

«Sie fahren nach Fall River und befragen Detective Martino. Nehmen Sie den Streifenwagen, der vorne steht.»

Geary konnte ein Lächeln nicht unterdrücken. Es war nicht seine Absicht gewesen, Snow bei dieser Ermittlung zu ersetzen, aber es war doch ein befriedigendes Gefühl. Er lächelte Amy zu und griff nach dem Telefon auf dem Schreibtisch hinter sich.

«Muss eine Golf-Verabredung für heute Nachmittag absagen.»

KAPITEL 16

Amy Cardoza bog in die Squaw's Lane ab und parkte zwei Häuser vom Strand entfernt. Sie würden hier warten, bis die Unterstützung eintraf. Sie kratzte an dem Klebeband, mit dem das Foto von Snows Tochter auf dem Armaturenbrett befestigt war, und versuchte es zu lösen, ließ es dann aber doch. Noch war der Wagen nicht offiziell ihrer.

«Nette Nachbarschaft.» Geary saß neben ihr auf dem Beifahrersitz. Er schnippte gegen das Duftbäumchen, das am Rückspiegel baumelte, und es pendelte in Amys Richtung und gab einen Schwall Kiefernnadelnduft von sich. «Aber irgendwie komisch.»

Er sah es also ebenfalls: die Absurdität eines so bescheidenen Hauses in einer so großzügigen Lage. Sie fing an, ihn zu mögen.

«Immobiliengeschäfte.» Sie schüttelte den Kopf.

«Was ich nicht verstehe, ist, wie der Ozean jemandem gehören kann.»

«Ich glaube, es ist nur der Strand», sagte sie, «und die Aussicht.» Sie sah durch die Windschutzscheibe auf den blauen Himmel und die Gischt sprühenden Wellen. Das liebte sie so am Cape: diese kleinen Inseln der Stille, die einen immer wieder überraschten.

Geary wandte sich energisch zu ihr um, sodass sie fast erschrak. «Haben Sie dieses Telefon mit?»

«Mein Handy? Natürlich.» Sie zog es aus ihrer Handtasche und reichte es ihm. Er wusste, wie man es aufklappte, aber das war auch schon alles.

«Sie machen wohl Witze. Wissen Sie etwa nicht …? Egal, also, Sie wählen die Nummer einschließlich der Vorwahl, und dann drücken Sie auf den grünen Telefonhörer.»

Sie sah zu, wie er eine mit der Hand notierte Telefonnummer von der Rückseite der Visitenkarte von Will Parker ablas und mit seinem dicken Zeigefinger sorgsam eine Taste nach der anderen drückte. Zwischendurch schaute er immer wieder auf die Karte. Als er fertig war, lächelte er und zwinkerte ihr zu.

«Will!»

Amy sah, wie sich Beunruhigung auf Gearys Miene ausbreitete, je länger er zuhörte. «Wieso Krankenhaus?» Geary hielt inne. «Wir wollten heute bei Ihnen vorbeikommen ...» Noch eine Pause, aber dann erhellte Eifer sein Gesicht. «*Wir*, die Cops, mein ich. Die haben mich angeheuert, Teufel nochmal, und jetzt arbeite ich auf Kosten der Steuerzahler für Sie!»

Er lachte leise, als er das Telefon wieder zuklappte, aber Amy war klar, dass er das nur für sie tat.

«Was ist los?»

Geary antwortete diesmal ernsthaft: «Seine kleine Tochter ist im Krankenhaus ...»

«Und wieso?»

«Nur eine Ohrenentzündung, die sich unerwartet verschlimmert hat. Hat mit dem Fall nichts zu tun.»

«Woher wollen Sie das wissen?» Ihr Ton war scharf ausgefallen, und sie bemerkte Gearys Unzufriedenheit, als er sich in den Sitz zurückfallen ließ.

«Sie machen einen Fehler», sagte er vorwurfsvoll. «Will Parker hat mit dem Verschwinden seiner Frau nichts zu tun. Sie haben ihn kennen gelernt, er ist ein netter Kerl. Familienangehörige von ihm sind unterwegs, um seine Kinder von der Insel abzuholen. Völlig ausgeschlossen, dass er ihnen etwas antun würde.»

Amy sah Geary an, das zerfurchte Gesicht, das zerzauste weiße Haar, die ungepflegte Kleidung. «Versuchen Sie mir nicht zu erzählen, dass Sie nicht schon Schlimmeres als das erlebt haben.»

Er lächelte, und ein Streifen Silber blitzte links unten auf. «Da haben Sie mich erwischt, Lady.» Dann besann er sich, und sein Lächeln verebbte. «Wenn man sich die Geschichte dieser Verbrechen ansieht, dann passt das einfach nicht mit Will Parker zusammen. Hat nie gepasst. Und wird auch jetzt nicht passen. Sie verschwenden im Haus der Parkers Ihre Zeit. Und die von Emily Parker.»

«Ich habe den Durchsuchungsbeschluss», sagte Amy, «und ich sehe nicht ein, warum ich ihn nicht benutzen sollte. Einfach, um sicherzugehen. Ich finde nicht, dass es die richtige Methode ist, Abkürzungen zu nehmen und sich auf Vermutungen zu stützen.»

«Man lernt mit der Zeit, Abkürzungen zu nehmen.»

«Ich habe es nicht gelernt.»

«Dann werden Sie es noch.»

Drei Streifenwagen bogen mit Getöse in die Squaw's Lane ein, rollten an ihnen vorbei und hielten vor dem Haus Nummer 2. Amy legte den Gang ein, fuhr hinter sie, parkte und stieg aus.

Überall war Sand in der Luft. Amy hob die Hand, um ihre Augen zu schützen, und nahm die Situation in Augenschein. Sie hatte sechs uniformierte Männer zu ihrer Verfügung. Kaminer hatte ihr Petersen, Shechter, Partow, Sagredo, Graves und Landberg zugeteilt, die erfahrensten Streifenbeamten, die das Revier hatte. Und er hatte ihr Geary zur Seite gestellt, der, was immer man von ihm halten mochte, mehr Erfahrung bei der Ermittlung von Verbrechen besaß als sie alle zusammen. Sie selbst inbegriffen, waren sie acht Cops. Und sie hatte den Befehl. Wenn Robertson heimkam und die Dinge außer Kontrolle gerieten, würde die große Frage sein, ob sie bei der Show die Regie behielt oder ob die Show selbst die Regie übernehmen würde. Ob ihre Truppe aus altgedienten Cops sie einfach im Regen stehen lassen würde, damit Kaminer sich noch ein bisschen amüsieren konnte.

Oder Kaminer glaubte tatsächlich an sie.

Sie instruierte die Polizisten kurz, was sie suchen sollten, und schickte Graves und Landberg, die Hinterseite des Hauses zu sichern. Dann ging sie zur Vordertür und klingelte. Wartete. Öffnete die Fliegentür und klopfte laut. Wartete wieder. Sie öffnete ihre Tasche, zog ihre Brieftasche hervor und nahm eine Kreditkarte heraus. Geary kicherte wieder einmal vor sich hin, was Amy auf die Nerven zu gehen begann. Gearys Gegenwart wirkte auf sie langsam wie die eines älteren Bruders, der immer alles besser weiß. Sie behielt die Fassung und beugte sich hinunter, um das Schloss in Augenschein zu nehmen.

«Schnell von Begriff», sagte er, immer noch kichernd.

«Ich sehe keinen Grund, diese Tür zu beschädigen.»

«Das hab ich nicht gemeint, Detective.»

Sie schob die Karte fachmännisch an dem Schließmechanismus vorbei und öffnete die Tür. Sagredo ging voraus, die Waffe gezogen, und rief: «Polizei!»

Die anderen Polizisten verteilten sich im Wohnzimmer. Partow und Sagredo hasteten einen Korridor hinunter, und Petersen und Shechter bewegten sich dorthin, wo die Küche zu sein schien. Im Haus war es still bis auf das Rauschen der Wellen und die Schritte der Polizisten.

«Ich habe einen Durchsuchungsbeschluss!» Amy hielt das Papier in der Hand. «Wir kommen rein!»

«Mit wem reden Sie?», fragte Geary sie. «Außer uns ist doch hier niemand.»

«Ach nein», stöhnte sie ironisch. «Das ist mir gar nicht aufgefallen.»

Er zwinkerte ihr zu. «Immer vorschriftsgemäß?»

«Worauf Sie wetten können.»

Der Raum war so weiß wie der Mann selbst. Wände, Möbel, Bücherregale, Teppich – alles weiß und makellos. Bobby Robertson musste seine ganze Zeit damit verbringen, sauber zu machen. Das Regal, das Amy gestern gesehen hatte, ging über die gesamte Länge der Wand. Die Bücherrücken bildeten exakt eine Linie. Daneben waren kleine Kästen sorgfältig aufgereiht. Ein alter Fernseher stand zusammen mit einem neuen Videorecorder auf einem weißen Aktenschrank aus Metall gegenüber einem Futonsofa mit weißem Überzug. Die Möbel waren allesamt entweder billig oder alt oder beides. Unordnung gab es keine. Auf einem weißen Metallwagen an der Küchentür stand ein grauer Computer.

«Hier drinnen!» Partows Stimme hallte durch den Korridor.

Amy und Geary folgten dem Ruf in Bobby Robertsons Schlafzimmer.

Ein Einzelbett war gegen die Wand geschoben. Daneben stand ein kleiner Nachttisch mit einer Lampe. Auf der anderen Seite des Raumes befand sich eine Kommode. Das Zimmer hätte einem Kind gehören können, so einfach und anspruchslos war es eingerichtet. Nichts hing an den Wänden, alle Oberflächen waren leer. Ein Dutzend weißer Oberhemden hing in einem türlosen Wandschrank, alle im gleichen Abstand voneinander.

Partow kniete neben dem Bett und hielt die weiße Überdecke in die Höhe, als würde er den Saum eines Rocks aus einer Schlammpfütze heben. Er machte ein so angeekeltes Gesicht, als sei er in ebendiese Pfütze hineingetreten. Vor sich hatte er einen offenen Plastikbehälter, der flach genug war, um unters Bett zu passen.

Amy sah es sofort. Hunderte Fotos von Kindern. In Alltagskleidung, kostümiert, halb nackt, nackt. Jedes der Kinder sah verschreckt aus. Weinte. Gesichter, durch deren versteinerte Miene die Angst hindurchschien. Fest zusammengekniffene Augen. Starr aufgerissene Augen. Körper in kerzengerader Haltung wie Soldaten, den Atem angehalten. Verdrehte Körper, in brennendem Schmerz gefangen.

«Lauter verlorene Kinder», flüsterte sie. «Auf jedem Foto.»

Geary schüttelte den Kopf und sagte nichts.

Im Wohnzimmer breitete sich Unruhe aus.

«Markieren Sie es», trug sie Partow auf.

«Wir nehmen das mit.»

Im Wohnzimmer hatte Officer Petersen die kleinen Kästen vom Bücherregal genommen und sie geöffnet. Sie enthielten Videokassetten. Eine davon hatte Officer Shechter in den Videorecorder geschoben. Es lief ein Snuff-Film mit dem traurigsten kleinen Jungen, den Amy in ihrem Leben gesehen hatte. Shechters Augen waren feucht, seine Lippen fest zusammengepresst in Abwehr einer Reaktion, die er nicht offen zeigen wollte.

«O mein Gott.» Amy blieb stehen. «Sind da noch mehr?»

Petersen nickte langsam.

«Wir nehmen sie alle mit. Wir sehen uns jeden Zentimeter dieser Filme an, und wenn wir ihn finden, ist er weg vom Fenster.»

In ihr tobte die Wut auf diesen Unhold, der sich an der Zerstörung von Kindern aufgeilen konnte. Sie holte tief Luft. Sie musste sich jetzt zusammennehmen, um das hier gut zu Ende zu bringen.

Amy zog ihr Handy aus der Handtasche und rief die

Einsatzzentrale an. «Funken Sie Caruso und Miles an. Sagen Sie ihnen, er ist unser Mann, aber sie sollen ihn vorerst weiter verfolgen. Dicht dranbleiben, und wenn sie meinen, er führt sie zu Mrs. Parker, sollen sie Unterstützung anfordern.» Während sie telefonierte, zeigte das Video die Großaufnahme eines schreienden Kindes, auf das die Kamera langsam zufuhr.

«Stellen Sie das ab», sagte Geary.

Amy spürte, wie das Blut durch ihre Muskeln raste und wie der Druck hinter ihren Augen zunahm. «Markieren Sie alles», ordnete sie an, «und suchen Sie weiter.»

«Sie leisten gute Arbeit.» Geary zog die Schultern hoch und trat zu ihr. Ein wenig väterlich, dachte sie, aber seine schützende Geste hatte eine beruhigende Wirkung.

«Wenn das hier gute Arbeit ist ...» Sie wurde von dem Klingeln ihres Handys unterbrochen.

«Detective Cardoza?» Die Stimme der Frau klang voll und warm. «Sie baten um einen Rückruf. Mein Name ist Sally Harmon.»

«Ja, Ms. Harmon.»

Gearys Augenbrauen gingen fragend nach oben. Amy hob ihr Kinn in Richtung Tür, und er nickte. Er würde drinnen bleiben und alles überwachen, während sie draußen telefonierte.

Hinaus in die Sonne zu gehen, an die frische Luft und in den sandigen Wind, war eine Erlösung nach der Düsternis, die von all diesem Weiß ausgegangen war. Ihr langes Haar wehte ihr ins Gesicht, und sie wandte sich vom Ozean ab.

«Sie wollten mich wegen Bobby Robertson sprechen?»

«Ihr Schutzbefohlener steckt in ernsten Schwierigkeiten, Ms. Harmon.»

Pause.

«Weswegen denn?»

Für Amy klang das ein wenig rhetorisch.

«Sie sind seine Betreuerin?», fragte sie Harmon.

«Ja schon, seit drei Jahren. Seine Rehabilitation macht gute Fortschritte …»

«Ich bin gerade in seinem Haus», sagte Amy, «und kann Ihnen da leider nicht zustimmen.»

Fünfzehn Minuten später, als die Officer noch immer mit der Durchsuchung des Hauses, des Dachbodens und des Kellers beschäftigt waren und die Sammlung von Kinderpornographie hinaustrugen, um sie in den Kofferräumen ihrer Wagen zu verstauen, bremste ein hellblauer Hyundai vor dem Haus Squaw's Lane 2. Die Tür ging auf, und heraus stieg eine Frau mit gebleichtem blondem Haar, rosa Lippenstift und blauem Lidschatten. Ihre Augenbrauen hatte sie mit braunem Stift nach oben gezogen. Sie wirkte besorgt, aber als sie Amy sah, brachte sie ein Lächeln zustande.

«Sally Harmon.» Sie schüttelte Amys Hand, und dabei klimperte ein goldenes Armband mit Glücksbringern an ihrem Gelenk.

«Detective Amy Cardoza», stellte Amy sich selbst vor. «Das hier ist Doktor John Geary, mein Partner.»

Geary sah sie kurz an und schmunzelte, halb überrascht, halb dankbar. Sie hoffte, dass die Entscheidung, ihm zu vertrauen, sich nicht als Fehler erweisen würde.

Sally drehte sich dem Strand zu. «Bobby hat wirklich eine herrliche Aussicht.» Sie schüttelte den Kopf. «Er machte sich doch so gut.»

Amy beschrieb den Fund, den sie im Haus gemacht hatten. «Hört sich das nach Rehabilitation an?»

Sally klang nachdenklich. «Ich weiß, es klingt fürchterlich, aber es ist nicht so weit von unserem Behandlungsziel entfernt, wie man denken sollte. Wir wissen, dass wir diese Leute im Kern nicht verändern können, und darum arbeiten wir nur daran, ihr Verhalten zu ändern. Hat Bobby ein Verbrechen begangen?» Ihr Gesicht nahm einen besorgten Ausdruck an.

«Wenn er Geschäfte im Internet macht, ja», sagte Amy. «Wir haben seinen Computer beschlagnahmt, aber es geht eigentlich um etwas anderes. Eine Frau wird vermisst, und das steht in einem größeren Zusammenhang, der bereits Jahre zurückreicht.»

Sallys Miene erhellte sich. «Eine Frau? Er hat schreckliche Angst vor Frauen. Um nichts in der Welt würde er eine berühren. Das ist ein Teil dessen, woran wir in unseren Sitzungen arbeiten.»

«Aber vielleicht erzählt er Ihnen auch nicht alles, oder?», fragte Geary. Er sah Sally kritisch an, als wolle er sehen, was unter Make-up und Frisur lag.

«Ich kann es natürlich nicht mit Sicherheit behaupten», sagte Sally. «Aber seit drei Jahren sehe ich ihn zweimal wöchentlich. Ich bezweifle, dass er in der Lage wäre, eine erwachsene Person zu überwältigen.»

«Höchstens ein Kind?», sagte Amy in scharfem Ton.

Sally Harmon verzog den Mund.

«Gehen Sie immer mit Bobby einkaufen?», fragte Geary.

Sally nickte. «Manchmal. Das ist ein Teil der Therapie.»

«Man hat gesehen, dass Sie sich im Laden mit ihm gestritten haben», sagte Amy.

Sally dachte nach. «Ist das die Frau? Aschblondes Haar, sehr hübsches Lächeln?»

«Sie erinnern sich an sie», sagte Geary. «Haben Sie ihn mit ihr zusammen gesehen?»

«Sie haben nacheinander Maiskolben aus dem Behälter herausgesucht. Dabei ist ihr Armband dort hineingefallen, und ich hab es ihr hinterhergebracht.» Sally schüttelte das Handgelenk, um die Glücksanhänger klimpern zu lassen. «Ihres war aus Silber.»

«Bobby stand hinter ihr an der Kasse. Worüber haben Sie sich gestritten, Ms. Harmon?» Amy bemerkte, dass Sally Harmons Haar sich im Wind kaum rührte.

«Ich hab ihm gesagt, dass er zu viel Mais gekauft hätte, nur weil der im Angebot war. Wir haben an seiner Flexibilität gearbeitet.»

«So heißt das also?», fragte Amy.

«Ziemlich langweilig, hm?»

«Nein», wandte Geary ein, «das würde ich nicht sagen.»

Eine Welle schlug in diesem Moment so heftig an den Strand, dass Sally abgelenkt wurde. Gleich darauf sah sie Geary wieder an und kniff die Augen zusammen. «Er ist ein kranker Mann, zugegeben, aber er wäre nicht imstande, eine erwachsene Frau gegen ihren Willen in seine Gewalt zu bringen. Außerdem war ich an jenem Tag bei ihm. Wir sind zusammen zurück in die Klinik gefahren, wo er mich abgesetzt hat.»

«Ist er geblieben, oder ist er sofort wieder weggefahren?», fragte Amy.

«Er ist weggefahren.»

«Wie weit ist Ihr Büro vom Supermarkt entfernt, Ms. Harmon?»

Sally Harmon sah Amy einen Moment lang an, bevor sie antwortete. «Drei oder vier Minuten.»

«Das war genug Zeit für Emily, um die Einkäufe in ihrem Kofferraum zu verstauen, John, meinen Sie nicht auch?»

KAPITEL 17

Bobby Robertson passte ins Profil, aber Geary wusste auch, dass es nur selten so einfach war.

«Wir haben keine Beweise», sagte er zu Amy, als sie zur Wache zurückfuhren.

«Wir haben die Bilder, wir haben die Kassetten. Und wenn wir seine Festplatte überprüfen, finden wir wahrscheinlich noch mehr.»

«Indizien. Das reicht nicht.»

«Wir kriegen ihn. Wenn wir seinen Wagen zur Spurensicherung bekommen, haben wir ihn am Wickel. Aber vorher wird er uns zu Emily Parker führen, und dann werden es nur noch Pflichtübungen sein. Dann brauchen wir nur noch die i-Pünktchen zu setzen …»

«Und die t-Striche, ja ja ja.»

Sie warf ihm einen ihrer tödlichen Blicke zu, und er mäßigte seinen Ton.

«Wenn er uns zu Emily führt und wir sie lebend vorfinden, dann ist es leicht. Aber was, wenn er es nicht tut?»

Sie fuhr auf einen Parkplatz am Hintereingang. «Er wird es tun.»

«Vielleicht. Aber etwas kommt mir trotzdem komisch vor.» Geary löste seinen Gurt und stieg aus dem Wagen. Amy schlug ihre Tür zu und schaute ihn über die Kühlerhaube hinweg an.

«Was?»

«Ich weiß nicht», sagte er. «Irgendwas.»

Einer der Kommentare klang ihm im Ohr, die Bell beim Lunch vorgebracht hatte. «Berufstätig, zweifellos. Wahrscheinlich angestellt. Er schafft es, seine Opfer zu verstecken und selbst zu bestimmen, wann und wo er sie präsentiert. Das erfordert nicht nur Einfallsreichtum, sondern auch die entsprechenden Mittel.»

Geary stimmte dieser Einschätzung zu. Aber soweit er sehen konnte, war bei Bobby Robertson beruflich alles Fehlanzeige, und außer Sozialhilfe hatte er wahrscheinlich keine Einkünfte. Der Mann war eine krankhafte Mischung aus Dreistigkeit und Nervosität, die Geary Magenschmerzen bereitete.

«Sie haben Recht», räumte Amy ein. «Wir sollten vorerst noch nichts ausschließen.»

Sie öffnete die Tür, beugte sich in den Wagen und drückte energisch auf den Konsolenknopf, der die Verbindung zur Einsatzzentrale herstellte, von der sie doch nur durch die Steinmauer hinter sich getrennt waren. Eine Stimme antwortete mit einem butterweichen Hallo, nachdem sie krächzend eine Abfolge von Zahlencodes durch den Äther geschickt hatte.

«Funken Sie Landberg und Graves an», trug Amy der Stimme auf. «Sagen Sie ihnen, sie sollen zum Gooseberry Way Nr. 18 fahren. Die Spurensicherung soll ebenfalls dorthin. Wenn niemand zu Hause ist, sollen sie in die Garage gehen und dort einen zusammengerollten Teppich markieren, der in der linken Ecke bei der automatischen Tür steht. Wenn doch jemand zu Hause ist, sollen sie warten, ich bin mit dem Durchsuchungsbeschluss auf dem Weg.»

Sie beendete das Gespräch und schlug mit Schwung die Wagentür zu. «Jetzt zufrieden?»

«*Zufrieden* ist nicht das richtige Wort. *Beeindruckt* auch nicht. Sie haben den richtigen Instinkt, aber ziehen die falschen Schlüsse.»

«Also, wo sollen wir uns denn sonst noch umsehen?»

Geary schüttelte den Kopf. Nichts war schlimmer, als auf Sand zu bauen.

«Ich werde jetzt beim Boss Bericht erstatten», sagte sie. «Kommen Sie mit?»

Auf dem Weg durch den Korridor streckte Amy ihren Kopf zur Tür der Einsatzzentrale hinein. «Haben Sie die beiden erreicht?»

Offenbar hatte alles geklappt, denn in ihren dunklen Zügen stand nun jene Entschlossenheit, die er langsam immer besser kennen lernte. Sie schlängelte sich durch den Korridor und bog in die Eingangshalle ab, um ihre Telefonzettel zu holen. Komisch, dachte Geary, jetzt waren sie schon alle mit Handys und Pagern ausgerüstet, zusätzlich zu den hoch technisierten Kommunikationsgeräten in den Streifenwagen, und doch benutzten sie noch immer diese rosa Notizzettel, statt Nachrichten über Voice-Mail zu empfangen. Aber das war auch gut so, denn genau dabei hätte er nicht mehr mitgespielt und Kaminer gesagt, er möge seinen Namen von der Gehaltsliste fernhalten. Stattdessen hätte er dann weiter auf eigene Faust an dem Fall gearbeitet.

Amy griff mit der Hand durch die schmale Öffnung in der Trennscheibe aus Plexiglas, schaute zu Suellen am Rezeptionstresen und blieb plötzlich mit dem Blick an etwas hängen. Geary trat hinter sie und sah, was es war. Links und rechts neben Suellen saßen, wie Assistenten, die beiden Parker-Jungen. Sie hatten Polizeimützen auf dem Kopf, Dienstmarken an ihren T-Shirts und spielten Karten.

«Hallo?» Amys Atem ließ das Plexiglas beschlagen. «Was hat das hier zu bedeuten?»

Geary zwinkerte den Jungen zu. Der Kleine winkte, und der Große starrte ihn nur an. Warum waren sie immer noch hier, fragte sich Geary. Wo war denn nun Parkers Schwester?

«Sie sitzen hier bei mir, während ihr Dad sich mit dem Chief unterhält.» Suellen wirkte wie eine Großmutter, die ganz in ihrem Element ist. Geary musste wieder an Ruth denken. Sie hätte eine großartige Oma abgegeben, aber dafür hätte man erst einmal Kinder haben müssen. Er seufzte. Dafür war es nun zu spät.

«Wo?», fragte Amy.

«In seinem Büro.»

Geary folgte Amy durch die Korridore, bis sie zu einer Tür kamen, in deren Mitte das Staatssiegel von Massachusetts wie eine Zielscheibe prangte. Sie klopfte energisch an.

Kaminer selbst öffnete schwungvoll die Tür. Roger Bell und Will Parker saßen nebeneinander auf zwei Besucherstühlen gegenüber von Kaminers großem Schreibtisch. Sie drehten sich zur Tür um. Bell nickte Geary zu. Grünes kurzärmeliges Hemd. Grüne Augenklappe. Klassisch Bell.

Geary sah zu Will hinüber. «Ich habe Ihre Jungs vorne gesehen.»

«Meine Schwester ist im Ausland. Aber Freunde sind auf dem Weg hierher.» Will wandte sich an Kaminer. «Ich möchte meine Jungs vom Cape wegbringen.»

«Gute Idee», sagte Kaminer.

«Wie geht's dem Baby?», fragte Geary.

«Die Ärztin sagt, sie ist bald wieder gesund. Ich muss sie aber bei mir behalten.»

«Das dürfte kein Problem sein», sagte Bell. «Er ist nur an den Jungs interessiert.»

Wills Blick ruhte einen Augenblick auf Bell, als könne oder wolle er diese Aussage einfach nicht verarbeiten.

«Tja, Boss, die Zeit läuft uns davon.» Geary versetzte Kaminer einen leichten Klaps auf die Schulter, ging hinüber zu Bell und Parker und setzte sich auf den letzten freien Stuhl.

Kaminer schüttelte den Kopf, sodass sein lockiges blondes Haar wippte. «*Noch* bin ich nicht Ihr Boss.» Er wandte sich an Amy: «Den letzten Stand, bitte», marschierte um seinen Schreibtisch herum und setzte sich auf seinen Chefsessel mit der hohen Rückenlehne.

Amy war die Einzige, die stand. Will Parker erhob sich und bot ihr seinen Platz an. Geary bemerkte die Art, wie sie das Angebot von sich wies: stoisch, mit einem kurzen Kopfschütteln.

Parker blieb stehen, und der Stuhl blieb leer.

Amy sah zuerst auf Parker und dann zu Kaminer hinüber. «Sir?»

«Er kann bleiben», sagte Kaminer.

«Aber …»

Seine Augen blitzten sie an. Offenbar hatte er sich wieder einmal entschieden, mit zweischneidigem Schwert zu fechten. Er würde Parker Vertrauen schenken und gleichzeitig Amy grünes Licht geben, ihn unter die Lupe zu nehmen. Kaminers eigenwillige Ironie strapazierte ihre Nerven, aber er war nun mal der Boss.

Amy berichtete von der Durchsuchung, die sie in Robertsons Haus vorgenommen hatten. Kaminer, Bell und Parker hörten aufmerksam zu.

«Was ist mit dieser Harmon?», fragte Kaminer.

«Ich hab ihr gesagt, sie soll sich von Robertson fernhalten. Dass wir sie wegen Behinderung der Ermittlungen drankriegen, falls sie irgendetwas tut.»

«Er wird zurzeit verfolgt?» Man sah an seinem Gesicht, wie Will kurz durchatmete. Geary wusste, dass all seine Hoffnungen jetzt darauf gerichtet waren, dass Robertson die Polizei ohne Umweg direkt zu Emily führen konnte.

«In diesem Moment», antwortete Amy.

Geary schüttelte den Kopf. Bell beobachtete ihn abwartend. Geary wusste, dass sein alter Freund derselben Meinung wie er sein würde.

«Mir behagt das nicht», schaltete sich Geary ein. «Ich finde nicht, dass wir uns zufrieden geben sollen, nur weil Robertson pervers ist und die richtige Haarfarbe hat. Er passt nicht ins Profil.»

Kaminer legte den Kopf in den Nacken. «Wie meinen Sie das?»

Bell sprang Geary bei. «Ihr Mister Robertson ist ein ernst zu nehmender Verdächtiger, ohne Zweifel. Aber ich muss sagen, dass ich Dr. Gearys Unbehagen teile. Es erweist sich oft als Fehler, sich mit der erstbesten Lösung zufrieden zu geben. Voreilige Schlüsse führen häufig in die Irre. Finden Sie nicht auch, Mister Parker?»

Will wirkte überrascht, von Bell angesprochen zu werden. «Das mag wohl sein.»

Bell nahm die Gelegenheit wahr, Will jetzt auf eine Weise anzusehen, die unangemessen erschienen wäre, wenn er ihn nicht vorher angesprochen hätte. Ein kluger Schachzug. Bell war es nicht wirklich auf Wills Antwort angekommen. Geary fragte sich, wie lange sie wohl schon dort gesessen hatten, bevor er zusammen mit Amy aufgetaucht war. Worum sich das Gespräch wohl gedreht hatte? Er hatte Bell Hunderte Mal in Aktion gesehen, und sein Instinkt sagte ihm, dass Will die Prüfung bereits bestanden hatte.

Kaminer beugte sich vor und stützte seine Ellbogen in das Durcheinander von Papieren auf dem Schreibtisch. «Hier ist der Plan. Ich hab die State Police und das FBI angefordert. Sie sind auf dem Weg. Wir werden mit ihnen zusammenarbeiten, und zwar ohne Rangeleien über die

Zuständigkeit. Dafür steht zu viel auf dem Spiel. Und ich postiere jemanden oben am Gooseberry Way; wir müssen wissen, wer ein und aus geht. Zudem ziehe ich Caruso und Miles ab, denn die beiden brauchen Schlaf. Stattdessen setze ich Petersen und Shechter auf Robertson an.»

Gut, dachte Geary – die beiden hatten Robertsons Pädophilie-Sammlung mit eigenen Augen gesehen und würden ihn wie hungrige Raubvögel im Auge behalten.

«Sie beide», sagte Kaminer und richtete den Blick auf Amy, aber Geary nahm an, dass er der Zweite sein sollte, «fahren rauf nach Taunton und reden mit der Mutter, die überlebt hat.»

«Ausgezeichnete Idee.» Bell schürzte die Lippen unter seinem sorgfältig gestutzten Bart. «Die Frage ist nur, woran sie sich erinnern kann.»

Das Taunton State Hospital stand wie ein baufälliges Schloss am Ende einer langen privaten Auffahrt. Als sie langsam auf den Parkplatz zufuhren, bemerkte Geary einen jungen Mann mit fahler Haut, der gebeugt am Straßenrand stand und sie anstarrte, als sei ihr Chevy ein außerirdisches Raumschiff, das soeben in sein Territorium eingedrungen war. Der junge Mann wartete, bis das Raumschiff an ihm vorübergeflogen war, wie ein braver Junge der immer schön alle Verkehrsregeln gelernt und beachtet hatte, bis eines Tages das Monster in seine Seele eingedrungen war und ihn in andere Welten entführt hatte. Geary und Amy kommentierten den Anblick nicht. Stumm parkten sie den Wagen und gingen über den Rasen. Geary bemerkte, dass Amy jeden Augenkontakt mit den Patienten vermied. Ob sie das wohl auf der Polizeischule gelernt hatte? Ihnen nicht in die Augen zu sehen, weil sie sich provoziert fühlen und angreifen könnten? Das

Gegenteil traf für seine klinischen Psychologiestudien zu: Wenn man keinen Blickkontakt bekam, verlor man die Patienten.

Das Innere des Gebäudes bestand ausschließlich aus kalten, harten Flächen: Stein und Beton, Metall und Glas. Einige Türen waren mit Ketten verschlossen. Auf einem Schild stand das Wort *Besucher*, dazu ein Pfeil nach links. Sie folgten ihm durch eine Schwingtür in einen langen Korridor.

«Und jetzt?» Amy schien nicht gerade begeistert zu sein.

«Auf ins Wunderland, würde ich sagen.»

Sonnenschein überflutete den ausgetretenen Steinfußboden. Sie kamen an einer unbeschrifteten Tür nach der anderen vorbei, bis sie schließlich eine mit der Aufschrift *Besucher* sahen.

«Man fühlt sich so richtig willkommen, stimmt's?», sagte Amy und stieß die Tür auf.

Der Raum war leer bis auf einen grauen Metallschreibtisch, auf dem ein Computer stand. *Besucher* blinkte mitten auf dem Bildschirm. Es gab weder eine Maus noch eine Tastatur. Sie näherten sich dem Computer, sahen einander an und streckten gleichzeitig die Finger aus, um das Wort zu berühren. Auf dem Bildschirm erschienen ein eingeblendetes Keyboard und die Instruktion, den Namen der Person, die man besuchen wollte, einzugeben. Amy tippte WINFREY, JANICE und dann auf *Enter*. Eine neue Oberfläche blitzte auf: *Janice Winfrey, 5. Stock, Anmeldung in der Schwesternstation.*

«Okay, dann los!» Geary klatschte in die Hände, und ein Echo hallte inmitten all der unnatürlichen Stille.

«Psst!», zischte Amy. Sie sah aus wie Alice auf dem Weg durch den Spiegel und schien sich zu fragen, ob alles nur ein Traum war oder ob sie aus Versehen selbst unter die Insassen dieses Krankenhauses geraten war.

Geary hakte sie unter. «Kommen Sie, meine Liebe, wir bringen Sie direkt zur Aufnahme. Haben Sie keine Angst, das Kaninchen ist *echt*, aber auch ganz freundlich.»

Amy löste ihren Arm mit einem Ruck und versuchte es mit einem finsteren Blick, aber stattdessen zogen sich ihre Mundwinkel zu einem angedeuteten Grinsen in die Höhe.

Sie fanden den Fahrstuhl und fuhren hinauf in den fünften Stock. Als sich die Türen öffneten, wurden sie von einem seltsamen Bild begrüßt: Eine Ansammlung von Gesichtern starrte ihnen entgegen. Ungefähr zehn Leute standen eng aneinander gepresst. Offenbar warteten sie darauf, in den winzigen Vorraum gelassen zu werden, der den Fahrstuhl vom Stationstrakt trennte. Es handelte sich zweifellos um Patienten, und einige waren so sediert, dass sie überhaupt nicht auf den Anblick der Besucher reagierten, die aus dem Fahrstuhl traten. Andere wieder bemerkten die Besucher durchaus, und Geary nahm wahr, dass in manchen Gesichtern etwas wie Neugier stand.

Eine hoch gewachsene Schwester in weißer Tracht kam schnellen Schrittes mit einem Schlüsselbund in der Hand zur Tür. Sie sagte etwas, das mit eifrigem Nicken aufgenommen wurde, drehte sich um und schloss die Tür auf. Geary und Amy drückten sich an die Wand, um den Patienten Platz zu machen, die in den Vorraum fluteten.

«Kann ich Ihnen helfen?», fragte die Schwester so aufgeräumt, dass es unpassend wirkte.

«Wir sind Besucher», sagte Geary.

Das Lächeln blieb unbeeindruckt. «Und wen möchten Sie besuchen?»

«Janice Winfrey.»

Das Lächeln verging, und ihre Augenbrauen hoben sich. «Tatsächlich? Sie hat schon seit Jahren keinen Besuch mehr gehabt. Und Sie sind?»

Die Patienten hatten sich in den Aufzug gedrängt. Die Schwester hielt die Tür mit einem Fuß auf.

«Freunde», sagte Amy.

«Ach wirklich?» Es war deutlich, dass sie ihnen nicht glaubte. «Na ja, warum nicht. Vielleicht können *Sie* ja zu der armen Janice durchdringen. Den Korridor hinunter nach rechts, und sagen Sie Nancy bei der Anmeldung, dass Sie mit mir gesprochen haben.» Ihr harter roter Fingernagel tippte auf das Namensschild unter ihrer linken Schulter: *Margaret Nelson*. «Ich bin in zwanzig Minuten wieder zurück. Wir haben Ausgang und machen einen Spaziergang über das Gelände.» Sie lächelte ihrer Mannschaft im Fahrstuhl zu, und die Patienten nickten und zappelten in Erwartung ihres Ausflugs.

Nancy an der Anmeldung würdigte sie kaum eines Blickes. Als sie hörte, dass Margaret Nelson auf dem Weg in die Außenwelt ihren Besuch genehmigt hatte, zuckte sie die Achseln, nahm einen Schlüssel von einem Brett, das lediglich mit Nummern gekennzeichnet war, und nuschelte: «Folgen Sie mir.»

Sie wurden zu Zimmer Nummer 513 geführt. Nancy schloss auf, öffnete die Tür sperrangelweit und ging davon.

In einem verschlissenen grünen Sessel in einer Ecke des Zimmers saß die Frau, die einmal Janice Winfrey gewesen war. Ihr Gesicht war zum Fenster gerichtet, aber ihre Miene war ausdruckslos. Sie schien weder den Sommernachmittag wahrzunehmen noch die anderen Patienten, die sich auf dem Rasen ergingen, oder die Truppe ihrer Nachbarn vom fünften Stock, die das Glück hatten, mit

Margaret Nelson als Führerin das Gelände durchstreifen zu dürfen. Was Janice Winfrey vor sich sah, spielte sich nicht vor ihren Augen ab und geschah auch nicht im gegenwärtigen Moment.

Sie war eine kleine, feingliedrige Frau mit hellbraunem Teint. Ihr Haar war kurz rasiert, sodass sie beinahe wie eine Gefängnisinsassin aussah. Gekleidet war sie in ein Hauskleid in hellem Orange und mit Blumenmuster, wie man es in jedem Billigladen kaufen konnte, weit entfernt von dem, was sie bestimmt in besseren Tagen getragen hatte: ein maßgeschneidertes Kleid, stellte sich Geary vor, hellblau, mit einer Perlenkette um den zarten Hals.

Amy sprach sie als Erste an: «Mrs. Winfrey?»

Janice reagierte nicht.

«Mrs. Winfrey, ich bin Amy Cardoza. Und das hier ist Dr. Geary.»

«John», sagte er. «Dürfen wir reinkommen?»

Sie hätte eine Wachsstatue sein können.

Geary hatte solche Menschen schon früher gesehen. Sie befanden sich in einer Art Wachkoma, das sie aus ihrem Geist ausschloss, aber in ihrem Schmerz fesselte. Es war wie das Gegenteil einer Amnesie: Statt zu vergessen, verloren sie sich in einer Flut der Erinnerung. Ein Schleusentor ließ sich nicht mehr schließen, und sie ertranken in ihrem Trauma. Es musste die Hölle auf Erden sein, und Geary konnte sich nur ansatzweise eine Vorstellung davon machen.

Dennoch musste er versuchen, zu ihr durchzudringen. Er näherte sich ganz langsam und ging vor ihr auf die Knie, um mit dem Kopf auf ihrer Höhe zu sein. Dann sah er ihr in die Augen. Sie waren wie Murmeln. Ihre Haut war überzogen mit zarten Rissen, die mit zunehmendem Alter zu Furchen werden würden. Sie war erst in den Dreißigern, aber sie wirkte uralt. Amy stand im Hintergrund und sah ihnen zu. Als Geary die Hand ausstreckte, konnte er aus dem Augenwinkel sehen, dass Amy den Kopf schüttelte. Er führte trotzdem seine Absicht aus und berührte Janice' Hand, so sanft es ging.

Janice blinzelte, nur einmal, aber es war eine Reaktion.

Amy trat einen Schritt näher.

Geary atmete tief durch und beobachtete die Augen. «Wir hatten gehofft, mit Ihnen sprechen zu können», sagte er. «Über Chance.»

Janice' Augen schlossen sich abrupt. Ihre Lippen wurden starr.

«Lassen Sie», flüsterte Amy. «Sie machen ihr Angst.»

Geary zog seine Hand zurück, blieb ihr aber nahe und kniete weiterhin vor ihr.

«Es gibt da noch eine Frau», flüsterte Geary, «eine Mutter wie Sie. Sie ist verschwunden. Sie hat Kinder.»

Janice war in ihren alten Zustand zurückgefallen. Es schien kein Funken Leben in ihr zu sein.

Geary spürte, wie sich Amys Hand auf seine Schulter legte. Ihre Augen waren braun wie die von Janice Winfrey, aber sie waren lebendig. Eine Zärtlichkeit sprach aus ihrem Gesicht, die ihn verwirrte, und er wusste nicht, warum. Sie schüttelte den Kopf, als wolle sie ihm bedeuten aufzuhören.

«Sie will ja», sagte Geary, «aber sie kann nicht.»

Margaret Nelson erschien in der Tür. Sie lächelte und schüttelte den Kopf. «Sehen Sie?», sagte sie. «Nichts. Sie ist schon fast sieben Jahre hier, und sie hat nie ein Wort gesagt, nicht ein einziges Mal.»

Die Patienten, die sie auf dem Weg hinaus sahen, die sich hin und her wiegten, schaukelten und sich mit den Ausgeburten ihrer Phantasie unterhielten, diese Menschen schienen glücklich zu sein im Vergleich zu Janice Winfrey.

Sie sprachen kein Wort miteinander, bis sie wieder im Auto saßen. Amy legte die Hände aufs Lenkrad. «Was tut er ihnen nur an?»

«Das ist die Frage.» Geary kurbelte sein Fenster hinunter.

Amy fuhr los. Die Klimaanlage lief, aber Geary ließ sein Fenster offen, um den Fahrtwind zu spüren und das Rauschen des Verkehrs zu hören. Amy erhob keinen Einwand. Sie empfand wohl dasselbe: Erleichterung, wieder draußen zu sein.

Sie hatten die Brücke überquert und befanden sich wieder auf dem Cape, als ihr Handy läutete. Amy griff zwischen die Sitze und kramte in ihrer braunen Ledertasche. Geary fragte sich, was sie wohl alles darin haben mochte, denn sie brauchte ganze zwanzig Sekunden, um das Telefon zu finden. Und das, während sie am Steuer saß.

Sie meldete sich und hörte zu. Ihr Blick blieb auf die Straße gerichtet, aber Geary war trotzdem unruhig. Er saß nicht gern als Beifahrer in einem Auto, dessen Fahrer telefonierte. Außerdem gefiel ihm auch der Ausdruck des Erstaunens auf Amys Gesicht nicht.

«Wann?», fragte sie und lauschte dann wieder. «Ist das sicher?»

Ohne hinzusehen, warf sie das Handy zurück in ihre Tasche.

«Emily Parkers Haar», teilte sie ihm mit. «Die Spurensicherung hat die Übereinstimmung zwischen einem Haar aus dem Auto und einem aus ihrer Haarbürste festgestellt.»

Geary verstand nicht. Wie konnten sie Haar in Robertsons Auto gefunden haben, wenn er noch gar nicht festgenommen worden war? «Ich dachte, wir wollten warten, ob er uns vielleicht zu ihr führt?»

Amy gab Gas, als sie sich der Ausfahrt auf die Route 151 näherten.

«Sie übertreten die Geschwindigkeit.» Geary lachte, aber sie wurde nicht langsamer.

«Es war nicht sein Wagen», sagte sie. «Es war der 47er Ford.»

Der Wagen von Ragnatelli's Vintage Automobiles, den sie beschlagnahmt hatten, nachdem Ragnatelli tot aufgefunden worden war.

«Also war es nicht Robertson ...»

«Und es gibt noch eine Neuigkeit.»

Amy schwenkte in die Ausfahrt. Geary musste sich am Armaturenbrett festhalten, um nicht auf sie draufzufallen.

«CLIS hat was in der Datenbank gefunden.»

Das Criminalistics Laboratory Information System, das wissenschaftliche Informationssystem des FBI. Geary hatte es oft benutzt.

«In Marjorie Lipnors Blut wurden Spuren von Pancuronium gefunden.»

«Wann? Nachdem sie sich das Leben genommen hatte?», fragte Geary. «Das Zeug bleibt nicht lange im Blut.»

«Nein, es war in den ersten Proben, die genommen wurden, als man sie gefunden hatte. CLIS hat daraufhin Vergleiche mit den anderen Fällen angestellt. Das Blut von Terry McDaniel wies ebenfalls Spuren von Pancuronium auf.»

«Aber sie wurde tot aufgefunden, und Pancuronium tötet nicht.» Dann verstand Geary plötzlich. «Es ist ein Muskellähmer. Es lässt den Körper zeitweilig erstarren, nicht aber den Geist.»

Amy kniff die Augen fast ganz zu, als wollte sie diese Vorstellung verdrängen, aber die Straße weiter im Blick behalten.

KAPITEL 18

Emily spürte nichts als das sanfte Schaukeln. Hunger und Durst hatte sie schon lange hinter sich gelassen. Sie hatte keinen Körper mehr, sie war nur noch ein Kopf, durch den verzerrte Töne geisterten. Ein stampfender Motor. Das Gekreisch von Möwen, die sich sammeln. Das Säuseln einer Meeresbrise und das Kratzen von Schilf am Rumpf des Bootes.

Die Geräusche und die Gerüche.

Sie stank. Das Boot stank. Aber den Maismann konnte sie nicht riechen, denn er war sauber. Er beobachtete sie, und sie konnte seine Blicke fühlen. Sie war sein Retortenbaby, etwas, das man betrachtet, bevor man sich angeekelt davon abwendet. Sie war ein Ding auf dem Boden. «Ignorier ihn einfach», sagte Sarah über den Jungen in der Schule, der Emily geschlagen hatte, als sie versucht hatte, ihn zu küssen. «Er wird sich schon besinnen.»

Sie war sechs Jahre alt und unfähig, jemanden zu ignorieren.

Sie hatte drei glatt geschliffene Nickel in der Tasche getragen, um sich stets daran zu erinnern, dass sie besser war als er. Sie war fünfzehn Cent reicher und würde ihren Kuss für jemanden bewahren, der ihn wollte.

Drei Münzen:

David, der schon so erwachsen war.

Sam, der ihre Hilfe noch so brauchte.

Maxi, die bald anfangen würde zu laufen.

«Betüttel Sammy nicht», hatte Sarah gesagt, «lass es ihn selbst lernen.»

Noch mit sieben bestand Sam darauf, dass sie die Schnürsenkel seiner Turnschuhe band. David hatte es schon mit fünf allein gekonnt.

«Trag Maxi nicht so viel auf dem Arm. So lernt sie nie laufen.»

Maxi zog sich an einem Stuhlbein in die Höhe, fand ein wackliges Gleichgewicht, streckte die Arme aus und quengelte: «Hoch, hoch, hoch.» Emily hob Maxi auf Augenhöhe. Sie küssten sich.

Schritte, Metall rieb auf Metall. Er schloss den Wasserschlauch wieder an.

«Vergiss niemals, dass ich dich liebe», hatte Sarah gesagt.

Schritte, das Schlurfen des Schlauchs über den Boden und die Attacke des eiskalten Wassers. Emilys Muskeln verhärteten sich. Ihre Augenbinde war völlig durchnässt. Er spritzte sie von Kopf bis Fuß ab wie einen schmutzigen Gehsteig.

Er sprach nie.

Die Schritte entfernten sich, und das Wasser wurde abgestellt. Sie sah den Maismann in seinem weißen Jackett vor sich, wie er den Schlauch zusammenrollte. Dann hörte sie das Öffnen und Schließen einer Schranktür. Er hatte den Schlauch verstaut.

Schritte.

Er ließ etwas Weiches auf den Boden neben sie fallen, und sie fühlte, wie sich sein schwerer Körper langsam neben ihr niederließ. Sie versuchte, ihren Köper aus seiner Reichweite zu winden, aber seine dicke Hand fiel auf ihre Taille und hielt sie zurück.

Sarah hatte ein Studio in der Stadt, damit sie in Ruhe malen konnte, ohne sich um Emily zu kümmern.

«Justine wird dir das Abendessen machen, Emily. Und jetzt beschwer dich nicht.»

«Ich *hasse* Justine. Ich will, dass du bei mir zu Hause bleibst.»

«Ich gehe in mein Studio. Ich bin später wieder zurück. Vergiss nie, dass ich dich liebe.»

«Wenn du mich lieben würdest, würdest du mich nicht allein lassen.»

«Unsinn. Ich liebe dich über alles.»

Sarah nahm Emilys Gesicht in die Hände und küsste sie mit weichen Lippen auf die Stirn. Emily glaubte ihr.

Seine Hand bewegte sich langsam über ihren Bauch. Er steckte einen Finger in ihren Bauchnabel und bohrte darin. Dann machte er die Hand wieder flach und fuhr hinunter in ihren Schritt, wobei er über ihr Schamhaar strich.

Das Gemälde zeigte ein kleines Mädchen, das nackt durch ein Feld mit Butterblumen lief. Man sah nur ihren Rücken. Sie sah fröhlich aus.

Die Finger krümmten sich, aber stocherten nicht. Die Hand bewegte sich an ihren Beinen hinunter.

Das kleine Mädchen drehte sich um. Sie lachte nicht.

Die Finger betasteten ihre Kniescheibe und wanderten dann ihr Schienbein hinunter, über ihren Spann bis zu den Zehen. Er nahm die kleine Zehe zwischen zwei Finger und drückte fest zu. Fasste dann nach der nächsten Zehe und der übernächsten, bis er sie systematisch alle gequetscht hatte. Sie wartete darauf, dass er sein bizarres Ritual am anderen Fuß wiederholte, aber das tat er nicht. Seine Hand bewegte sich wieder an ihrem Bein hinauf, verweilte kurz auf ihrem Schamhaar und kroch über ihre Rippen nach oben.

«Daddy kommt rechtzeitig nach Hause, um dir noch etwas vorzulesen, Em, mein Liebes.»

«Geh jetzt ins Bett, Sammy, dann liest David dir noch etwas vor. Ich muss Maxi baden. Ich komm dann gleich und geb dir noch einen Kuss.»

Seine Handflächen kreisten über ihren Brüsten. Schließlich kniffen zwei Finger ihre Brustwarze.

«Ignorier ihn, dann lässt er dich schon in Ruhe.»

«Aber es ist doch nicht fair, Mommy!»

«Nein, es ist nicht fair.»

Es war eines ihrer Familienrezepte, aber niemand hatte es jemals aufgeschrieben. Etwas Öl erhitzen und die gewürfelten Zwiebeln darin anbraten, bis sie glasig sind. Currypulver zusammen mit den Zwiebeln köcheln lassen. Ein Huhn dazu und einen ganzen Liter Joghurt obendrauf kippen. Einen Schuss Essig. Zehn Kardamomkapseln aufbrechen und die Samen in den Topf geben. Ein paar Karottenscheiben und, falls gewünscht, Kartoffeln beigeben. Später kamen noch tief gefrorene Erbsen und Rosinen hinzu. Es war ganz einfach. Wenn man es einmal gelernt hatte, konnte man es immer wieder je nach Geschmack variieren.

KAPITEL 19

«Daddy, wenn ich groß bin, will ich Polizist werden!»

Sammy trug immer noch die Polizeimütze, als sie die Wache verließen und über den vorderen Weg auf den Parkplatz zugingen. David hatte seine Mütze Suellen zurückgegeben, und Will hatte den Eindruck, dass es ihm peinlich war, sie überhaupt aufgesetzt zu haben. Er war in jenem Übergangsalter, in dem er sich noch von den Vergnügungen der Kindheit hinreißen ließ, gleichzeitig aber schon wusste, dass das nicht cool war. Er spielte immer noch gern, wollte es aber nicht mehr zugeben.

Will sah auf die Uhr. Es war kurz nach zwölf. Sie würden Zeit haben, um im Krankenhaus nach Maxi zu sehen und dann ins Haus zurückzufahren, um Charlie und Val zu begrüßen.

«Entschuldigung!»

Der Ruf überraschte Will. Er blieb stehen und zerrte Sam zurück, der gerade allein den Parkplatz überqueren wollte. David hielt ebenfalls inne und drehte sich nach dem Mann um, der scheinbar aus dem Nichts aufgetaucht war und eilig in ihre Richtung lief. Er war in den Dreißigern, hatte gewelltes blondes Haar und blasse Haut mit Sommersprossen. Seine weißen Hosen hatten scharfe Bügelfalten und der Kragen des orangefarbenen Lacrosse-Hemdes war aufgestellt, so wie es in den Achtzigern Mode gewesen war. An seinem Hals hing eine Kamera, und in der Hand hielt er einen Notizblock.

«Mister Parker!»

Die Stimme kam Will bekannt vor. «Wer sind Sie?»

Ein Lächeln überzog das fahle Gesicht des Mannes. «Eric Smith, *Cape Cod Times*.» Er streckte seine Hand aus, aber Will erinnerte sich nur zu gut an das Telefongespräch und verweigerte den Händedruck.

«Kommt jetzt, Jungs.» Will zog Sam mit sich und wollte mit David den Parkplatz überqueren.

«Mister Parker!»

Smith lief hinter ihnen her. Ein Auto fuhr auf den Parkplatz, und instinktiv zog Will die Jungen zurück auf den Gehweg.

«Irgendwelche Neuigkeiten von Ihrer Frau?»

Will biss die Zähne zusammen und wartete darauf, dass der Wagen vorbei war. Er wollte gerade weitergehen, als ihm einfiel, dass Eric Smith ihn schon beim ersten Mal dafür hatte bezahlen lassen, dass er ihn so brüsk zurückgewiesen hatte. Ihm wurde klar, dass es dieses Mal auch die Kinder treffen würde. Und Emily.

«Nichts Neues», sagte Will.

«Ich habe gehört, dass ein Special Agent vom FBI auf den Fall angesetzt ist.»

Will zögerte. «Das stimmt nicht ganz», sagte er. «Er ist im Ruhestand, und ich habe ihn privat beauftragt.» Eine kleine Fehlinformation, denn Geary war ja jetzt offiziell bei der Polizei, aber Will war sich unsicher, wie viel er erzählen durfte.

«Können Sie mir seinen Namen sagen?»

Konnte er das? Will wusste es nicht. «Das wär's fürs Erste, tut mir Leid.»

«Ich verstehe, Mister Parker. Nur noch eine Frage, wenn Sie nichts dagegen haben.»

Will hatte was dagegen, aber das schien den anderen sowieso nicht zu stören. Er nickte.

«Es heißt, Doktor Roger Bell sei zu dem Fall hinzugezogen worden. Warum engagiert die Polizei von Mashpee einen berühmten Kriminologen, wenn es sich nur um einen einfachen Vermisstenfall handelt?»

«Es geht um meine Frau, und sie ist nicht nur ein *einfacher Vermisstenfall* …» Will gebot sich Einhalt. «Hören Sie, er ist ein Freund, ein FBI-Agent im Ruhestand, und er macht hier Sommerferien, glaube ich.»

«Sommerurlauber?» Smith fing schon an zu schreiben, bevor er eine Antwort bekam.

«Wie bitte?»

Die Vordertür der Polizeiwache schwang auf, und heraus trat Roger Bell, ein breites Grinsen im Gesicht, als hätte er gerade drinnen mit jemandem Witze gerissen. Als er Will und Eric Smith sah, ging er, ohne auch nur eine Sekunde innezuhalten oder sein Grinsen zu verlieren, auf sie zu. Er begrüßte Smith mit einem Lachen. «Wie ich Ihrem Aufzug entnehme, sind Sie bestimmt von der Lokalpresse.»

«Und Sie sind?»

Roger Bell trat zwischen Will und David und legte ihnen die Arme um die Schultern. «Cheese!», griente er.

Smith wartete nicht auf den Namen, sondern knipste sofort sein Foto. Einer von den kreativen Reportern, vermutete Will, die alle Lücken später füllen und, wenn nötig, am nächsten Tag die Richtigstellungen drucken lassen würden.

«Schönen Dank.» Roger Bell schüttelte dem Reporter heftig die Hand. «Und jetzt haben meine Freunde leider einen Termin. Wenn Sie uns entschuldigen.» Bell drehte sich um, und mit einer ausladenden Geste beider Arme sammelte er David, Will und Sam ein. Sie gingen zusammen über den Parkplatz und ließen Eric Smith stehen.

«Welches ist Ihr Wagen?», fragte Bell.

Will deutete mit dem Kinn in Richtung des SUV. «Ein Mietwagen.»

«Natürlich.»

Als sie am Auto angelangt waren, wandte sich Roger Bell an die Jungen. Er legte die Hände auf die Oberschenkel und beugte sich leicht nach vorne. «Du musst Sam sein. Erste Klasse oder zweite?»

Sam grinste. «Piraten tragen schwarze Augenklappen, keine grünen.»

«Dann bin ich vielleicht gar kein Pirat.»

«Nimm das ab.»

«Sammy!», rief Will. «Bitte entschuldigen Sie sein Benehmen, Dr. Bell.»

Roger Bell rang sich ein Lächeln ab, das einstudiert wirkte. Will nahm an, dass er ständig Kommentare zu seiner Augenklappe zu hören bekam, aber dieses auffällige Grün forderte sie ja auch heraus.

Roger Bell richtete sein gesundes Auge auf David. «Dann bist du bestimmt David und fünfzehn, stimmt's?»

David versuchte ein Grinsen zu unterdrücken.

Roger Bell kniff sein gesundes Auge zu. «Dreiundzwanzig?»

«Elf», klärte David ihn auf.

«Aha, elf, ein interessantes Alter.»

Will fand das Verhalten des Mannes etwas seltsam. Er öffnete die hintere Tür, um Sam und David einsteigen zu lassen, und schlug sie hinter ihnen zu.

«Reizend, Ihre Söhne», sagte Roger Bell.

«Finde ich auch.»

Bell blickte Will abschätzend an. «Glauben Sie daran, dass die Polizei Ihre Frau findet?»

«Mir bleibt kaum eine andere Wahl, oder?»

«Nein.» Roger Bell schüttelte den Kopf. «Ich denke, Sie haben nicht besonders viel Wahl gehabt, was diese ganze Situation betrifft.»

«Sie meinen, dass die Polizei Zeit verschwendet, was Robertson betrifft, nicht wahr?»

Roger Bell neigte den Kopf und schürzte die Lippen. «Mein alter Freund John Geary hat leider nicht ganz Unrecht, wenn er sagt, dass Mister Robertson dem Profil nicht hundertprozentig entspricht.»

«Mit anderen Worten, Sie haben schon früher mit ihm gearbeitet.»

Roger Bell nickte. «Sehr, sehr oft.»

«Wie oft haben Sie beide Recht behalten?»

Will hörte hinter sich den Kies knirschen und drehte sich um, weil er erwartete, in seinem Rücken Eric Smith mit gezücktem Notizbuch lauern zu sehen, aber es war nur ein Streifenwagen, der auf den Parkplatz fuhr.

«Fast immer», antwortete Roger Bell.

«Also könnte es sein, dass wir nicht weiter sind, als wir es gestern schon waren.»

«Möglicherweise nicht.»

Bells einäugiger Blick wanderte zu dem SUV. «Die beiden scheinen sich ja ganz gut zu halten.»

«Nein, das täuscht», sagte Will. «Wie sollten sie auch? Sie brauchen ihre Mutter.»

«Wenn die Dinge sich nicht bald zum Guten wenden, werden die beiden größere Probleme bekommen.» Bell schaute Will nachdenklich an und sagte dann: «Es könnte sein, dass die Kinder psychologische Betreuung brauchen.»

Will nickte, aber er wusste, dass im schlimmsten Fall seinen Kindern auch eine psychologische Betreuung nicht weiterhelfen würde.

«Ich werde mal sehen, ob ich für Sie ein paar Adressen herausfinden kann», schlug Bell vor. «Hier auf dem Cape und auch in New York.»

«Sehr nett. Danke.» Will öffnete die Fahrertür. Er war noch nicht so weit, Pläne für danach zu machen. Es gab gar kein Danach. Es gab nur jetzt und davor.

Bell lächelte. «Ich müsste Sie irgendwie erreichen können.»

«Natürlich.» Will zog eine Visitenkarte aus seiner Geldbörse, und schrieb die Nummern seines Handys und von Sarahs Festnetz auf. «Sie können auf beiden anrufen.» Er stieg in den SUV, ließ das Fenster herunter und startete den Motor. Er wollte fort von diesem Parkplatz, fort von der Polizeiwache mit all den Menschen, die darin geschult waren, immer mit dem Schlimmsten zu rechnen, fort von dem aufdringlichen Eric Smith. Nur fort. Zurück nach Juniper Pond, wo Charlie und Val bald eintreffen würden, um die Jungen von der Insel weg und in die relative Sicherheit ihres Zuhauses zu bringen.

Roger Bell winkte. «Ich werde mich heute noch drum kümmern.»

Die Jungen schnallten sich auf der Rückbank an, und Will fuhr rückwärts aus seinem Parkplatz heraus.

«Was ist eigentlich wirklich los, Dad?», fragte David.

Will warf einen Blick in die Rückspiegel und sah, dass seine beiden Söhne ihn anstarrten und auf eine Antwort warten. Sie wussten noch nicht, dass er sie fortschickte, und sollten es auch erst in letzter Minute erfahren. Er wollte weder eine Auseinandersetzung noch irgendwelche neunmalklugen Ideen.

Alles so einfach wie möglich halten.

«Die Polizei wird Mom finden.»

Auf Sammys Gesicht trat ein befreites Lächeln. Er lehnte sich entspannt zurück und schaute aus dem Fenster. Anders David. Er saß weiterhin nach vorne gebeugt da und sah Will über den Rückspiegel in die Augen.

«Woher weißt du das?»

Will fuhr kurz vor der Abzweigung auf die Route 151 an den Straßenrand und drehte sich um, um Sam und David anzuschauen. «Sie denken, dass Mom von jemandem …»

«Gekidnappt wurde», vollendete David.

Will nickte.

«Wieso?» Die Erleichterung wich aus Sammys Gesicht.

«Ich weiß nicht, warum», antwortete Will. «Irgendwann

werden wir das herausfinden, aber im Moment kommt es darauf an, dass wir sie finden, stimmt's, Jungs?»

Beide nickten, wenn auch leicht benommen.

«Sie glauben zu wissen, wer sie entführt hat, und sind dabei, ihn zu verfolgen.»

«Und wenn sie ihn verfolgen», sagte David, «dann finden sie auch Mom?»

Will nickte. «Sie werden die State Police hinzuholen, und auch die Hilfe von anderen Behörden, wenn es notwendig wird.»

«Zum Beispiel vom FBI?», fragte David.

«Wie im Fernsehen?» Sam machte große Augen.

Will nickte. «Wahrscheinlich das FBI. Die sind wie das Gehirn unseres ganzen Landes und versuchen, alles zu wissen, was geschieht, ob gut oder schlecht.»

«Aber das können sie doch nicht, oder, Dad?», sagte David. «Alles wissen?»

«Sie wissen eine ganze Menge mehr als die meisten von uns», antwortete Will. Dass es gerade die Lücken waren, in denen Emily zu verschwinden drohte, behielt er für sich.

Er drehte sich wieder um und fuhr los. Panik durchflutete ihn plötzlich, und er rang nach Luft. Emily und er waren so stolz darauf gewesen, dass sie ihre Kinder vor den Fährnissen der Großstadt bewahrt hatten. Ihr Ziel war es gewesen, ihr Selbstbewusstsein so zu fördern, dass sie über einen inneren Schutzwall verfügten, wenn die Zeit kam, sich der Welt zu stellen. Sie hatten die Wärme ihres Heims einer zynischen Gesellschaft entgegengesetzt. Mit alledem waren sie erfolgreicher gewesen, als sie gehofft hatten. Bis jetzt.

«Wohin fahren wir?», fragte Sammy.

Will spürte, wie Emilys Hand in seinen Nacken griff, wie die sanfte Wärme ihrer Fingerspitzen ihn beruhigte, während er am Steuer saß. Sie war fort, aber auch präsent, denn sie lebte unter seiner Haut.

«Zum Krankenhaus.» Will fuhr los und atmete tief durch. «Um nach Maxi zu sehen.»

Sarah saß im Wartebereich der Kinderabteilung und las in einem Magazin. Will bemerkte, dass sie elend aussah. Wie viel Schlaf sie in der vergangenen Nacht auch immer gefunden haben mochte, nennenswerte Erholung hatte er ihr offenbar nicht gebracht. Ihr Gesicht schien vor lauter Kummer in sich zusammengefallen zu sein. Als sie Will mit den Jungen auf dem gebohnerten Linoleumboden näher kommen hörte und den Blick hob, überkamen ihn Schuldgefühle, als wäre sie sein eigenes Kind, das er zurückgelassen hatte und zu dem er nun verspätet zurückkehrte.

Will beugte sich vor und küsste ihre Wange. «Wie geht es Maxi?»

«Sie schläft. Der Tropf wirkt schon. Die Ärztin hat gesagt, es wird alles gut.» Tränen traten in ihre Augen, die sie mit einem Blinzeln zu vertreiben versuchte. «Sieh sich einer die Polizeimütze an!»

Sammy machte einen Satz und nahm eine Pose ein, die er anscheinend für offiziell hielt: Beine gespreizt, die Fäuste abwehrbereit unter dem Kinn.

«Meine Güte.» Sarah versuchte ein Lächeln. Dann sah sie David an und streckte ihm die Hand entgegen. Er schob seine kleine Hand in ihre, und sie hielt sie fest gedrückt.

«Können wir zu ihr?», fragte Will.

«Ja», sagte Sarah. «Ich zeig euch den Weg.»

Will, David und Sammy folgten Sarah den Korridor hinunter zu dem Zimmer, in dem Maxi mit zwei weiteren Babys lag. Die Wände waren gelb gestrichen und mit Postern geschmückt, die Gestalten aus der *Sesamstraße* zeigten: Elmo, Sina, Bibo, Krümelmonster. Heliumballons waren an den Geländern aller drei Kinderbetten befestigt, und auf den Nachttischen standen dicht gedrängt bunte Stofftiere. Sogar auf Maxis Tisch lagen ein paar Geschenke: eine gelbe Stoffpuppe, ein flauschiges weißes Kätzchen und eine orangefarbene Handpuppe aus Velours, die aussah wie ein Krebs. Sarah hatte während der Wartezeit den Geschenkladen besucht. Auf Maxis Ballons, einer grün, der andere rosa, stand *Ich liebe dich* und *Gute Besserung*.

Maxi schlief fest, zusammengerollt in der oberen Ecke ihres Krankenhausbettchens. Eine winzige Kanüle ging unter einem Pflaster in ihren Unterarm, und ein langer biegsamer Schlauch führte zwischen den Gitterstäben hinauf zu einem hohen Ständer mit dem Tropf, der sich langsam leerte. Will legte ihr die Hand auf die Stirn, auf die Wange und in den Nacken. Überall fühlte sie sich trocken und weich und warm an, aber nicht heiß. Ihr Fieber war abgeklungen. Ihre Gesichtsfarbe war rosig, aber nicht rot. Die Lider wölbten sich friedlich über ihren Augen. Sie sah aus wie ein gesundes schlafendes Baby. Behutsam und ganz leise senkte Will das Geländer ab und beugte sich hinunter, um ihr einen Kuss zu geben.

«Ich muss kurz mit Doktor Lao sprechen», flüsterte Will Sarah zu. «Bleibst du hier bei den Jungs?»

«Natürlich.»

Er schob das Seitenteil des Kinderbetts vorsichtig wieder zurück, verließ seine Familie und suchte Doktor Lao auf.

«Ihr Baby macht sich gut, Mister Parker», beruhigte sie ihn. «Die Kleine hat sofort auf die Antibiotika angesprochen, das Fieber ist schnell gesunken. Haben Sie schon bei ihr reingeschaut?»

«Sie sieht großartig aus, Doktor Lao. Ich bin Ihnen sehr dankbar.»

Sie berührte seinen Arm. «Sarah hat mir erzählt, was los ist. Ich möchte mich für meine Reaktion Ihnen gegenüber in der Notaufnahme entschuldigen. Ich bin voreilig gewesen. Das war ein Fehler.»

«Nein, es war schon richtig, wenn auch aus den falschen Gründen. Maxi hätte niemals so krank werden dürfen. Ich war nicht bei der Sache.»

«Sie sind auch nur ein Mensch, oder?» Sie lächelte. «Unter Stress versagt das Gedächtnis. Für den Fall, dass Sie mit jemandem sprechen möchten …» Sie lehnte sich über den Tresen, um einen Namen und eine Telefonnummer auf ihren Rezeptblock zu schreiben. Dann riss sie das oberste Blatt ab und reichte es Will. «Das ist die Psychologin hier am Krankenhaus, die aber auch eine private Praxis hat. Sie kennt sich sehr gut mit posttraumatischen Belastungsreaktionen aus. Rufen Sie sie an.»

Will faltete den Zettel zusammen und steckte ihn in die Tasche.

«Sie kann Ihnen bestimmt auch jemanden empfehlen, der mit Kindern arbeitet.»

«Danke Ihnen, Doktor. Sie sind heute Morgen bereits die zweite Person, die mich darauf angesprochen hat.» Will zuckte die Achseln. Er wollte keine solchen Empfehlungen, er wollte seine Familie. Und er wollte seinen hart erarbeiteten Glauben wiedergewinnen, dass ein Happy End immer möglich war.

«Nehmen Sie sich Zeit, das alles zu verarbeiten», sagte Doktor Lao. «Und was Maxi betrifft, sollten Sie und Sarah sich ein System ausdenken, um ihre Medizin nicht zu vergessen. Hängen Sie sich Merkzettel auf oder so etwas. Okay?»

«Okay.»

Ihr Pager meldete sich, und sie blickte nach unten auf das Gerät.

«Ich möchte Maxi heute Nacht noch hier behalten, aber wenn ihr Zustand so bleibt, können Sie Ihre Tochter morgen früh abholen. Der Sicherheitsdienst ist informiert, und man wird jemanden vor ihrer Tür postieren, für alle Fälle. Sie ist hier in Sicherheit, Mister Parker.» Doktor Lao schickte sich an zu gehen, blickte aber nochmal zurück. «Bleiben Sie nicht allzu lange hier, sondern unternehmen Sie etwas mit Ihren älteren Kindern, damit Sie alle ein bisschen entspannen, wenn Sie können.»

Als sie um die Ecke verschwand, hallten ihre Worte nach: *damit Sie alle ein bisschen entspannen, wenn Sie können.* Wie? Es war schwierig genug nach einem harten Arbeitstag oder wenn die Kinder sich zankten. Aber wie sollte man sich entspannen, wenn diejenige, die man liebte, deren Leben auch noch die kleinsten Winkel der eigenen Existenz mit Bedeutung ausfüllte, diejenige, mit deren Identität man verschmolzen war, plötzlich verschwunden war? Wenn einem gesagt wurde, dass sie sich in den Händen eines Wahnsinnigen befände, der einem noch die Kinder rauben und sie verstümmeln wollte? Aber Ihre Frau wird er wieder freilassen! Ja, als leere Hülle. Und dein Leben ist dann vorbei. Endgültig. Alles, was du mit ihr geteilt hast und geplant hast, ist zerstört.

Außer den Kindern. Er hatte noch immer seine Kinder.

Chief Kaminer hatte ihm versprochen, dass das «Spiel» jetzt darin bestand, die fünf Tage hinter sich zu bringen. Darauf zu warten, dass das Monster sie entweder zu seinem Versteck führte oder versuchte, ihm einen seiner Söhne zu stehlen. Sie hatten also bis Freitag Zeit. Und dann?

Will merkte, dass er mitten auf dem Korridor stand,

von seinem Schweigen wie von einer Hülle umgeben, die Augen fest zusammengekniffen, die Fäuste in den Hosentaschen geballt. Er sah sich um, und die blauen Wände der Kinderstation riefen ihm ins Bewusstsein, wo er war. Seine Kinder. Er schreckte auf. Sie brauchten ihn. Sie würden ihn von nun an mehr brauchen als je zuvor.

Wie Doktor Lao versprochen hatte, war jemand vom Sicherheitsdienst vor Maxis Zimmer postiert, und sie schlief noch immer ganz fest. Sarah und die Jungen standen am Fenster und sahen hinaus. Eine solche Stille umgab sie, dass es den Anschein hatte, als horchten sie auf etwas. Aber sie genossen nur die Atempause, die solch ein Augenblick bot.

Will küsste Maxi auf die Stirn und flüsterte ihr ins Ohr: «Ich liebe dich, meine Süße. Bis später.»

Sarah, David und Sam blieben am Bett stehen und warfen ihr Kusshände zu. Ohne zu reden, gingen sie am Wachtposten vorbei und verließen das Krankenhaus. Die Jungen fuhren mit Will zum Haus zurück. Sarah folgte ihnen in ihrem eigenen Wagen.

Von Charlie und Val war nichts zu sehen, als sie am Haus ankamen. Sobald sie geparkt hatten und ausgestiegen waren, zog Will sein Handy hervor. Wo blieben sie bloß? Er musste herausfinden, was los war. Sarah blieb mit den Jungen vorne im Garten und begann mit ihrer «Tour», wie Emily es nannte, wenn ihre Mutter sowohl die lateinischen wie die gebräuchlichen Namen aller Pflanzen vortrug. Es war wie ein nervöser Tick von Sarah, und es war das erste Mal, dass Will dankbar dafür war. Solange die Aufmerksamkeit der Jungen von etwas Kleinem und Gewöhnlichem gefesselt war, war es gut. Solange sie nur die Bäume sahen und nicht den Wald.

Will nahm die Gelegenheit wahr, allein ins Haus zu gehen. Er eilte in das Schlafzimmer. Emilys Adressbuch lag auf der Kommode, auf dem Roman, den sie angefangen hatte.

Kaum hatte er den roten Ledereinband geöffnet, roch er sie. Er hatte sie seit drei Tagen nicht mehr gesehen, und er wusste, dass er sie vielleicht nie mehr wiedersehen würde. Das Adressbuch war voll geschrieben, in verschiedenen Farben, mit Kugelschreiber und Bleistift, und er hob es ans Gesicht, um ihren Duft einzuatmen. Dann legte er es aufs Bett, und mit zitternden Fingern fand er die Telefonnummer.

Charlies Voice-Mail antwortete auf seinem Handy, und bei Val war es dasselbe. Bei ihnen zu Hause reagierte nur der Anrufbeantworter. Will hinterließ überall Nachrichten, legte dann das Telefon auf und lief in die Küche. Vielleicht hatten sie ja hier eine Nachricht hinterlassen.

Auf dem Anrufbeantworter blinkte eine rote Eins. Er drückte auf Play und hörte Charlies Stimme.

«Hör mal, Will, wir mussten umkehren. Der Arzt meint, bei Val hätten schon die Wehen eingesetzt. Er will, dass sie ins Krankenhaus geht, denn wenn es Wehen sind, muss er sie stoppen. Es ist zu früh, Will, zweieinhalb Monate zu früh. Es tut mir Leid, es tut mir so *Leid*. Sie ist unglaublich durcheinander, seit du angerufen hast. Ich muss jetzt auflegen. Sie sagt, sobald alles in Ordnung ist, soll ich allein zu euch fahren. Das mach ich auch. Ich rufe …»

Der Anrufbeantworter hatte ihm das Wort abgeschnitten.

Will drehte sich der Magen um. Er ging wieder ins Schlafzimmer, nahm Emilys Adressbuch zur Hand und blätterte darin. Die Namen ihrer Freunde und Familienmitglieder verschwammen vor seinen Augen, als er nach der richtigen Person suchte, die kommen könnte, um seine Kinder zu retten. Aber schließlich sah er ein, dass es nur eine einzige solche Person gab, dass Gearys erster Vorschlag der richtige gewesen war.

Am nächsten Morgen würde Will Maxi aus dem Krankenhaus abholen und Sarah mit den Kindern nach New York bringen. Er würde es heute Abend Sarah sagen.

Er hob das Adressbuch seiner Frau an die Nase, schloss die Augen und verlor sich ganz in Emilys Duft. Er musste sie finden. Er würde sie finden. Ganz bestimmt.

«Halt! *Halt!*»

Den zweiten Ruf hörte er zuerst.

«Aufhören!!»

Will hetzte zur Vordertür hinaus. Die Jungen spielten Fangen. Dabei wirbelten sie so viel Staub auf, dass man sie kaum mehr sah. Sarah stand am Rand ihres Kaktusbeets und versuchte vergebens, sie zur Ordnung zu rufen. Lachend rannte Sam hinter seinem Bruder her, streckte den Arm aus, um ihn am Hemd zu packen, und hätte es auch beinahe geschafft, bevor die Entfernung zwischen ihnen wieder zu groß wurde. David war pfeilschnell und entschlossen. Er wollte beweisen, dass er niemals einzuholen war. Sams Rücken war weiß von Staub, seine Knie waren aufgeschürft und blutig. Er war offenbar hingefallen.

«Jetzt reicht es!», rief Will. «Jungs, kommt wieder ins Haus!»

David warf einen Blick über die Schulter. Ein Grinsen huschte so schnell über sein Gesicht, dass Will nicht wusste, ob er richtig gesehen hatte. Dann bog David am Ende der Auffahrt in den Schotterweg ein, der zur Hauptstraße führte. Sam beugte sich vor und stützte die Arme auf die Oberschenkel, um zu Atem zu kommen, und nahm dann die Verfolgung wieder auf. Er rannte David hinterher ins flimmernde Nachmittagslicht.

Will sprintete an Sarah vorbei und holte Sam ein.

«Komm, Dad. Wir müssen ihn fangen!»

Will rannte. Er konnte hören, wie Sammy hinter ihm aufhörte zu laufen und wie ein Staffelläufer, der das Holz übergeben hatte, dem weiteren Wettlauf zuschaute. Aber es war kein Wettlauf und auch kein Spiel, aber das konnten seine Söhne nicht wissen. Für sie ging es darum, ihre Mutter zu finden, und zwar so schnell wie möglich.

«Halt!», rief er David zu. *«Halt!»*

Das Sonnenlicht schlug eine Bresche in den Schatten, und gerade als David hindurchlief und man seinen Schweiß glitzern sehen konnte, holte Will ihn ein. Er spürte den Kampfgeist, der sich in David regte, als dieser merkte, wie nahe sein Vater ihm schon war. Er war stolz auf die Entschlossenheit, die seinen Sohn vorantrieb. Stolz, aber auch erschreckt darüber.

«Bleib stehen!»

David wandte sich nach links und sprang über einen gefällten Baumstamm hinweg in den Wald. Für einen Sekundenbruchteil blickte er zurück, um zu sehen, ob sein Vater den Sprung ebenfalls geschafft hatte. Will war direkt hinter ihm. Er streckte die Hand aus und bekam Davids Arm zu fassen.

Will liebte David. Hatte ihn gleich und immer geliebt. Hatte ihn hartnäckiger geliebt, als er es je für möglich gehalten hätte.

Ein kurzer Blick zu Boden versicherte Will, dass eine Landung nicht zu hart sein würde.

Er zog an Davids Handgelenk und stoppte ihn dadurch. Der Junge taumelte rückwärts. Aber Will hatte nicht damit gerechnet, wie behände David reagieren würde. Er schwang seinen Körper unter Wills Arm hindurch und kehrte so die Kraft um, die auf ihn wirkte. Will stürzte und verspürte dabei den verblüfften Stolz, den nur ein Vater für sein Kind empfinden kann, dessen Fertigkeiten größer sind, als er sich vorgestellt hat. Der Körper, der auf den Boden schlug, war nicht Davids. Und die Landung war härter, als Will angenommen hatte.

Aber dennoch: Will hatte gewonnen.

Er hatte David aufgehalten.

KAPITEL 20

Als Geary und Amy zur Wache zurückkamen, war es bereits später Nachmittag, und die Sonne stand niedrig am blassgelben Himmel.

Amy fuhr auf den hinteren Parkplatz und bremste langsam ab, als sie registrierte, dass sie vergebens suchte. Die Parkfläche war bis auf den letzten Platz mit Wagen der State Police, einem zivilen Van, den Geary als Fahrzeug der Spurensicherung identifizierte – keine Fenster und frisch gereinigt –, und den schmucken Limousinen, die der FBI bevorzugte, besetzt.

«Jetzt geht der Spaß also los», sagte Geary, nur halb amüsiert.

Amy wendete, um auf den öffentlichen Parkplatz zu gelangen. Diesmal trat sie abrupt auf die Bremse.

«Lange hat's ja nicht gedauert, oder?», sagte sie.

Vier TV-Übertragungswagen standen seitlich so geparkt, dass man sie vom Vordereingang nicht direkt sah. Eric Smith, Leitfigur der *Cape Cod Times*, hielt Hof und sonnte sich im nationalen Scheinwerferlicht. Geary fragte sich, wie lange es wohl dauern würde, bis Smith bei Larry King Platz nehmen und seine sprichwörtlichen fünfzehn Minuten Ruhm einheimsen würde.

«Sie werden den Rasen ruinieren», sagte Geary.

Amy schüttelte den Kopf. «Die sehen nicht mal das Gras.»

Sie fuhr an den Reportern vorbei, die auf einen Schlag aufhörten zu reden und den beiden eingehend nachschauten.

«Wollen Sie zuerst, oder soll ich?», fragte Geary.

«Ich weiß die Ehre zu schätzen.»

Amy parkte ein, löste ihren Sicherheitsgurt, hielt einen Moment inne, um sich zu sammeln, und öffnete die Tür. Prompt kam die ganze Meute herbeigesprintet, Notizblöcke und Mikrophone gezückt. Die roten Lichter an ihren professionellen Videokameras blinkten.

Smith drängte sich an den Reportern von NBC und CNN vorbei. Geary hätte schwören können, dass die CNN-Reporterin ihren Fuß ausstreckte, um den Lokaljournalisten zu Fall zu bringen. Leider eine Sekunde zu spät.

«Sind Sie der im Ruhestand befindliche Special Agent Doktor John Geary, ehemals beim FBI?», rasselte Smith herunter.

«Meinen Sie nicht, dass *Ruhestand* und *ehemals* sich gegenseitig aufheben?» Geary blinzelte ihm zu.

«Also ja.» Smith kritzelte auf seinem Block.

«Würden Sie bitte Ihren Namen für uns buchstabieren, Detective Cardoza?», bat die hoch gewachsene CNN-Moderatorin mit dem strahlenden Lächeln.

«C-A-R-D-O-Z-A.»

«Detective Cardoza.» Der Reporter von CBS brauchte dringend eine Rasur. «Würden Sie sich bitte zum momentanen Stand im Emily-Parker-Fall äußern.»

«Sie wird vermisst», sagte Amy. «Das ist alles.»

«Dr. Geary.» CNN, immer noch lächelnd. «Wir wissen, dass Doktor Roger Bell als Berater hinzugezogen wurde. Warum befinden sich zwei der angesehensten Verhaltensforscher hier, wenn es nur um einen Vermisstenfall geht?»

Geary lächelte zurück. «Haben Sie noch nichts von Ruhestand gehört?»

«Aber, Dr. Geary ...»

«Im Augenblick keine weiteren Kommentare, Leute.» Geary drehte sich um und ging los. Er vertraute darauf, dass Amy so klug war, ihm zu folgen.

Sie schafften es durch die Vordertür. Amy seufzte erleichtert, aber Geary wusste, dass sie ab jetzt keine Ruhepause haben würden.

Suellen nickte ihnen hinter der Scheibe am Empfang zu. «Der Boss hat gesagt, ich soll Sie sofort in den Konferenzraum schicken.»

Amy und Geary gingen eilig den Korridor hinunter und öffneten die Tür. Am Morgen war der Raum noch verschlafen gewesen. Jetzt konnte man das nicht mehr behaupten. Agents der Staats- und der Bundespolizei hatten ihn in Beschlag genommen und ihn in eine piepsende und summende Schaltzentrale verwandelt. Man bemerkte kaum mehr die gerahmten Seebilder, die an den Wänden hingen.

Es würde eine lange Nacht werden. Sie würden in Schichten schlafen, wenn überhaupt.

Kaminer stellte Geary so vielen Leuten vor, dass dieser sich keinen einzigen Namen merken konnte. Doch er hatte schon auf den ersten Blick gesehen, wer das Sagen hatte: Reed Sorensen, ein fünfzigjähriger Special Agent von CASMIRC, dem Child Abduction and Serial Murder Investigative Resources Center. Geary erkannte ihn wieder, obwohl sein silbergraues Haar vor gar nicht allzu langer Zeit noch braun gewesen war. Er musste sich wohl durch einige schlimme Fälle in der Hierarchie hochgearbeitet haben. Sorensen hatte aus Quantico einen neuen Trainee mitgebracht: Janet, eine Frau, die jung genug war, um seine Tochter sein zu können. Das Duo vom CASMIRC hatte die Stirnseite des Tisches mit seinen Laptops, Telefonen und Aktenmappen belegt, ein eindeutiges Indiz für die Machtverteilung.

Weiter unten auf der anderen Seite des Tisches saß ein Agent von der Critical Incident Response Group des FBI. Ein Team aus drei Kriminaltechnikern von der State Police war ebenfalls anwesend. Ihm gehörte der weiße Van auf dem Parkplatz, und Geary wusste, dass er mit den modernsten Geräten der mobilen Kriminaltechnologie voll gestopft sein musste. Dann waren da zwei Kriminologen der State Police, die aussahen wie Barbie und Ken und sprachen wie Haftentlassene auf dem Weg der Besserung. Die State Police hatte auch ihren eigenen ViCAP-Agent geschickt, einen jungen Burschen mit pockennarbigem Gesicht, der als Mitglied des ursprünglichen Teams vorgestellt wurde, was jedoch nicht sonderlich von Bedeutung war, da Massachusetts sein eigenes Violent Criminal Apprehension Program erst vor sechs Jahren auf den Weg gebracht hatte. Besser spät als nie. Die Hälfte der Agents am Tisch waren neue Talente, und ihre Abteilungen waren erst gegen Ende von Gearys Laufbahn ins Leben gerufen worden. In den frühen Tagen hatte man sich mit Hirnschmalz und lockeren Ellbogen durchgesetzt und sich auf dem Asphalt die Füße platt gelaufen. Heutzutage ging nichts mehr ohne High Tech, und Geary musste einräumen, dass man dadurch oft viel schneller vorankam. Zeit machte oft den Unterschied zwischen Leben und Tod aus, und einen schönen Anblick bot der Tod nie.

Direkt neben dem ViCAP-Typ von der State Police saß Tom Delay von VICAP, dem Masterprogramm des FBI, das das große I für sich beanspruchte, und an dessen Aufbau Geary beteiligt gewesen war. Tom war einer der Alleswisser bei VICAP, die gewöhnlich darauf bedacht waren, ihren Stuhl warm zu halten und das Telefon möglichst nicht aus der Hand zu legen. Geary war überrascht, ihn außerhalb seines Käfigs zu sehen.

«Wegen guter Führung in die Freiheit entlassen?» Geary ging um den Tisch herum und schüttelte Tom die Hand. Der lachte, und dabei bebte sein mächtiger Bauch.

«Es hat sich rumgesprochen, dass du mit dem Fall zu tun hast, und da hat sich kein anderer getraut», sagte Tom.

«Ja, klar.» Geary grinste.

Erst dann bemerkte Geary die Special Agents der Behavioral Science Unit, der Einheit, die er selbst gegründet hatte. Sie war sein Kind, und das wusste das ganze Bureau. So wie auch jeder von der Geschichte mit einem bestimmten weiblichen Agent in Quantico gehört hatte. Deswegen hatten sie wahrscheinlich zwei junge Frauen geschickt, die frisch von der Ausbildung kamen – ein letzter Test, um festzustellen, ob er dem moralischen Impetus, mit dem er damals seine Karriere gerettet hatte, auch gerecht würde.

Geary marschierte mit ausgestreckter Hand auf sie zu. «Geary», sagte er und schüttelte ihnen energisch die Hand.

«Dr. Geary», sagte die kleine Blondine. «Tamara Jones. Es ist mir eine Ehre, mit Ihnen zu arbeiten.»

«Ava Ingram», sagte die große Brünette und pumpte seine Hand wie einen Brunnenschwengel.

Geary gefiel es, eine lebende Legende zu sein. Er würde diese Sache nicht vermasseln. An der Längsseite des Tisches stand ein leerer Stuhl, direkt neben der Stelle, an der Jones und Ingram platziert waren. Kaum hatte Geary einen Blick auf ihn geworfen, sprangen beide Frauen auf, um ihm den Stuhl zurechtzurücken. Er schluckte das Kichern hinunter, das ihm in die Kehle stieg, nickte dankbar und setzte sich.

«Danke Ihnen, Special Agents Ingram und Jones.» Sein Tonfall klang so professionell, dass es ihn selbst überraschte. Amy bedachte ihn mit einem scharfen Blick. Er sank tiefer in seinen Stuhl. Es war wie in einer Familie: Wenn sie dich kennen, war es mit der Glaubwürdigkeit vorbei, egal welche Position man innehatte.

Kaminer warf sich in Positur. Geary lehnte sich zurück, um zu verfolgen, wie der lokale Boss um das Zepter buhlte. Kaminers blonde Locken wippten. So würde das nie etwas werden. Sorensen mit seinem Silberhelm würde Kaminer mit einem einzigen Hieb zu Boden strecken.

«Neuster Stand!», sagte Kaminer und wies mit erhobenem Kinn auf Amy.

Amy trat vor und begann ihren Bericht, aber bevor sie den ersten Satz beendet hatte, war Sorensen schon auf den Beinen.

«Danke, Detective, aber was die Einzelheiten betrifft, sind wir alle auf dem neusten Stand. Wenn Sie nichts Neues hinzuzufügen haben …»

«Es steht alles im Bericht, Sir», sagte Amy.

Kaminer schaute finster drein.

Sorensens Miene war streng, aber seine Stimme war sanft und eindringlich. Alle Köpfe drehten sich in seine Richtung.

«Wir haben festgestellt, dass die wirkungsvollste Arbeitsweise darin besteht, die Informationen ungehindert in alle Richtungen fließen zu lassen …» Sorensen sah sich am Tisch um und wurde vom Team mit Kopfnicken bedacht. «… und Wiederholungen zu vermeiden. Minuten addieren sich zu Stunden, und mehr als Stunden bleiben uns wahrscheinlich nicht, um den Mann, den wir aus praktischen Gründen Mister White nennen wollen, zu erwischen, bevor er sich eines der Kinder bemächtigt.»

«Bobby Robertson», sagte Kaminer.

Sorensen warf einen eiskalten Blick auf Kaminers Löckchen. «Nur wenn er es irgendwie geschafft hat, sich gleichzeitig in Fall River und in seinem Haus in Falmouth aufzuhalten.»

Kaminer zwang sich zu einem kläglichen Lächeln. «Nein, ich meinte, Robertson war Mister White. Wer der zweite Kerl ist, wissen wir nicht.»

«Darum benutzen wir einen Codenamen. Um genau solche Diskussionen zu vermeiden. Damit verschwenden wir nämlich unsere Zeit.» Sorensen warf einen Blick auf seine Uhr. «Das waren jetzt fünfundvierzig Sekunden.»

«Meine Güte, Sorensen …» Kaminer lief rot an und zog die Augenbrauen zusammen, keine überzeugende Kombination.

Sorensens Blick wanderte durch den Raum und verweilte kurz auf jedem einzelnen Gesicht. Nur nicht auf dem Kaminers.

Geary kannte das Spielchen: Anfangs war die örtliche Polizei immer begeistert, das FBI im Haus zu haben, weil sie mit ihrem Feuereifer glänzen wollen. Aber dann zerquetschte sie der oberste Typ vom FBI wie eine Ameise. Hinhören und Dazulernen, das war die richtige Methode. Aber Geary hatte nicht vor, seinen neuen Boss darauf hinzuweisen. Amy andererseits machte den Eindruck, als sei die Botschaft bei ihr bereits angekommen. Sie stand hinter Kaminer, die Hände hinter dem Rücken gefaltet, und ihre wachen Augen ließen sich nichts entgehen. Sie war wirklich smart, und Geary hatte das Gefühl, dass sie wusste, dass ihre Chance gekommen war, ihre mangelnde Erfahrung auf einen Schlag auszugleichen. Vierundzwanzig Stunden bei dieser Spezialeinheit würden sein wie zwei Jahre im normalen Job.

«Warum fährt Mister White einen so auffälligen Wagen?», fragte Sorensen in den Raum, «wenn die Entführungen in der Vergangenheit so unauffällig vonstatten gegangen sind?»

Brad, der pockennarbige ViCAP-Agent von der State Police, beugte sich vor. «Er wollte gestoppt werden.»

«Oder», sagte Sorensens Trainee Janet, «er wollte *gesehen* werden.»

«Bingo», sagte Geary. «Der Wagen ist eine deutliche Geste, und Mister White handelt wohlüberlegt. Diesmal erhöht er den Einsatz, fordert uns heraus.»

«Meine Frage ist, warum?», sagte Sorensen.

«Er ist müde», sagte Ingram.

Nicht schlecht, dachte Geary. «Könnte sein.»

«Er will aufhören», sagte Jones, «aber er kann nicht. Er fühlt sich dazu getrieben, seinen Plan bis zum Ende durchzuführen.»

«Aber es ist auch anstrengend», sagte Ingram, «einen so ehrgeizigen Plan über so viele Jahre hinweg auszuführen.»

«Sein Unterbewusstsein hat Schwierigkeiten mit dieser Belastung», schlug Jones vor.

«Die siebenjährigen Pausen zwischen den Taten erfordern ein beträchtliches Maß an Restitution. Nur wenige besitzen einen so komplexen Verstand, dass sie damit umgehen können», überlegte Ingram.

«Ist mir schon begegnet», sagte Sorensen.

Geary lehnte sich zurück und nickte dem BSU-Team zu. Clevere Mädels. Kids. Frauen. Nein ... Agents. Er schüttelte den Kopf, um bei sich selbst etwas zu erzwingen, was Bell «besseres Denken» genannt hätte. Bell behauptete nämlich, man könne seine Gedanken kontrollieren und damit ein neues Bewusstsein erzeugen. Das war auch seine Strategie gewesen, damals als Geary der sexuellen Nötigung beschuldigt wurde. Geary musste sich selbst davon überzeugen, dass er der Frau keinen unzüchtigen Antrag gemacht hatte, sodass er im Zeugenstand die Wahrheit sagen würde. Die Neue Wahrheit, hatte Bell es genannt.

«Sie sind da anderer Meinung, Detective Geary?» Sorensens Blick war bei ihm gelandet.

Detective Geary. Es war das erste Mal, dass er es ausgesprochen hörte. Seltsam. Sein halbes Leben lang war er Special Agent Dr. Geary gewesen. Detective. Vielleicht würde er sich durch «besseres Denken» daran gewöhnen. Vielleicht aber auch nicht.

«Hab nur was im Ohr», sagte Geary und schüttelte den Kopf, um seine Worte zu unterstreichen. «Special Agents Ingram und Jones sind auf dem richtigen Weg.» Er nickte Ingram und Jones zu, die ihn anstrahlten. Es erfüllte ihn mit Stolz, dass er sogar im Ruhestand noch neuen Verhaltensforschern etwas beibrachte.

Amy trat vor. «Der Zeuge, der anrief und behauptete, Mister White gesehen zu haben, wollte seinen Namen nicht nennen.»

Es folgte ein kurzes Schweigen, nur von dem Sirren der Computer durchbrochen, und dann hörte Geary seine eigene Stimme. «Das Arschloch hat selbst angerufen.»

«Was bedeutet, dass die Personenbeschreibung, ein

Mann in den Fünfzigern mit weißem Haar, falsch sein könnte», sagte Sorensen.

«Er könnte sogar völlig anders aussehen…», sagte Janet.

«Aber er hat dieselbe Beschreibung benutzt. Das würde darauf deuten, dass er Robertson im Gespräch mit Emily Parker gesehen hat, dass er Robertson hinter ihr in der Schlange sah, dass er mitbekam, wie unwohl sie sich in seiner Gegenwart fühlte …», fügte Ingram hinzu.

Tom lehnte sich nach vorn und beteiligte sich am Gespräch. «Er hat sie also im Supermarkt beobachtet.»

«Inzwischen können wir also nur noch davon ausgehen, dass er ein Mann ist», sagte Sorensen. «Er könnte irgendwer sein, jedes Alter haben, jede Beschreibung könnte auf ihn passen.»

«Mister Jedermann», warf Brad ein.

«Nein.» Geary schüttelte den Kopf. «Mister White passt immer noch ins Profil. Männlich, Mitte fünfzig, gebildet, Mutter-Komplex …»

«Ganz offensichtlich», murmelte Kaminer.

Geary reagierte nicht darauf. «Ich weiß nicht, was für eine Haarfarbe er hat, aber der Rest des Profils stimmt. Er mag Gedankenspiele.» Geary dachte an Janice Winfrey, deren Verstand innerhalb einer kurzen Woche so vollkommen zerstört worden war. «In der Vergangenheit hat er seine Grenzen enger gezogen, blieb er innerhalb seines Verbrechens. Diesmal ist es anders. Diesmal dringt er nicht nur in den Kopf der Mutter vor, sondern versucht auch, sich in unsere Köpfe einzunisten.»

Wir brauchen Bell, dachte Geary. Er würde das neue und verbesserte Spiel ihres Psychopathen einer Realitätsprüfung unterziehen.

«Sir?» Amy beugte sich in Richtung Sorensen vor. Kaminer tat desgleichen, als wolle er sie an ihrer Frage hindern. «Wie gehen wir mit der Presse um?»

Sorensen nickte. «In ungefähr zwanzig Minuten halten wir eine Pressekonferenz ab. Unsere Erklärung wird im Moment noch formuliert.»

«Wir müssen etwas zurückbehalten», sagte Geary.

«Eric Smith hat bereits alles Grundlegende über das Verschwinden der Mutter geschrieben», sagte Amy. «Und mit den nationalen Medien hat er auch gesprochen.»

Sorensen stützte die Ellbogen auf den Tisch und verschränkte die Hände. «Wir werden ihnen sagen, dass wir es mit einem Serienverbrechen zu tun haben, aber wir werden ihnen nichts von den Kindern erzählen. Die Kinder sind das ganz besondere Kennzeichen. Von ihnen weiß nur Mister White.»

VIERTER TAG

KAPITEL 21

David konnte den Fernseher hören: Sam hatte bestimmt den Zeichentrickkanal eingestellt. Es war so still ohne Maxi. Sie sollte heute zurückkommen, und David war froh. Er mochte das Krankenhaus nicht und wollte auch nicht noch einmal dorthin. Es war gruselig mit all den kranken und verletzten Leuten.

Er stieg aus dem Bett, stand einen Moment in seinem Pyjama da und machte sich selbst vor, dass seine Mutter zu Hause wäre. Sie wäre in der Küche, um ihnen Pfannkuchen und Eier zu machen. Sie würde ihnen Saft einschenken. Im Winter mischte sie immer heimlich ein paar Tropfen Echinacea in ihren Saft, weil sie es sonst nicht nahmen. Aber er tat so, als würde er es nicht wissen, und trank den Saft, um ihr eine Freude zu machen. Oder vielleicht wusste sie ja auch, dass er von den Tropfen wusste. Vielleicht verstellten sie sich ja beide. Vielleicht verstellte sie sich auch jetzt, und das alles hier war nur ein Riesenschwindel. Vielleicht war sie in der Küche und machte Pfannkuchen. Vielleicht war es Dienstagmorgen und nicht Donnerstagmorgen, und sie war spät zurückgekommen, und es war alles nur ein böser Traum gewesen, der jetzt vorüber war.

Er ging am Bad vorbei in die Küche.

Eine Schüssel mit durchweichtem Gorilla-Munch stand in einer Milchpfütze auf dem Küchentresen. Sams Frühstück. Die Zeichentrickfilme waren zu laut aufgedreht.

Dad saß am Esszimmertisch, auf dem es schlimmer aussah als je zuvor. Er hatte einen Notizblock und einen Kugelschreiber vor sich liegen und telefonierte.

«Morgen, David.» Dad legte auf. Er sah ziemlich übel aus. David nahm an, dass er die ganze Nacht wach gewesen war. Nach dem Spätfilm hatte er wahrscheinlich den nächsten gesehen und dann den nächsten auch noch. David wusste nicht, was sein Vater mitten in der Nacht tat, aber Schlafen war es offenbar nicht.

«Wie spät ist es?» Er wusste nicht, warum er fragte, denn er konnte ja selbst die Küchenuhr sehen. Es war nach neun. So lange schliefen sie sonst nie.

«Ich habe schon in der Schule angerufen», sagte sein Vater. «Mach dir darum keine Sorgen. Sie haben gesagt, dass am ersten Tag nicht besonders viel geschieht.»

«Mit wem hast du gesprochen?»

«Mrs. Soundso.» Sein Vater versuchte ein Lächeln, aber es missglückte.

«Kenn ich nicht.»

David nahm sich eine Schüssel aus dem Schrank und füllte sich etwas Gorilla-Munch ein. Seine Mom hielt sehr viel von Reformkost-Cornflakes, und sie schmeckten auch tatsächlich ganz gut, wenn man sich erst mal dran gewöhnt hatte. Ob Dad und Grandma weiterhin bei diesen Gorilla-Munch bleiben oder zu den normalen Marken zurückkehren würden? David goss etwas Milch in die Schüssel, holte sich einen Löffel und setzte sich mit dem Rücken zu seinem Vater an den Frühstückstresen. Er wollte mithören, wollte herausfinden, was los war. Aber sein Dad hatte aufgehört, Telefonnummern zu wählen, und jetzt hörte man nur noch Davids Kauen und ab und zu ein blechernes Lachen aus dem Fernseher. Nach ein paar Minuten sprach Dad. «David.»

David legte seinen Löffel zur Seite und drehte sich um.

Dad stützte die Hände flach auf den Tisch. «Wir fahren heute alle zusammen nach Hause. Ihr bleibt bei Grandma in New York, und ich werde wieder hierher zurückkommen und auf Mom warten.»

«Und was ist mit Maxi?»

«Wir holen sie aus dem Krankenhaus ab, und dann fahren wir.»

«Ich will aber nicht wegfahren.»

«Du fährst aber. Wie wir alle.»

«Du hast uns gestern gesagt, dass sie Mom finden werden. Wir müssen auf sie warten. Wir dürfen nicht einfach wegfahren.»

«Wir fahren aber. Iss dein Frühstück und zieh dich an.» Dad stand auf. Er hatte dieselben zerknitterten Shorts an wie gestern und auch das abgetragene schwarze T-Shirt mit dem großen roten Fuß, der einem kleinen Mann weit voranschritt und unter dem *Keep On Truckin'* zu lesen stand. David war es immer peinlich, wenn Dad dieses alte Shirt trug, aber es hieß, es sei das allererste Geschenk gewesen, das Mom ihm gemacht hatte, als sie angefangen hatten, miteinander zu gehen. Dad mochte nämlich die Grateful Dead. Mom spielte sogar manchmal einige ihrer Songs auf dem Cello, um Dad eine Freude zu machen. Wenn sie das tat, ging David immer aus dem Zimmer. Ältere Leute waren wirklich langweilig. Aber in diesem Augenblick würde er alles dafür geben, Mom etwas auf dem Cello spielen zu hören. Er würde seinen Vater noch nicht einmal auf das erbärmliche T-Shirt ansprechen.

Doch sein Wunsch ging nicht in Erfüllung. Kein Cello erklang. Stattdessen sollte er weggebracht werden. Was passierte dann mit Mom?

«Nein. Ich fahre nicht mit.»

«David, ich brauche deine Mithilfe. Wir müssen ins Krankenhaus fahren, um Maxi abzuholen.»

«Ich will aber nicht dahin.»

«Es muss sein. Es dauert ja nur ein paar Minuten.»

«Bitte, Dad. Ich bleibe hier bei Grandma.»

Sein Vater sah ihn einen Augenblick lang an, als müsse er nachdenken. «Du kommst mit mir.»

Sam kam in die Küche. «Was ist los?»

«Ich bleibe hier», sagte David.

«Sam», sagte Dad, «zieh dich an. Du und David, ihr kommt mit mir mit, um Maxi abzuholen.»

«Aber wir wollen nicht ins Krankenhaus.» Sam warf David einen Blick zu. «Hol doch Maxi ab und bring sie her. Wir warten hier mit Grandma.»

«Grandma schläft noch. Und jetzt zieht euch an.»

«Ich bin wach.» Sarah kam im Bademantel in die Küche, noch ziemlich verschlafen, aber doch lächelnd. «Lass sie doch hier bei mir bleiben, Will. Du bist doch höchstens eine Stunde unterwegs. Wenn du zurück bist, sind wir so weit, dass wir fahren können.»

Dad sah Grandma an und überlegte. David kannte diesen Blick, wenn Dad etwas nicht einsah, aber doch aus irgendeinem Grund meinte, er solle nicht widersprechen. Er war bei seiner Arbeit der Boss und gewohnt, den Leuten aufzutragen, was sie zu tun hatten, aber gleichzeitig wusste er auch, dass er nicht zu sehr herumkommandieren durfte, weil sonst die Gefahr bestand, dass er nur das Gegenteil erreichte. Manchmal sagte Mom ihnen, dass Dad eine Menge Stress hatte. Aber was war mit dem Stress, den es bedeutete, ein Kind zu sein? Was war mit dem Stress, unter dem sie im Augenblick standen? Ihre Mutter war fort. Ihre *Mutter*.

«Ich bleibe hier bei Grandma», sagte David abermals. Er wollte ohne seine Mutter nicht nach New York zurückfahren. Wenn niemand sonst sie fand, vielleicht konnte er es ja.

«Ich auch.» Sam trat David zur Seite.

Nach einer Weile holte Dad tief Luft. «Also gut. Aber niemand verlässt das Haus.»

«Wohin sollten wir schon gehen?» Grandma nahm ihren Wasserkessel zur Hand und trat an die Spüle.

Dad betastete seine Tasche, um sicherzugehen, dass er Geldbörse und Schlüssel hatte. Dann ging er zu David und Sam und gab ihnen beiden einen Kuss auf die Stirn.

«Ich bin bald wieder zurück.»

«Bis später dann, Dad», sagte David.

Er sah, wie sein Vater in die Garage ging, und gleich danach hörte er, wie der Mietwagen angelassen wurde und davonfuhr.

Sobald ihr Vater fort war, ging David in ihr Zimmer, um sich anzuziehen. Sam folgte ihm. Danach schlichen sich beide ins Zimmer ihrer Eltern. Auf der Kommode lagen Geldscheine und Münzen. David griff nach dem Geld und stopfte sich etwas davon in die Tasche.

«Was machst du da?», wollte Sam von ihm wissen.

«Sag ich dir später.»

«Du stiehlst Dads Geld.»

«Hast du nicht gehört? Ich sag's dir später. Und ich stehle es nicht, sondern ich leih es nur.»

«Grandma!», rief Sammy lauthals.

David hielt Sam den Mund zu. «Mach das nicht, oder ich nehm dich nicht mit!»

«Wohin?»

«Sei still, oder ich sag es dir nicht.»

Sam sah verwirrt aus.

«Psst, okay?» David presste einen Finger auf die Lippen.

«Na gut, okay.»

David dirigierte Sammy zur Vordertür, die bereits offen stand. Grandma stand in ihrem Morgenmantel draußen und unterhielt sich mit einem Mann. Es war der Doktor von gestern, dem sie vor der Polizeiwache begegnet waren. Dr. Bell. David öffnete die Fliegentür, und Sam folgte ihm nach draußen. Cool – der Doktor hatte einen roten Sportwagen.

Als er David und Sam bemerkte, sagte der Doktor: «Hallo, Jungs», und zwinkerte ihnen mit seinem einen Auge zu.

«Hi, Dr. Bell», sagte David.

«Ich habe Ihre Enkel gestern kennen gelernt», sagte er zu Sarah. «Zusammen mit ihrem Vater, auf der Polizeiwache.»

David und Sam strichen um das Auto herum, während die Erwachsenen sich unterhielten. Irgendwas über einen Namen, den der Doktor für Dad überprüft hatte. Sie hörten Grandma sagen: «Sie hätten doch auch anrufen können», aber der Doktor erwiderte: «So hatte ich zumindest einen Vorwand, mich in den Wagen zu setzen.»

«Das ist in der Tat ein großartiger Wagen, den Sie da haben», sagte Sarah. «Mein verstorbener Mann liebte alte Autos, und ich hab so manchen Sonntagnachmittag damit verbracht, mich mit ihm auf Oldtimer-Shows umzusehen. Lassen Sie mich raten. Das da ist eine Corvette?»

Bell schmunzelte und wartete darauf, dass Grandma weiterriet.

«Aus den späten Fünfzigern. Ich schätze mal, sechsundfünfzig, siebenundfünfzig, achtundfünfzig?»

«Es ist eine 57er Corvette, Modell 283.» Bell nickte entschieden. «Ich habe sie erst diese Woche gekauft. Auf der anderen Seite der Brücke in Fall River war eine Show. So schwer es dem Verkäufer gefallen ist, sich von dem guten Stück zu trennen, so leicht ist es mir gefallen, damit davonzufahren.» Er lachte unvermittelt und scheppernd, als würde eine Hand voll Münzen auf einen Fliesenboden fallen.

«Sind Sie Sammler?»

«Ich überlege es mir gerade. Bald gehe ich nämlich in den Ruhestand, und da werde ich etwas brauchen, um meine Zeit auszufüllen.»

«Warum nicht», erwiderte Sarah. «Wenn Sie es sich leisten können. Jonah hat sehr viel Freude an seinen Autos gehabt, wenngleich ich es nie geduldet habe, dass er gleichzeitig mehrere besitzt. Er behielt es immer ein Jahr lang und verkaufte es schließlich, um ein anderes zu erstehen. Ich glaube, mit Autos zu handeln gefiel ihm fast noch besser, als sie zu besitzen.»

Der Doktor sah hinüber zu David und Sam. Er schmunzelte und ging auf sie zu.

«Wollt ihr beiden mal einsteigen?»

David zuckte die Achseln, aber Sam war sofort Feuer und Flamme. Er rutschte auf den Fahrersitz und ließ den Beifahrersitz für David frei. Das war nicht fair, denn David war ja älter, aber wenn er so lange zögerte ... Sie saßen im Wagen und taten so, als würden sie gemeinsam ein Rennen um den Grand Prix fahren.

«Jungs.» Grandmas Stimme holte sie aus dem Rennfahrertraum in die Wirklichkeit zurück. «Ich zeige Dr. Bell, wo die Toilette ist. Ich bin gleich wieder da.»

Die Erwachsenen gingen nach drinnen, und David sah seine Chance.

«Komm.» Er stieg aus dem Wagen. «Schlag die Tür nicht zu, sei leise.»

«Wieso?»

«Kommst du jetzt?»

Sam stieg aus und schloss leise die Tür.

David lief die Auffahrt hinunter, vorbei an den Gärten seiner Großmutter in Richtung der Hauptstraße.

«Ich glaube nicht, dass wir das Haus verlassen dürfen», sagte Sam, der hinter seinem großen Bruder hertrottete.

«Das ist egal», sagte David. «Wir haben keine andere Wahl.»

Sobald sie außer Sichtweise des Hauses waren, fing David an zu rennen. Der Schotterweg war lang und schmal und auf beiden Seiten dicht von Bäumen gesäumt, die fast den gesamten Blick auf den Himmel nahmen. Das Sonnenlicht glitzerte durch die Blätter. Alle in der Familie liebten diese verzauberte Straße, und wenn ihre Mutter am Steuer saß, dann verlangsamte sie die Fahrt, damit sie sich im kühlen grünen Licht treiben lassen konnten.

KAPITEL 22

Amy Cardoza saß allein am Computer und brachte ihre Aufzeichnungen auf den letzten Stand. Sie nahm einen kleinen Schluck von ihrem kalten Kaffee. Die bittere Brühe schmeckte furchtbar, aber sie zwang sich, sie zu trinken. Sie hatte die ganze Nacht nicht geschlafen und brauchte jetzt das Koffein.

Sie tippte einen Absatz über die gestrige Pressekonferenz ein, die ihr in der Erinnerung vorkam wie ein böser Traum: Wie sie mit ausdruckslosem Gesicht neben Sorensen, Kaminer und Geary vor der Polizeiwache gestanden hatte; wie ihre müden Augen von den TV-Scheinwerfern geblendet worden waren; wie sie kurz das Gefühl hatte, keine Luft zu bekommen; wie sie sich bemüht hatte, jeden Ausdruck aus ihrem Gesicht zu tilgen, während Chief Kaminer die Erklärung, auf die sich geeinigt hatten, in einen Strauß aus Mikrophonen gesprochen hatte:

«Emily Parker ist am Montagnachmittag, dem 3. September, vom Parkplatz eines Supermarkts in Mashpee verschwunden. Der Zeitpunkt und die Umstände ihres Verschwindens deuten darauf hin, dass wir es eventuell mit einem Serientäter zu tun haben.»

«Wie kommen Sie darauf?» Amy erkannte den Reporter, der beim *Boston Globe* für Verbrechen zuständig war, an seiner markanten Brille. Sie hatte ihn bei einem Fernsehinterview gesehen.

«Dazu können wir im Moment nichts weiter sagen.»

«Haben Sie schon irgendwelche Spuren?», fragte ein junger Mann von einem Lokalsender aus Rhode Island.

«Wir ziehen alle Möglichkeiten in Betracht. Es gibt mehrere Verdächtige, die wir im Moment unter die Lupe nehmen, aber mehr können wir zurzeit nicht sagen.»

«Sind die Opfer in der Vergangenheit lebend aufgefunden worden?» Die Stimme gehörte einer Frau, die Amy unbekannt war.

Kaminer versuchte einen Blick von Sorensen zu erheischen, aber der sah zur Seite.

«Es tut mir Leid, aber auch dazu kann ich im Augenblick nichts sagen.»

«Wie stehen die Chancen, dass Mrs. Parker noch lebt?» Der Reporter von CNN beugte sich vor.

«Wir werden morgen eine weitere Pressekonferenz abhalten», sagte Kaminer, «aber im Moment gibt es keinen Grund zu glauben, dass sie nicht lebt. Wir hoffen, sie lebend zu finden.» Er blickte aus schmalen Augen in die Kamera und schien Mister White direkt anzusprechen. «Wir werden jeden einzelnen Quadratzentimeter des Cape absuchen. Es wird kein Ort übrig bleiben, an dem Sie sich verstecken können.»

Es folgten einige Augenblicke betretenen Schweigens, die endeten, als Sorensens Assistentin Janet Fotos von Emily Parker zu verteilen begann. Emily war eine attraktive Frau, und auf dem Foto lächelte sie entspannt. Warum lächelten sie nur immer?

«Noch eine Frage, Chief.»

«Das war's fürs Erste. Danke.» Die Mitglieder des Teams drehten sich um und gingen in die Wache zurück. Die Reporter verfolgten sie bis zur Tür.

Amy hoffte, dass der Streifenwagen, den Kaminer an den Beginn des Gooseberry Way beordert hatte, diese Geier von der Familie fernhalten würde. Jetzt von der Presse gehetzt zu werden hatte ihr gerade noch gefehlt.

Sie ließ ihren Text über den Bildschirm des Computers laufen und begann mit der Zusammenfassung des nächsten Punkts, dem soeben erhaltenen Bericht der Spurensicherung über den Teppich aus der Goodman-Parker-Garage: nichts als typischer Haushaltsschmutz sowie Sand, Erde und Pizzasauce. Ein Pluspunkt für den alten Mann. Geary besaß einen ausgezeichneten Instinkt, das musste sie ihm lassen. Wie hatte er sich so sicher sein können, dass sie mit dem Teppich ihrer aller Zeit vergeudete? Der Vollständigkeit halber tippte sie einen kurzen Absatz und ließ es dabei bewenden.

Sie strich mit dem Finger über die Naht des leeren Papierbechers, schloss die Augen und beschwor die weiche Behaglichkeit ihres leeren Betts herauf, die zerknüllten Laken, die Nachgiebigkeit ihres Kissens, wenn sie den Kopf drehte. Als sie dabei war, dem Verlangen nach

Schlaf nachzugeben, stand ihr plötzlich Emily Parker vor Augen. Gefesselt und geknebelt, in einer Kapsel voll Schrecken. In Erwartung des Todes, der dann doch nicht eintrat. Stattdessen etwas viel Schlimmeres: der ihres Kindes.

Eine Mutter, die Zeugin der brutalen Ermordung ihres Kindes wird und die am Leben gelassen wird, um es wieder und wieder zu durchleben.

Amys Magen revoltierte.

Das war es also.

Sie öffnete die Augen und blickte in das kalte Neonlicht. Ihre Finger krallten sich um den Pappbecher, zerknüllten ihn und warfen ihn quer durch den Raum in den Papierkorb.

«Treffer!» Es war Gearys Stimme.

Amy wirbelte aufgeschreckt herum. Das Adrenalin wirkte stärker als der Kaffee. Geary stand in der Tür und grinste.

«Jetzt hätte ich mich wohl erschrecken sollen», sagte sie.

«Haben Sie sich doch auch, oder?»

«Da müssen schon ganz andere kommen als Sie, um mir Angst zu machen.»

Sie presste die Fingerspitzen an die Schläfen und kniff die Augen fest zu. «Das Koffein macht mir zu schaffen.»

«Warum fahren Sie nicht für ein paar Stunden nach Hause und gönnen sich eine Mütze Schlaf?» Geary unterstrich den Vorschlag mit einem Kopfnicken. «Niemand kann so lange ohne Schlaf auskommen.»

«Und was ist mit Ihnen?» Sie betrachtete Geary, der stets gleich zerknautscht aussah. «Sie sind doch auch die ganze Nacht wach gewesen.»

«Ich schlafe, wenn ich tot bin.»

«Ein guter Spruch. Was dagegen, wenn ich ihn mir mal ausborge?»

«Wenn Sie wollen.»

Sie schlug schwungvoll auf die *Enter*-Taste, und der Drucker spuckte ihren aktualisierten Bericht aus.

«Ich hätte da was, um Ihre Lebensgeister zu wecken.» Gearys wässrige Augen funkelten wieder. «Snow ist zurück.»

«Endlich.»

«Gut gelaunt und in alter Frische nach ausgiebiger Nachtruhe.»

«Wie bitte?»

«Schätze, als er von Fall River zurückkam, war für ihn schon Bettzeit.»

«Und dann ist er *nach Hause gefahren*?»

Sie eilten den Korridor hinunter zum Konferenzraum. Geary stieß die Tür auf, und Amy betrat als Erste den Raum, in dem geschäftiges Treiben herrschte. Alle Laptops waren eingeschaltet, auf den Gesichtern lag Erschöpfung. Einige der Special Agents waren draußen im Einsatz und hatten ihre Computer geisterhaft blinkend zurückgelassen. Das halbe Cape war inzwischen mit dem Fall befasst und die ganze Ostküste alarmiert. Immer mehr Verstecke schieden aus, aber es ging dennoch nicht schnell genug. Obwohl sie alle verfügbaren Mittel aufgeboten hatten, hatten sie noch immer nicht herausgefunden, wo sie suchen sollten.

Snow, der bei Sorensen und Janet saß, sah geschniegelt und ausgeruht aus. Als Amy näher kam, roch sie sein süßliches Rasierwasser, aber auch den Umkleideraumgeruch von Schweiß und schlechtem Atem.

«Al!» Sie tätschelte seine Schulter und zwang sich ein

Lächeln ab. Sorensen sah ihr zu, amüsiert, aber auch grimmig. «Schönen Urlaub gehabt?»

«Was für einen Urlaub? Was soll das?» Snow fuhr mit der Hand an seiner Bügelfalte entlang. «Ich bin kurz zu Hause vorbeigefahren, um zu duschen und mich zu rasieren. Ich hatte keine Ahnung, was hier los war.»

«Nicht mal den Fernseher angemacht? Auch nicht Radio gehört? Die Ermittlungen sind Hauptthema in allen Nachrichten», sagte Amy.

«Habe ich tatsächlich nicht.» Snow hob die Schultern in einer verlegenen Geste. «Aber ich wünschte, ich hätte es getan. Dann wäre ich natürlich sofort hergekommen.»

«Um ein paar Überstunden zu machen?»

«Okay, Amy, ich verstehe.» Er schüttelte den Kopf und warf einen Blick auf seine Knie. Dann sah er sie so duldsam an, als sei ihr Ärger mit Nachsicht zu entschärfen. Sie stellte sich vor, dass Snows Ehefrau sich in so einem Augenblick entschieden haben musste, ihn zu verlassen. «Wollen Sie nun meinen Bericht hören oder nicht?»

Amy zog sich einen Stuhl heran und setzte sich. Dann beugte sie sich so jäh nach vorne, dass Snow instinktiv zurückwich. «Sie haben Glück, dass der Chief nicht hier ist. Ich würde ihn sonst über *alles* unterrichten.»

«Nur zu, Amy.» Snow lächelte. Ihr wurde klar, dass er, wenn sie Kaminer je von seinem Übergriff berichten würde, denselben nichts sagenden Gesichtsausdruck aufsetzen und es einfach leugnen würde.

Sie hätte am liebsten laut geschrien.

«Sie hätten zuerst Ihren Bericht abgeben sollen», schnauzte sie, «und danach nach Hause zu Ihrem Teddybär fahren. Egal, was Sie herausgefunden haben, wir hätten es *gestern* gebraucht, wir arbeiten gegen die Uhr, uns bleibt *keine* Zeit.»

Der leichte Druck von Gearys Hand auf ihrer Schulter beruhigte sie.

Sorensen beobachtete sie, und sie fragte sich, was er wohl dachte. Gleichzeitig versuchte sie, sich deswegen keine Gedanken zu machen. Sie schob das Haar hinter die Ohren, lehnte sich zurück und kreuzte die Arme über der Brust. «Wir hören.»

Snow fuhr sich mit der Zunge über die oberen Zähne, bevor er anfing. «Sal Ragnatelli hatte seit zehn Jahren einen Stand auf diesem Automarkt. Die Leute, die ihn kannten, mochten ihn. Er war umgänglich und immer zu Scherzen aufgelegt. Aber in diesem Jahr» – Snow sah kurz zu Sorensen, um dann wieder seinen Blick auf Amy ruhen zu lassen – «geschah irgendetwas. Er war wegen irgendetwas aus der Fassung gebracht, so sehr aus der Fassung, dass er Dienstag mitten am Tage seinen Stand schloss. Seine Kumpel meinten, so was hätte er noch nie getan, denn diese Stände sind ganz schön teuer, und mittags ist der Publikumsverkehr am größten.»

«Er hat also am Nachmittag seinen Stand geschlossen», sagte Amy.

Snow nickte. «Und ein paar Stunden später kam er zurück, ziemlich erregt. Öffnete seinen Stand wieder und blieb bis zum Schluss. Alles, was er zu dem Typen am Nachbarstand gesagt hat, war, dass jemand ihm auf den Geist ging.»

Amy beugte sich vor. «Hat er diesen Jemand beschrieben?»

«Eigentlich nicht. Ein Kunde, der eine Oldtimer-Corvette in bestem Zustand kaufen wollte, der aber, als es um den Kaufpreis ging» – Snow zuckte die Achseln –, «nicht in aller Freundlichkeit verhandeln wollte, sondern auf einem absurd niedrigen Preis beharrte.»

Sorensen hörte aufmerksam zu, während Janet auf ihrem Laptop schrieb. Einige der Agents aus der Spezialeinheit hatten ihre Arbeit unterbrochen und hörten zu. Manche standen auf und versammelten sich um Snow.

«Ragnatelli soll gesagt haben» – Snow zog ein winziges Notizbuch aus seiner Hemdtasche –, «‹wenn er ein Auto stehlen will, warum macht er es dann nicht wie jeder andere Dieb und nimmt es sich einfach, wenn niemand hinsieht? Dieser Idiot versucht tatsächlich, mich dazu zu bekommen, dass ich ihm den Wagen *schenke*.› Das war es, wörtlich.»

«Und dann?», fragte Amy.

Snow zuckte die Achseln. «Ragnatelli kümmerte sich um seinen Stand, schloss pünktlich und fuhr zu seinem Motel zurück. Die junge Frau an der Rezeption sah ihn kurz nach acht reinkommen und kurz vor neun wieder gehen. Ich habe alle Läden und Restaurants in der Gegend überprüft und herausgefunden, dass er im Truck Stop Diner einen Burger gegessen und seine Frau von einem Münzfernsprecher aus angerufen hat. Danach ist er zu einer Apotheke gefahren und hat Aspirin gekauft, und zwar keine Markenware. Der Apotheker erinnerte sich daran, dass er die Preise verglichen hat.» Snow hielt inne und schien erst jetzt zu bemerken, wie viele Leute ihm zuhörten. Er setzte sich ein wenig aufrechter hin. «Der Apotheker war der letzte Mensch, der Ragnatelli lebend gesehen hat. Er hat erwähnt, dass Ragnatelli einige Male auf seine Uhr schaute, als müsse er noch irgendwohin, aber er schien es auch nicht besonders eilig zu haben, seine Verabredung einzuhalten.»

«Und dann?»

«Das war's. Am nächsten Morgen wurde er tot aufgefunden. Die zuständigen Cops gehen davon aus, dass er um halb elf Uhr abends gestorben ist.»

«Da hat Ragnatelli also am Kundendienst gespart.» Tom schüttelte den Kopf. «Der Kunde darf nie zu kurz kommen.»

«Oder er war ein wenig zu großzügig damit», sagte Geary. «Vielleicht war es sein Fehler, überhaupt mit diesem Kunden gesprochen zu haben. Der scheint nämlich jemand gewesen zu sein, der ein Nein nicht akzeptiert hat.»

«Die Corvette?», fragte Sorensen Snow.

«Weg.»

«Nummernschilder?»

«Händlerschilder, die neben Ragnatellis Leiche gefunden wurden.»

«Perfekt.» Ingram nickte Jones zu.

«Er zeigt uns, dass er seinen Willen bekommen hat», sagte Jones.

«Hat die Kontrolle übernommen und sich daran geweidet», führte Ingram den Gedanken weiter.

«Okay», sagte Amy. «Wer immer also Ragnatelli getötet hat, ist in der Corvette davongefahren. Und wer immer Emily Parker entführte, hat das in einem von Ragnatellis anderen Autos getan und es wieder zurückgebracht.»

«Ragnatelli war der Einzige, der ihn hätte identifizieren können», sagte Brad und rückte näher heran.

«Es ging ihm gar nicht um den Wagen», sagte Geary.

«Nein.» Amy schloss die Augen und öffnete sie gleich wieder. «Er wollte einen Zeugen ausschalten.»

«Er wusste, dass Mrs. Parker mit dem Ford in Zusammenhang gebracht worden war», sagte Sorensen ruhig. «Woher?» Mit geröteten Augen sah er sich im Raum um. «Haben die Medien davon berichtet?»

«Nein», sagte Brad. «Ich hab das an so vielen Stellen überprüft, wie ich konnte. Die Medien haben nichts Neues, außer dass wir hier sind. Das ist gestern Abend landesweit berichtet worden.»

Sorensen nickte langsam. «Er weiß also, dass wir sein Puzzle zusammenfügen» – sein Blick huschte zu Amy – «und er weiß, dass wir Emily Parker mit dem Ford in Verbindung gebracht haben.» Mit einem Mal fiel alle Coolness von ihm ab. Mit einem Ruck beugte er sich vor und schlug so hart mit der Faust auf den Tisch, dass Janets Laptop erschüttert wurde. *«Wie konnte er herausfinden, dass wir sie mit dem Ford in Verbindung gebracht haben?»*

Schweigen. Lauter Experten, und niemand wusste es.

«Er wird seine Deadline vorziehen.» Geary sah Sorensen an. «Wir müssen mit allem rechnen.»

«Ich werde Fall River alarmieren, dass Emily Parker sich vielleicht in ihrem Zuständigkeitsbereich befindet», sagte Amy. «Und ich werde die Fahndung nach der Corvette einleiten.»

«So eine Karre kann ja nicht so besonders schwierig aufzuspüren sein», sagte Snow.

«Nein», fuhr Amy ihn bissig an, «wenn sie noch auf der Straße ist.»

KAPITEL 23

Dr. Bell brauchte nur eine Minute auf der Toilette und kam dann mit dem für ihn so typischen hintergründigen Lächeln heraus. Sein Kinnbart gefiel Sarah gar nicht; er lenkte die Aufmerksamkeit zu sehr auf die dunklen Lippen und gelben Zähne.

«Danke Ihnen, mein Morgenkaffee ist schneller als mein Auto.» Er lachte.

«Ich werde Will Ihre Nachricht ausrichten», sagte Sarah. «Er wird bald mit Maxi zurück sein. Ich bin sicher, dass es ihn interessieren wird, sich mit dem Psychologen zu unterhalten.»

«Ich bin froh, wenn ich helfen kann.»

Er reichte ihr die Hand, und als Sarah sie schüttelte, merkte sie, dass sie noch nass war.

Sarah öffnete die Fliegentür und sah sich nach den Jungen um. Sie saßen nicht im Auto und waren auch sonst nirgends zu sehen. Ob sie wohl zum See hinuntergegangen waren?

Dr. Bell krümmte seine hoch aufgeschossene Gestalt, um in den Sportwagen einzusteigen, und zog dann die Tür mit einem lauten Knall zu.

«Wenn Sie die Jungs oben an der Straße sehen sollten, würde Sie ihnen bitte sagen, dass sie nach Hause kommen sollen?» Sarah beschattete die Augen gegen die gleißende Sonne, um dem Doktor ins Gesicht sehen können.

«Gewiss doch.» Bell ließ den Motor an und sah zu Sarah auf. «Das mit Ihrer Tochter tut mir furchtbar Leid, Mrs. Goodman. Ich bin sicher, sie findet sich schon wieder an.»

Sarah nickte und winkte, als die blutrote Corvette über die Auffahrt davonraste.

Findet sich wieder an, wie ein verlorener Schuh. Sein mangelndes Feingefühl verärgerte sie. Auch, dass er vorbeigekommen war, wo er genauso gut hätte anrufen können. Nur damit er seine Morgenstunden besser herum bekam. Die Arroganz eines Doktors. Sie fragte sich, was für ein Doktor er überhaupt war.

Sarah ging die Rasenböschung neben dem Haus hinunter, um zu dem hinteren Garten zu kommen.

«David! Sam!» Ihre Stimme klang matt. «Jungs!»

Es gefiel ihr gar nicht, dass sie plötzlich verschwunden

waren. Sie hatten Will versprochen, alle im Haus zu bleiben, bis er zurückkam.

Sarah eilte den Pfad hinunter, auf die Lichtung und dann durch den kleinen Hain, der das Haus vom See abschirmte. Alles war friedlich, die Hängematten schaukelten nicht, die Spielsachen lagen dort, wo die Kinder sie fallen gelassen hatten. In der Ferne sah sie einen Angler, dessen Schnur im Wasser dümpelte. Aber nicht David und Sam.

«Jungs!» So schnell sie konnte, eilte sie zurück zum Haus. «Jungs!»

Die untere Tür war verschlossen, und darum lief sie auf die andere Seite des Hauses, zur Garage. Die Tür zum Abstellraum war ebenfalls verschlossen. Will hatte das Haus am Abend zuvor hermetisch verriegelt.

Er schien sich vor irgendeiner ungreifbaren Gefahr zu fürchten. Darum ließ er die Jungen nicht aus den Augen und bestand darauf, dass sie noch heute nach New York fuhren. Sarah hatte die ganze Nacht wach gelegen und vergeblich versucht, nicht zu denken. Doch irgendwann war in ihren Gedanken die Frage aufgetaucht, ob Will nicht mehr über Emilys Verschwinden wusste, als er zugab. Es kam ihr vor, als rechne er mit noch mehr Unheil.

Sarah betrat das Haus durch die Vordertür, streifte durch alle Zimmer.

«David! Sam!»

Das Haus war leer.

Sie ging wieder hinaus und lief die Auffahrt hinunter, an ihrem duftenden Sommergarten entlang bis in den kühlen Schatten des Gooseberry Way. Wenn dieser Dr. Bell die Jungen getroffen und ihnen angeboten hatte, ein Stück in seiner Corvette mitzufahren, damit er noch eine kleine Abwechslung hatte, dann würde sie ihm gehörig die Meinung sagen. Aber so musste es sein, da war sie sicher.

Sie ging langsam die Straße zurück und rief dabei ab und zu die Namen der Jungen, obwohl sie spürte, dass sie nicht da waren. Ob es wohl eine Möglichkeit gab, Dr. Bell zu erreichen, bevor Will zurückkam? Sie könnte auf der Polizeiwache anrufen und nach John Geary fragen. Will hatte erwähnt, dass sie zusammenarbeiteten.

Sie eilte ins Haus und ohne Umwege zum Telefon in der Küche. Dort zog sie das örtliche Telefonbuch aus der Schublade, suchte nach der Nummer und wählte. Als sie darum bat, mit Dr. Geary verbunden zu werden, musste sie sich einen Augenblick gedulden.

«Detective Geary?», meldete er sich schließlich, als sei er sich seines eigenen Namens nicht ganz sicher.

«Dr. Geary, hier ist Sarah Goodman.»

«Nennen Sie mich John, meine Liebe.»

«Ihr Freund Roger Bell ist heute Morgen hier vorbeigekommen mit ein paar Informationen für Will.»

«Roger Bell geizt nie mit seiner Hilfe», sagte John. «Das hat er noch nie getan.»

«Na, jedenfalls hatte er dieses schicke Auto, und ich kann mir vorstellen, dass er die Jungs auf eine Tour mitgenommen hat. Ich kann sie nämlich nirgends finden. Können Sie ihn vielleicht erreichen? Will ist weggefahren, um Maxi zu holen, und ich habe ihm versprochen, die Jungs im Haus zu behalten.»

«Bell fährt einen Nissan. Den würde ich nicht als schick bezeichnen.»

«O nein», sagte Sarah, «das war eine wunderschöne rote Corvette, ein Klassiker. Die Jungs waren fasziniert. Deswegen vermute ich ja, dass er sie auf eine Spazierfahrt mitgenommen haben könnte.»

KAPITEL 24

John Geary stand im Konferenzraum mit dem Rücken zur Wand und hörte Sarah zu, die die Ereignisse des Morgens schilderte. Will saß neben ihr. Er hielt sein Töchterchen etwas zu fest auf seinem Schoß. Aus seiner Miene war jede Zuversicht verschwunden, und die schwarzblauen Ränder unter seinen Augen sahen aus, als hätte er Boxhiebe ins Gesicht bekommen.

«Er ist ein Doktor», sagte Sarah und sah Geary an. «Und er ist Ihr Freund. Natürlich habe ich ihm vertraut.»

Geary hörte zu, konnte es aber nicht glauben. Roger Bell in einer Corvette? Mörder? Er kannte den Mann seit fast dreißig Jahren, und wie die meisten Kriminalpsychiater war er ein Spinner, aber noch lange kein Psychopath.

Tränen überschwemmten Sarahs blasse Augen, und sie schluchzte. «Ich hab überall nach David und Sam gesucht, *überall.*»

«Ich hätte meine Jungs nicht hier lassen dürfen.» Will konnte nur noch heiser flüstern. «Ich hätte sie zwingen sollen, mit mir zu kommen.»

Niemand erwiderte etwas. Er hatte Recht. Er hätte es tun sollen, aber jetzt war es zu spät.

«Es ist nicht deine Schuld, Will», sagte Sarah, «sondern meine.»

Die arme alte Frau. Das war eine ganz andere Welt als jene, in der sie aufgewachsen war. Töchter, die vermisst wurden, Enkelkinder, die geraubt wurden, gute Freunde, die sich als Irre entpuppten.

Sarah wiederholte jede Einzelheit der Geschehnisse des Morgens, wieder und wieder. Dabei starrte sie auf ihre Hände in ihrem Schoß. Geary registrierte eine Information nach der anderen, aber sein Verstand wollte nicht darauf reagieren, sondern wehrte ungläubig den Gedanken ab, dass sein alter Freund ein Serienmörder sein sollte. Das konnte nicht sein; er hatte Bell sein halbes Leben lang gekannt und ihm vertraut.

Und doch wusste Geary, dass sein alter Freund problemlos an dem Cop vorbeigekommen wäre, der am Gooseberry Way postiert gewesen war. Schließlich arbeitete Bell an dem Fall mit.

Alle Straßen im Umkreis von zwanzig Meilen um den Gooseberry Way herum waren gesperrt.

Die Corvette war leicht zu erwischen, wenn sie noch auf der Straße war. Und Roger Bell war so gut wie tot, wenn er tatsächlich hinter dem Steuer saß.

Geary wusste, dass sie gute Chancen hatten, die Jungen zu retten. Und Emily Parker zu finden, möglicherweise sogar lebendig.

Lieber *nicht* wissen wollte er, dass Roger Bell Mister White war.

Geary hörte eine Stimme neben sich. Man sprach mit ihm.

«Wie lange wissen Sie es schon?»

Es war Sorensen, dessen Laseraugen sich in Gearys Hirn hineinbrannten.

«Bell hat noch nie Autos gesammelt», antwortete Geary.

«Wie lange wissen Sie es?»

«Ich weiß es noch immer nicht.»

«Ihr Dr. Bell könnte Mister White sein.» Sorensens Worte breiteten sich bis in alle Ecken des Raums aus. «Sie müssen einen Verdacht gehabt haben.»

Geary richtete den Blick auf Sorensen, auf dessen scharfkantiges Gesicht, das eng anliegende Silberhaar, die

Augen, die von all den Schrecken angefüllt waren, die sie gesehen hatten. Hier war ein Mann, der sich alles vorstellen konnte.

«Niemals.»

Wie hieß es so schön? Je dichter man etwas vor Augen hatte, desto schwieriger war es zu erkennen. Konnte Geary tatsächlich so kurzsichtig gewesen sein? So gänzlich blind?

Bell passte in das Profil – beinahe. Er war kein großer Planer und kam zu jedem seiner Termine zu spät. Außerdem war seine Mutter gestorben, als er noch klein war. Er war als Einzelkind von einem Vater, der ihn vergötterte, und einer liebevollen Stiefmutter aufgezogen worden. Abgesehen vom frühen Verlust seiner Mutter, hatte es in Bells Leben, soweit Geary wusste, keinen anderen bedeutsamen emotionalen Konflikt gegeben. Er konnte es sich einfach nicht zusammenreimen; es ergab keinen Sinn.

Und doch hatte auch er es schon erlebt: ein scheinbar ungetrübter Geist, der plötzlich tödliches Gift verspritzt.

Die Idee, sich auf dem Cape zur Ruhe zu setzen, ein Buch über alte Fälle zu schreiben, den Psychopathen als kriminelles Genie zu definieren, als Mitautor an dem Buch zu fungieren – all das war von Roger gekommen. War all das geplant gewesen, um Geary an genau diesen Punkt zu führen? War es möglich, dass sich all die Jahre der Freundschaft in einem Labyrinth des Verrats auflösten?

Geary löste sich von der Wand, trat vor und schüttelte den Kopf. «Unmöglich. Roger ist es nicht.»

Sorensen wandte sich empört ab.

«Hören Sie, Sorensen», sagte Geary. «Ich kenne Roger zu lange, um einfach mit den Fingern zu schnippen und mich hier einzureihen. Ich höre auf meinen Instinkt. Er ist es nicht.»

Sorensen drehte sich aufreizend langsam wieder um und starrte Geary auf eine unangenehme Art und Weise an. Geary trat einen Schritt vor und sagte nochmals: «Unmöglich.»

«John.» Amys Ton war beherrscht. «Alles deutet jetzt auf ihn. Versuchen Sie, diesen Fall wie jeden anderen zu betrachten.»

Aber es ist kein x-beliebiger Fall mehr.

Geary wandte seinen Blick von Amy ab. «Ich bin bald zurück», sagte er und verließ den Raum.

Geary wusste, dass sie ihn beschatteten, als er zurück nach Cotuit Bay Shores fuhr, aber es scherte ihn nicht. Er passte auf, dass er die Geschwindigkeitsbegrenzung nicht überschritt, und fuhr auf direktem Weg, vorbei an gepflegten Rasenflächen und grauen Holzhäusern, zu Rogers Strandhaus am Forsythe Court. Der Wetterhahn auf dem Dach drehte sich im Wind.

Obwohl Rogers Rasen gepflegt aussah – er mähte ihn einmal die Woche –, wirkte sein Haus neben den anderen fast identischen Häusern einzigartig. Und plötzlich wusste Geary auch, warum. Alle anderen Häuser schmückten sich mit Blumenbeeten, die überquollen von Stiefmütterchen, Petunien, Löwenmaul, Gänseblümchen, Geranien und Kletterrosen. Die Nachbarn hatten ihren Häusern dadurch Charakter gegeben, Roger nicht. Sein Haus zeichnete sich im Gegenteil dadurch aus, dass nicht eine einzige Blume im Garten oder in den Fenstern zu sehen war. Er hatte nichts als seinen rostigen Wetterhahn. Es war auch das einzige Haus, vor dem drei Polizeiwagen geparkt hatten.

Geary fuhr in die Einfahrt und stieg aus seinem Wagen. Die Garagentür war geschlossen, und er warf einen Blick durch eines der beiden verschmutzten Fenster. In der Garage stand Rogers blauer Nissan. Geary wandte sich um und ging über den mit Feldsteinen gepflasterten Weg zur Vordertür. Er läutete und schlug ein paar Mal mit dem Messingklopfer gegen die Tür. Die Tür ging auf, und vor ihm stand ein Cop, den er noch nie gesehen hatte.

«Detective Geary, Mashpee PD», stellte er sich vor.

Der Cop war jung. Er betrachtete Geary von oben bis unten und behielt dabei seine Gedanken für sich. Eine gute Entscheidung, denn Geary stand der Sinn ganz und gar nicht nach blöden Kommentaren.

«Was kann ich für Sie tun, Sir?»

«Ich nehme an, der Verdächtige ist nicht hier.»

«Korrekt.»

Weitere Cops durchstöberten das Haus, was Geary gar nicht gefiel. Er drehte sich um und ging zurück. Der zivile Wagen, der ihm gefolgt war, kam auf den Platz gefahren und drehte eine Runde. Jetzt erkannte er in seiner Zwangsbegleitung die Officer Sagredo und Graves. Geary winkte. Sagredo winkte zurück. Graves schien ihn deswegen zu tadeln, und sie hielten weiter Abstand.

Roger war also fort, obwohl sein Wagen in der Garage stand. Niemand ging hier in der Gegend zu Fuß, außer vielleicht zu den Anlegern. Aber auch das war eigentlich unwahrscheinlich, weil die Ausrüstung, die man für eine Bootsfahrt brauchte, sehr viel wog. Aber Roger hatte seinen SeaRay Sundancer an der Old Post Road bei Point Isabella in der North Bay liegen, und vielleicht hatte er beschlossen, einen kleinen Ausflug zu unternehmen.

Geary stieg wieder in seinen Wagen und fuhr langsam aus dem Forsythe Court heraus, damit Sagredo und Graves nicht den Anschluss verloren.

Er sah sie, als er in die Point Isabella Road einbog. Auf einem Parkplatz am Anleger stand sie: die Corvette. Sie war schnittig und tomatenrot, ihr Kühlergrill bleckte sein blitzendes Chromgebiss.

Geary lenkte seinen Wagen auf einen leeren Parkplatz. Sagredo und Graves kamen direkt neben ihm zum Stehen. Sie stiegen alle gleichzeitig aus ihren Autos, jeder von ihnen hatte es gesehen. Es hatte keinen Sinn, Überraschung vorzugeben. Die Corvette war hier. Aber nur Geary konnte sehen, dass Bells Boot fort war.

Bell hatte hier immer ein Boot liegen gehabt. Ebendas hatte ihn nämlich schon vor Jahren aufs Cape gelockt. Geary erinnerte sich jetzt an einen ihrer gemeinsamen Ausflüge, bei dem sie gen Horizont gefahren waren, während Ruth daheim ihr Abendessen vorbereitet hatte. Er erinnerte sich an das Gefühl von Freundschaft, das in ihm aufgestiegen war, an die Zwanglosigkeit jenes Nachmittags. Der einzige Missklang war entstanden, als ihm ein Hautausschlag auf Bells Brust aufgefallen war, kaum sichtbar unter seiner ergrauten Brustbehaarung. Aber im Sonnenschein waren sie deutlich zu erkennen gewesen: Linien aus vernarbtem Gewebe, die seine Brust wie ein Netz überspannten.

«Hat jemand deine Brust als Dart-Zielscheibe benutzt, Roger?»

Das Lachen, amüsiert, aber beherrscht.

«Ein Hautausschlag, den ich als Kind hatte», hatte Bell geantwortet. «Es fällt mir schon gar nicht mehr auf.»

Bei der Erinnerung wurde Geary übel. Er trat auf den Anleger und blieb an Bells leerem Liegeplatz stehen. Daniel Lipnors Rumpf kam ihm in den Sinn, der noch warm auf der Babyschaukel gelegen hatte, die schmale Brust von frischen Nadelstichen übersät. Er war sechs Jahre alt gewesen und groß für sein Alter, hatte ausgesehen wie sieben.

Sieben Jahre alt. Alle sieben Jahre, auf den Tag genau.

Was war Roger im Alter von sieben Jahren geschehen, am 3. September?

Was war mit seiner Brust geschehen?

Was verbarg er unter seiner Augenklappe?

Kalter Schweiß sammelte sich auf Gearys Haut, und eine Welle von Übelkeit überkam ihn. Er fiel auf die Knie und stützte seine Handflächen auf den Rand des Anlegers. Sagredo und Graves näherten sich ihm und hielten dann inne. Ihr Job war es zu beobachten, nicht mehr. Geary beugte sich über das dunkle Wasser und erbrach sich.

«Roger hat ein Boot», sagte Geary leise.

«Was für eins?» Amy durchquerte den Raum und blieb vor ihm stehen. Sie nahm sein Gesicht in die Hände und drehte es in ihre Richtung. «Wo hat er es liegen?»

«Nimmerland.»

Amy blinzelte. «Was?»

«Er hat es *Nimmerland* genannt. Peter Pan. Der Junge ohne Mutter, der nicht groß werden wollte.»

«John, wir verlieren Zeit.»

«Es ist ein SeaRay Sundancer, klein, Innenkabine, funktionstüchtige Kombüse. Latrine. Nichts Außergewöhnliches. Liegt bei Point Isabella in der North Bay, ist jetzt aber nicht dort. Er muss rausgefahren sein. Die Corvette hat er auf dem Anleger geparkt.»

Kaminer und Sorensen stürzten sich wie beutegierige Raubtiere auf ihre Telefone. Wenige Minuten später wussten sie, dass Bells Boot sich seit einer Woche nur unregelmäßig an seinem Liegeplatz befunden hatte.

«Jeden einzelnen Yachthafen!», bellte Kaminer in sein Telefon. «Die Küste rauf und runter, von Connecticut bis nach Maine. Jeden Anleger an der Ostküste, haben Sie mich verstanden? Jeden lausigen kleinen Anleger an jeder Pfütze!»

«Sir», sagte Amy, «was machen wir mit Robertson? Er wird noch immer beschattet.»

«Holen Sie ihn her», sagte Kaminer. «Wir werden schon zusammenbringen, was wir brauchen, um ihn wegen Handel mit Kinderpornographie einzubuchten. Ich lasse diesen kranken Abschaum in meiner Stadt nicht frei herumlaufen. Schließlich habe ich Enkelkinder.»

Geary zwang sich dazu aufzustehen. Ihm war ein wenig schwindlig. Er brauchte Kaffee, musste wach werden. Musste dieser neuen bitteren Wahrheit ins Gesicht schauen, wollte es aber nicht, konnte es noch immer nicht recht glauben.

Will Parker stand auf und ging zu Geary hinüber. Parker, den das schlimmste Unglück seines Lebens ereilt hatte und der dennoch besser dran war als Geary. Denn er war nicht verraten worden. Geary war fassungslos. Er hatte so oft erlebt, wie Menschen durch einen Schock aus dem selbstzufriedenen Vertrauen in die Sicherheit ihrer klar definierten Welt herausgerissen wurden. Andere Menschen. Nicht er selbst.

Will stand vor Geary und streckte einen Arm aus, damit er sich stützen konnte. Geary nahm das Angebot an.

KAPITEL 25

«Hier unten?»

Die Luke ging auf, und ein Schwall frischer Luft trug Sammys Stimme herein. Das Geräusch von schnellen leichten Turnschuhtritten und schweren gleich dahinter:

der Maismann, *der Maismann, nein*. Konnte Sam sie sehen? Sie spürte, dass er sich auf dem Boot bewegte, als wäre er auf einem Schulausflug, ständig auf der Suche nach Neuem. Sie fürchtete den Augenblick, in dem er sie erkannte. Er würde begeistert sein, doch dann würde sein Gesicht von Verzweiflung überschattet werden. Sie stöhnte durch das Klebeband und schüttelte ihren nackten Körper.

«Mom!»

Seine Stimme klang dünn vor Angst. Er musste einen fürchterlichen Eindruck von ihr haben, sie für eine Schwindlerin halten.

War alles, was sie ihn zu glauben gelehrt hatte, falsch? Hatte sie ihm nicht beigebracht, nicht mit Fremden zu reden? Hatte er nicht gelernt, sich zu verteidigen? All die Worte und die Lektionen, hatte sie so jämmerlich bei ihrer Aufgabe versagt? Stellte Sarah sich dieselbe Frage? War alles Emilys Schuld? Sie hätte einen BH tragen sollen, sie hätte ihren Kindern mehr beibringen sollen, sie hätte mehr zu Hause sein sollen, sie hätte niemals danach streben dürfen, Zeit allein zu verbringen, um zu arbeiten oder einkaufen zu gehen.

Sie hörte die dumpfen Geräusche eines Kampfes und Sammys schrillen Schrei, der abgewürgt wurde, Panik erfasste sie, doch sie konnte sich nicht bewegen. Ihre Muskeln gehorchten ihr nicht. Sie hörte, wie er dicht bei ihr auf den Boden schlug, doch sie konnte ihn nicht berühren.

Der Maismann ergriff ihren Arm und gab ihr eine weitere Spritze. Ihr Körper starb einmal mehr.

Ihr Hirn war nur noch ein frei schwebender Muskel. Lebendig, aber ohne Auftrag, wie ein abgetrennter Körperteil. Widerspenstig. Voller Hass auf die Lage, in der sie sich befand.

Etwas war mit ihrem kleinen Jungen geschehen, und

sie konnte nichts tun. Ihre Seele strebte zu ihm, doch sie konnte keinen Muskel regen, um ihm zu helfen. Sie war nur noch ein Stein. Ein brennender Stein.

KAPITEL 26

Will fuhr und fuhr, und überall, wo er hinkam, sah er Wasser. In Binnenseen, in den unzähligen Buchten der Küste. Und auf dem Wasser waren überall Boote. Boote, die in überfüllten Yachthäfen lagen. Boote, die eine halbe Meile weit draußen auf dem Ozean vor Anker lagen. Er fuhr immer weiter und hielt Ausschau, und manchmal sah er die Polizei und fragte sich: Haben sie meine Frau gefunden? Haben sie meine Kinder gefunden? Und er fuhr weiter, denn er wusste, dass sie noch keinen Erfolg gehabt hatten, dass sie überall und nirgends suchten, genau wie er.

Sarah saß auf dem Rücksitz und beschäftigte Maxi, die glücklicherweise nur wusste, dass sie ihre Mama vermisste. Sie hielt ihren rosa Plüschbären wie ein Kissen ans Gesicht gedrückt. *Als du erst eins warst, wurde deine Mami krank und starb. Du warst noch ein Baby und kannst dich nicht mehr an sie erinnern. Ich weiß nicht, wer diese anderen Schatten waren, an die du dich zu erinnern glaubst. Wir haben alle so unsere Einbildungen.* Er würde Maxi allein großziehen.

Niemand wird dir je wehtun. Du wirst geliebt.

David hatte nie zugegeben, im Dunkeln Angst zu haben, Sammy schon. Emily, die auf Sams Bettkante saß, ihn zudeckte und seine zarte Wange streichelte. «Monster sind nur Einbildung.» Die sich vorbeugte, um seine Stirn zu küssen und noch einmal zu sagen: «Es gibt keinen Grund, sich vor der Dunkelheit zu fürchten.» David, der von seinem Bett aus zuhörte und vor einem Schatten erschrak, der über die Zimmerdecke strich. «Ihr braucht keine Angst zu haben.» Emily lächelte Sam und David zu. «Mama und Daddy sind ja hier.»

Sie hatten ihren Kindern beigebracht, der Welt Vertrauen entgegenzubringen.

Sie hatten ihnen beigebracht, ihren Feinden zu vergeben, aber auch zu erkennen, wann es nötig war, sich zur Wehr zu setzen.

Hatten sie gespürt, dass sie ihre Unschuld verloren, als ihnen klar wurde, dass sie nie wirklich sicher gewesen waren und dass ihre Feinde keine Vergebung verdienten?

Wills Fuß drückte aufs Gaspedal, und er übertrat die Geschwindigkeitsbegrenzung.

Er erinnerte sich genau. Er war erst vier. Der Cowboy, der Schokoladenkuchen, das rote Fahrrad, das er sich gewünscht hatte.

Mrs. Simon, die aus ihrem Haus gerannt kam.

Sein Körper erinnerte sich an den freien Fall.

Er fiel auch jetzt, löste sich vom Kern seines Lebens.

Fuhr. Fiel.

Er blinzelte, um die Straße wieder deutlicher zu sehen.

Sarahs Hand stahl sich von hinten auf seine Schulter, und der sanfte Druck ihrer Finger auf seine Muskeln rief ihn zurück in die Gegenwart.

«Will», flüsterte Sarah. «Maxi ist eingeschlafen.»

Er warf einen Blick in den Rückspiegel und sah, dass Sarah zur Seite schaute, weil sie ihn nicht in Verlegenheit bringen wollte. Wie lange hatte er schon geweint?

«Wir können doch nicht ewig so weiterfahren.»

KAPITEL 27

Amy Cardoza stand mit brennenden Augen vor der riesigen Karte von Cape Cod, die schon immer eine Wand des Konferenzraumes bedeckt hatte, seit Amy zum Mashpee Police Department gekommen war. Die Karte stammte von 1995 und hatte bis heute für ihre Zwecke ausgereicht. Im Moment sah sie mit ihren handgezeichneten Linien, den Pastellfarben und den ins Auge fallenden Auslassungen eher dekorativ als informativ aus. Kaminer hatte sämtliche örtlichen Polizeistationen mobilisiert, in den Rathäusern herauszufinden, wo im Laufe der vergangenen sechs Jahre die Erlaubnis erteilt worden war, Anleger zu bauen.

Polizisten und Special Agents waren zu Fuß an Küstenstreifen und Stränden unterwegs, um einen flüchtigen SeaRay Sundancer namens *Nimmerland* zu finden. Amy fühlte, wie ihr in diesem unbelüfteten Raum mit seinem unaufhörlichen elektronischen Sirren die Luft ausging. Der Schock, dass Roger Bell Ragnatelli umgebracht und Emily Parker entführt hatte, steckte ihr noch in den Knochen. Was sie allerdings noch mehr bestürzte, war die Tatsache, dass sie, wenn sie zwölf oder auch nur acht Stunden früher von Al Snows Besuch in Fall River gewusst hätten – bevor er nach Hause gefahren war, um sein Schönheitsschläfchen zu machen –, eher die Möglichkeit gehabt hätten, Emily Parkers Leben zu retten. Und dass ihre Söhne jetzt auf dem Weg nach Hause wären und nicht ebenfalls verschwunden.

Amy kniff die Augen zusammen und verdrängte den quälenden Gedanken, dass bereits alles zu spät war. Wenn Mister White – Roger Bell – nach seinem gewohnten Zeitplan arbeitete, war Emily noch am Leben und möglicherweise sogar bei Bewusstsein, und die Jungen, oder zumindest einer von ihnen, hätten noch mindestens bis morgen zu leben.

Amy schaffte es einfach nicht, ruhig zu bleiben. Die Gedanken rasten durch ihren Kopf, sie ging vor der Karte auf und ab, projizierte auf die Konturen der Insel Formen, die es gar nicht gab, verzweifelt bemüht, sich ein klares Bild zu verschaffen.

Sogar Will und Sarah waren mit dem Baby losgefahren, hatten gesagt, sie müssten sich auf die Suche machen, könnten nicht einfach nur warten. Amy sah es vor sich, wie sie die Straßen abfuhren und allen Hinweisschildern auf Bootsanleger folgten. Unaufhaltsam angetrieben von Verzweiflung.

Hunderte Meilen Küste umgaben Cape Cod, mit großen und kleinen Buchten, Flussmündungen und Meeresarmen. Es gab Dutzende registrierter privater Yachthäfen und Hunderte private Anleger, ganz abgesehen von denen, die ohne Genehmigung errichtet worden waren. Und dann gab es da noch die Nachbarinseln Nantucket und Martha's Vineyard. Die Polizeikräfte beider Inseln waren in höchste Bereitschaft versetzt, und zusätzliche VICAP Agents wurden eingeflogen, um die Bemühungen zu unterstützen, Emily, David und Sam Parker aufzuspüren.

Geary hockte mit den Special Agents Ingram und Jones sowie Sorensen, Kaminer und Tom Delay am Tisch. Amy wusste, dass Geary und Bell auf eine lange gemeinsame Geschichte zurückblickten, aber sie nahm an, dass es unter der Oberfläche auch Ungereimtheiten geben musste und dass Geary jetzt danach suchte. Und dass all sein Bestreben jetzt darauf gerichtet war, zwei Verbrechen aufzuklären: den Serienmord und den Verrat. Wer versteckte sich wirklich hinter dem Mann, der sich als sein Freund ausgegeben hatte? Amy empfand Sympathie für Geary und hoffte, dass er seine Antworten finden würde.

«Er will, dass wir ihn kriegen», sagte Geary, «und deswegen hat er so viele kleine Hinweise hinterlassen. Er wusste, dass uns die Spur direkt zu ihm führen würde, wenn wir sie erst einmal aufgenommen hatten.»

«Einfach», sagte Ingram und schüttelte den Kopf.

«Zu einfach.» Sorensen trommelte mit seinem Stift auf die Tischkante.

«Genau», sagte Geary. «Wenn er bei seinem Muster geblieben wäre, bei den fünf Tagen, dann hätten wir einen Extratag und würden ihn finden.»

«Aber er hat heute zugeschlagen», sagte Jones. «Einen Tag zu früh, als ob er es nicht erwarten könnte …»

Ingram nickte. «Als hätte er das Gefühl, dass er dieses Spiel jetzt möglichst schnell zu Ende bringen muss.»

«Wir müssen herausfinden, was ihn zu dieser Eile veranlasst hat.» Amy löste sich von der Landkarte und schloss sich der Gruppe an. «Warum? Um zu gewinnen? Oder um ein Bedürfnis zu befriedigen, das tiefer in ihm steckt? Und warum entführt er diesmal zwei Jungen statt nur einen wie sonst?»

«War es Zufall», fragte Tom, «oder Absicht?»

«Beides ist möglich», sagte Amy. «Aber Roger Bell lässt sich seine Vorgehensweise bestimmt nicht vom Zufall diktieren.»

«Bitte», sagte Geary, «wir wissen noch nicht mit Sicherheit, dass es Roger ist.»

Amy nickte unwillig. Es hatte keinen Sinn, sich jetzt darüber zu streiten. «Wenn Mister White die List benutzt hat, ihnen eine Spazierfahrt in der Corvette anzubieten, hätte er sie einzeln einsteigen lassen können. Er hätte nicht gleich beide mitnehmen müssen.»

«Oder er hat sich des älteren Jungen entledigt, da er es ohnehin nur auf solche im Alter von sechs, sieben Jahren abgesehen hat?» Sorensen hielt inne und schüttelte den Kopf angesichts seiner eigenen Vermutung.

«Könnte sein», sagte Kaminer.

«Mister White hat mit der Ermordung von Ragnatelli bewiesen, dass er auch außer der Reihe tötet, um sein Ziel zu verfolgen», sagte Amy.

«Das würde bedeuten, dass ein Junge sich auf dem Boot befindet und der andere irgendwo am Straßenrand liegt. Dann werden wir ihn früher oder später finden», sagte Sorensen, ohne eine Miene zu verziehen.

«Nehmen wir also an, dass es so war», Amy versuchte sich zu konzentrieren. «Und dass Mister White Sam bei sich hat und sie sich auf dem Boot befinden. Wie lange wird er warten, bis er mit dem Sezieren beginnt?»

Es folgte eine Pause, während deren anscheinend niemand etwas sagen mochte. Schließlich ergriff Geary das Wort: «Das hängt davon ab, was stärker ist: sein Drang, dem Kind Schmerzen zu bereiten, oder, die Mutter zu terrorisieren.»

«Was geschieht während dieser Zeit?», fragte Amy.

«Missbraucht er seine Opfer sexuell?», setzte Sorensen ihren Gedankengang fort. «Die Mutter? Die Kinder?»

Geary antwortete. «Es gibt keinen direkten Beweis für eine sexuelle Komponente.»

«Und das bedeutet?», fragte Sorensen.

«Seine Sexualität könnte so unterdrückt sein, dass er sich auf andere Art und Weise befriedigt.»

«Zum Beispiel durch Gewalt», schlug Amy vor.

«Das ist schon fast ein Klischee.» Sorensen schüttelte den Kopf.

Kaminer sog hörbar Luft ein und warf einen Blick auf

seine Uhr. «Wir müssen seinen Zeitrahmen für heute rausbekommen.»

Kaminers Ungeduld ging Amy gewöhnlich auf die Nerven, aber diesmal gab sie ihm Recht. Jetzt in diesem Moment konnte irgendwo an der Küste von Cape Cod das Schreckliche geschehen.

«Wie viel Zeit uns bleibt, hängt von Mister Whites psychischer Anspannung ab», vermutete Geary.

«Er hat zwei Jungen entführt, und das einen Tag zu früh», sagte Sorensen.

Amy nickte. «Er ist nervös.»

«Ich würde sagen, diese Entwicklung hat sich schon vor sieben Jahren angebahnt», sagte Ingram.

«Daniels Torso wurde sozusagen noch warm an einem Ort abgelegt», folgte Geary ihrem Gedanken, «wo man ihn sofort entdecken musste. Die Körperteile der anderen Kinder hat er entweder vergraben oder versenkt, sodass sie erst nach einiger Zeit entdeckt wurden.»

«Das stimmt», sagte Amy. «Ein Kopf in den Dünen, ein Arm in einem Sumpf, ein weiterer Arm vergraben unter einem Anleger.»

«Warum der Torso auf einer Schaukel?», fragte Sorensen. «Warum die Abkehr von der aufgeschobenen Entdeckung?»

«Er ist vor sieben Jahren aus irgendwelchen Gründen nervös geworden», sagte Amy. «Damals begann sich das Muster zu verändern.»

«Bis dahin», sagte Jones, «brauchte er Zeit ...»

«... um seine Restitution zu vollenden», sagte Ingram. «Er verbarg sich im allmählichen Wandel der Natur.»

Jones warf ihr einen Blick zu. «Hübsch gesagt.»

«Der Kopf ist entdeckt worden, als die Dünen erodierten», fuhr Ingram fort, «der Arm ist an die Wasseroberfläche gestiegen, als die Gase, die im Fleisch gefangen waren, ihm das Gewicht nahmen, und so wurde er ans Ufer gespült …»

«Schluss mit der Poesie», schnauzte Kaminer.

Amy fiel etwas ein. «Hat jemand mal die Gezeiten überprüft?»

Tom sprang auf und lief um den Tisch zu seinem Computer. Mit seinen schnellen, schweren Fingern bearbeitete er die Tastatur, bis er die Webseite gefunden hatte, die er suchte. «Sieht so aus, als würden die Gezeiten entlang der Küste variieren. Sie sind überall verschieden. Es kommt darauf an, wo man sich befindet.» Seine Blicke huschten über den Bildschirm. «Je nach Bucht und Meeresarm verändern sich die Verhältnisse. Dazu kommen Faktoren wie Flutströmungen, Ebbeströmungen und Stillwasserphasen.» Tom blickte hinüber zu Geary. «Für mich ist das alles Sanskrit.»

Amy stand auf und durchquerte den Raum, um einen weiteren Blick auf die Karte zu werfen. Langsam begann sie zu verstehen.

«Er ist nicht sehr weit gefahren. Emily Parker befindet sich wahrscheinlich in der Nähe des Cape, denn er muss ja den Jungen aufs Boot bringen. Er wird nur so lange an einer richtigen Anlegestelle bleiben, wie unbedingt nötig ist, und sich dann wieder in sein Versteck zurückziehen. Wahrscheinlich ankert er in einer kleinen Bucht, an einem Fluss, irgendwo, wo keine Häuser in der Nähe sind.»

Im Raum war es still; alle hörten zu.

«Ich frage mich, ob wir unsere Suche nicht effektiver gestalten könnten, wenn wir wüssten, wie die Gezeiten an den verschiedenen Küstenstreifen schwanken. Er dürfte die Orte meiden, wo die Strömungen am heftigsten sind;

er sucht das Zusammenspiel, die Vorhersagbarkeit, meidet jegliche Störungen.»

Sie drehte sich um und sah auf die Karte. Die Linien, die sie so ausgiebig studiert hatte, verwandelten sich in ein klares Bild. Wo sie zuvor die Konturen von Land gesehen hatte, das in den Ozean hineinragte, erkannte sie jetzt die Umkehrung: Einkerbungen, an deren Enden geheime Orte entstanden.

«Interessant», sagte Geary, und Amy spürte, wie gut ihr diese Bestätigung tat. Sie wirkte besser als Kaffee oder auch Schlaf.

Sorensen stand auf und sah auf die Karte. Sie erkannte, dass er es ebenfalls sah.

Amy blickte zu Kaminer, der zufrieden nickte. Sie wusste, dass er einen Teil seiner Freizeit auf dem Wasser verbrachte. «Wie oft und wann wechseln die Gezeiten?»

«Ich hab mein Leben lang am Cape gefischt», sagte Snow. Er stand im Türrahmen und hielt ein Tablett in den Händen. Darauf befanden sich ein Dutzend Kaffeebecher sowie ein Karton Donuts. «Man kann sagen, dass durchschnittlich jeden Tag zweimal die Flut kommt und zweimal die Ebbe einsetzt, mit geringen Abweichungen.»

Der Anblick von Snow, wie er dort stand, aufgeräumt und ausgeruht, dass Tablett mit den Donuts in den Händen, für deren Beschaffung er abermals ihre kostbare Zeit geopfert hatte, entfachte in Amy kaum zu zügelnden Zorn. «Was, zum Teufel, hat das zu bedeuten, Al?»

Snow schenkte ihr keine Beachtung und ging zu dem langen Tisch, an dessen Ende er den Kaffee und die Donuts abstellte. Amys hitziger Zorn bestimmte die Atmosphäre im Raum, und niemand machte Anstalten, sich dem Tablett zu nähern.

Sie spürte, dass sie kurz davor war, den schlimmsten

Fehler ihrer Karriere zu begehen und vor Kaminer, Sorensen, Geary die Beherrschung zu verlieren. Und das genau in dem Moment, als sie Mister White auf den Fersen war. Alle würden denken, dass sie der Aufgabe nicht gewachsen sei. Nun, sie war ihr gewachsen, aber darum ging es auch nicht. Snow hatte die Ermittlung von Anfang an sabotiert und tat es immer noch. In dieser Phase brauchten sie alle, jeden Einzelnen, vierundzwanzig Stunden am Tag, sieben Tage die Woche, und das galt auch für die schwächsten Mitglieder aus ihren Reihen.

Kaffee. Donuts.

Sie ging hinüber zu dem Tablett und fegte es mit einer schnellen Geste vom Tisch.

«Das reicht, Detective!» Kaminer stand auf. «Ich hätte nichts gegen einen Donut gehabt.»

Nervöses Gelächter erfüllte den Raum.

Amy wartete auf ihr Verdikt: abgezogen von diesem Fall; vom Dienst suspendiert; oder, schlimmer noch, degradiert zum Dienst im Streifenwagen. Sie hätte vor zwei Tagen mit Kaminer über Snow sprechen sollen, bevor sie derart die Fassung verlieren konnte. Hätte sollen, könnte, würde. Jetzt war es zu spät.

«Wir sind alle ein wenig durcheinander», sagte Kaminer. «Ich hab zu Hause zwei Stunden geschlafen und seh jetzt klarer.» Er blickte hinüber zu Sorensen, der ganz dicht an der Karte stand und sie intensiv studierte.

Sorensen drehte sich zu den anderen um. «Alarmiert die Küstenwache.» Er wandte sich an Amy, und sie kam sich vor wie ein Ballon, aus dem die Luft gelassen wurde. «Detective, fahren Sie nach Hause und ruhen Sie sich aus.»

Amy konnte es nicht glauben. Das war alles? Kein Tadel? Nur eine Auszeit, um in ihrem eigenen Bett ein wenig

Schlaf zu finden? Sie wollte nicht gehen, wusste aber genau, dass es besser war, keinen Einwand zu erheben.

«Danke Ihnen, Sir.»

«Ich möchte nicht, dass Sie selbst fahren, Detective», sagte Kaminer.

«Es ist kein Problem, Sir.»

«Snow, fahren Sie sie nach Hause. Und auf dem Rückweg» – Kaminer zwinkerte Snow zu – «holen Sie noch ein paar von diesen Donuts.»

Amy spürte Unmut in sich aufsteigen, aber hielt den Blick gesenkt, als sie den Raum durchquerte und zur Tür hinausging. Al Snow folgte ihr.

KAPITEL 28

Als sie in die Shoestring Bay glitten, sah Marian zu ihrer Überraschung, dass ein anderes Boot am Anleger vertäut war. Es war ein kleiner weißer Kabinenkreuzer, dessen aufgepinselter blauer Name so abgeblättert war, dass man ihn unmöglich lesen konnte. Sie hatte hier noch nie einen Menschen gesehen, aber sicherlich gehörte der Anleger irgendjemandem. Ihr Gefühl, dass sie hier unbefugt eindrangen, verstärkte sich.

«Vielleicht wird es Zeit, dass wir uns selbst einen Liegeplatz mieten, Henry», sagte Marian.

Henry legte unbeirrt an. «Bringen wir es schnell hinter uns.» Er half Marian und Daisy auszusteigen, drückte Ted den Koffer in die Hand. Daisy ließ die Arme überschwänglich durch die feuchte Sommerluft wirbeln, um sich von ihrem Onkel Henry zu verabschieden. Die Glücksbringer des inzwischen reparierten Armbands läuteten wie kleine

Glöckchen. Henry salutierte und grüßte mit «Ahoi», als die *Everlasting Love* sich entfernte.

Marian gefiel es gar nicht, dass die traumhaften Tage auf Martha's Vineyard zu Ende gingen, aber so war das Leben. Es wurde Zeit, in die Zivilisation zurückzukehren.

«Kommen Sie, meine Damen.» Ted nahm den Koffer und machte sich auf den Weg zur Simon's Narrow Road. Marian zog Daisy mit sich.

«Es war ein netter Besuch», sagte er. «Entspannend.»

«Ich hätte gut noch einen weiteren Tag brauchen können.»

«Warum mussten wir denn weg?» Daisy riss sich von der Hand ihrer Mutter los. «Ich will für immer hier bleiben.»

«Gut, wir besuchen dich dann irgendwann mal.» Marian gesellte sich an Teds Seite und ging weiter. Sie mussten lachen, als sie Daisys trippelnde Schritte hinter sich hörten.

«Wann fährt der Bus?», fragte Ted.

«Um vier. Wir essen im Mute Swan zu Mittag wie immer.»

«Ja!» Jetzt lief Daisy ihnen voraus. «Ich nehm Fish 'n' Chips! Juhu!»

Das Restaurant lag nur ein paar hundert Meter weiter an der Straße. Es war eine ziemliche Bruchbude und deswegen genau richtig, wenn man ein lautes Kind wie Daisy dabei hatte. Marian nahm sich vor, die Kellnerin zu fragen, ob es in der Nähe eine Art von Fundbüro gäbe, wo sie Daisys Armband abgeben könnte. Nein, nicht Daisys, sondern das einer Fremden. Darum ging es nämlich. Obwohl Daisy es am liebsten behalten hätte, war es eine Sache des Prinzips, es zurückzugeben.

Für die Mittagszeit war der Mute Swan gut besucht, aber im hinteren Teil des Restaurants gab es noch einige freie Tische. Glücklicherweise mussten sie nicht an der Theke auf einen Tisch warten, denn dort war allerhand Schnickschnack ausgestellt: Knochenschnitzereien, Beanie Babies und Konfekt, die größte Anziehungskraft auf Daisy ausübten. Auf Martha's Vineyard waren sie dem Tand der zivilisierten Welt glückliche drei Tage lang entkommen, und Marian war nicht bereit, jetzt schon wieder irgendwelche Sachen zu kaufen, die sie nicht brauchten.

Daisys weiße Shorts waren am Hintern bereits leicht schmutzig, und Marian zuckte zusammen, als sie ihre Tochter durchs Restaurant zu ihrem Tisch hüpfen sah. Aber Daisy strahlte so viel Leben und Frische aus, dass es unmöglich war, ihr böse zu sein. Marian lächelte und folgte ihrer Tochter. Sie setzte sich so an den Tisch, dass sie zum Fenster hinaus auf die Bucht blicken konnte. Ted nahm neben ihr Platz.

«Daisy!» Seine strenge Stimme bewegte sie dazu, sich auf einen der Stühle zu setzen. Aber nur kurz, wie ein Gummiball schnellte sie gleich wieder hoch.

«Ich geh mal die Beanie Babies vorne angucken.» Daisy sammelte die Puppen für ihr Leben gern und war immer auf der Suche nach neuen Modellen.

«So, tust du das?» Mit zur Seite geneigtem Kopf sah Marian ihre Tochter an.

Daisy stemmte die Hände in die Hüften und bettelte mit schmeichelnder Stimme: «Bitte, ich möchte sie doch nur angucken.»

Ted konnte sich ein Lächeln nicht verkneifen. Dem beträchtlichen Charme ihrer Tochter hatten sie beide nichts entgegenzusetzen.

«Zwei Minuten», sagte Marian. «Und geh nicht weg von der Theke. Bleib immer nahe genug, dass du uns noch sehen kannst, damit wir dich noch sehen können.»

Daisy hüpfte los, bevor ihre Mutter zu Ende gesprochen hatte.

Jemand hatte ein Exemplar der *Cape Cod Times* auf dem Stuhl neben Marian liegen gelassen. Sie nahm es zur Hand, schlug es auf und reichte Ted einen Teil.

«Wir haben wahrscheinlich nicht viel verpasst», sagte sie und begann zu lesen.

KAPITEL 29

Der Maismann gab Emily eine weitere Spritze in den Arm. Sie spürte, wie sich die Taubheit noch verstärkte. Dann trat er hinter sie und zupfte an der Augenbinde. Sie rutschte herunter. Absolute Dunkelheit. Emily konnte ihre Augen nicht öffnen. Der Klagelaut eines zu Tode erschreckten Kindes ertönte. Sam. Die Fingerspitzen des Maismannes drückten ihre Lider auf wie Schiebetüren.

Die Dunkelheit wurde zerrissen von gleißend hellen Punkten. Ihr erster Impuls war, die Augen zu schließen, doch es ging nicht. Sie blieben offen, und das Licht drang wie Nadelstiche in sie ein. Als sie schließlich etwas erkennen konnte, war es Sammy, der vor ihr gefesselt auf dem Boden lag. Seine Beine waren mit sauberen weißen Stricken zusammengebunden, seine Hände hinter dem Rücken fest verzurrt. Ein Streifen schwarzes Isolierband verschloss ihm den Mund. Sein Kopf war ihr zugewandt, und seine weit aufgerissenen Augen flehten: *Mom, hilf mir.* Sein Blick verlangte, dass sie die kurze Entfernung überwand, die zwischen ihnen lag, um ihre Pflicht zu tun und ihn zu retten.

Emily verzweifelte. Nicht mal ihre Lider ließen sich bewegen. Kein Teil ihres Körpers fügte sich ihrem Willen, allein in ihrem Gehirn sah und hörte und spürte sie alles.

Sammy musste denken, dass sie ihn im Stich ließ, dass sie ihn nicht liebte, dass er ihr gleichgültig war. Dabei wollte alles in ihr ihm helfen. Vergebens. Ihr Körper streckte sich nicht nach ihrem Sohn.

Sams Körper zuckte auf dem Boden. Etwas stimmte nicht. Hatte der Maismann ihm etwa auch irgendeine Spritze gegeben?

Sie hörte die Schritte, aber diesmal kam der Maismann nicht zu ihr. Er ging zu Sam. Ein Paar weißer Bootsschuhe tauchte hinter Sammy auf. Weiße Hosen krümmten sich, und Knie erschienen in ihrem Gesichtsfeld. Der Maismann setzte sich mit überkreuzten Beinen direkt hinter Sam.

Und zum ersten Mal, seit sie sich dort befand, sah sie den Maismann. Und er war es nicht.

Der Mann, der hinter ihrem Sohn saß, war ihr völlig fremd, entsprach nicht einmal ihrer Phantasievorstellung. Dieses Monster, das sie unten in seinem Boot gefangen gehalten hatte wie einen sterbenden Aal. Dieser Freak, der ihr Kind zu seiner Jagdbeute gemacht hatte.

Sams Blick richtete sich auf den Mann direkt hinter ihm. Sein Körper wand sich in heftigen Zuckungen. Der Mann blickte auf ihn hinab und schüttelte den Kopf. Zum ersten Mal hörte sie seine Stimme, nasal und etwas unwirsch.

«Hat deine Mutter dir nie gesagt, dass du nicht mit fremden Menschen sprechen sollst?»

In Emilys Körper raste der reine Hass. Sams Augen waren voller Furcht.

Der Mann sah Sam kopfschüttelnd an, als sei er ungezogen. Dann neigte er den Kopf zur Seite, als überlegte er, wie er sie beide bestrafen sollte.

«Nehmen wir ihm seine Pokémon-Karten weg, oder?»

Sie würde ihn mit Blicken töten.

«Spiele für Sam, Bücher für David.»

Er kannte ihre Namen.

«Und was ist mit Moms Lieblingsbeschäftigung?»

Er stand auf, ging durch den Raum, nahm etwas aus einer Schublade und kehrte zurück. Auf seiner Handfläche lag ein erdbeerrotes Nadelkissen, in dem Hunderte Nadeln säuberlich aufgereiht steckten.

Das Gesicht des Mannes war unbeweglich und tot. Er beobachtete ihre Reaktion.

Emilys Geist war nur noch Angst. Reine Angst.

Das Monster starrte ihr in die Augen. «Wir haben noch Zeit», sagte es dann mit seltsam sanfter Stimme. «Es hat keine Eile.» Er stand auf und ging zur Luke. Als er sie öffnete, brach das Licht herein, und sie war geblendet. Sie hörte, wie er langsam die Leiter hinaufstieg, die Luke schloss und dann das Boot verließ.

Sie mühte sich angestrengt, Sammy mit ihren Blicken zu sich zu holen, mit ihm zu verschmelzen. *Mein Liebling, lass meinen Blick dich halten, komm zu mir in Sicherheit.*

KAPITEL 30

In Manhattan war die Welt konstruiert wie ein Gitternetz, und man brauchte nicht mehr als Grundschulmathematik, um sich zurechtzufinden. Aber hier war es ein Gewirr, keine Straße ging geradeaus, überall waren Kurven. David wusste nicht, wo er war, und fragte sich allmählich, ob Sam nicht gut daran getan hatte zurückzubleiben. Vielleicht hätte er alles ein wenig besser planen sollen. Zum Beispiel ein Fahrrad in einem Versteck bereitstellen und einen Rucksack mit Vorräten mitnehmen. Es war heiß, und er war durstig. Langsam wurde er auch hungrig. Zumindest war er umsichtig genug gewesen, etwas von Dads Bargeld einzustecken.

Dad würde inzwischen vor Zorn aus der Haut gefahren sein. Wie er wohl bestraft werden würde, wenn er nach Hause kam? Wenn er je wieder nach Hause fand. Vielleicht waren sie ohne ihn zurück in die Stadt gefahren und hatten David allein zurückgelassen. David verharrte einen Augenblick, setzte sich ins Gras am Straßenrand und gestand sich ein, dass er einen großen Fehler gemacht hatte. Er hatte Unrecht. Dad würde das Cape niemals ohne ihn verlassen. Er würde ihn suchen und dabei bestimmt ums Leben kommen. Es würde alles Davids Schuld sein, und sie würden keine Eltern mehr haben, sondern bei Grandma leben müssen, die nicht einmal daran denken konnte, Maxi ihre Medizin zu geben. Sie würden Waisenkinder werden, nur weil David so dumm gewesen war, zu glauben, er könnte seine Mutter eher finden als Dad oder die Polizei oder das FBI. Als ob ein elfjähriger Junge jemanden finden könnte, den nicht einmal alle Erwachsenen zusammen finden konnten. Er hatte beim Aikido viel über Selbstvertrauen und Stärke gelernt und über Kämpfe und Vermeidung von Kämpfen; er hatte seinen braunen Gürtel, aber er hatte nicht gelernt, sich klug zu verhalten. Jetzt würden alle erfahren, was für ein Dummkopf er war. Dad wusste es. Grandma wusste es. Sam wusste es. Eines Tages würde auch Maxi es wissen. Würde Mom es je erfahren?

Sein großer Plan war gewesen, sich zum *Stop & Shop* zu begeben und von dort aus die Suche zu beginnen. Er wusste, dass der Supermarkt irgendwo an der Route 151 lag, aber dann war er an eine große Kreuzung gekommen, und nirgendwo hatte mehr 151 gestanden. Jetzt hieß die Straße Quinaquisset Avenue, und er hatte keine Ahnung, wo er war.

Doch hier konnte er nicht sitzen bleiben. Mühsam machte er sich wieder auf den Weg. Als er an einer kühlen Brise merkte, dass das Meer nicht weit sein konnte, bog er in die nächste Querstraße ein. Simon's Narrow Road. Hier waren weniger Autos unterwegs. Und ein Schild in Form eines Schwans versprach ihm, dass er in 500 Metern zu einem Restaurant käme, das ein Mittagsbüfett für drei Dollar fünfundneunzig anbot. Büfett war gut, dann konnte man so viel essen und trinken, wie man wollte. Er würde es schlau anstellen und einen großen Becher Wasser mitnehmen oder vielleicht sogar eine Flasche kaufen, wenn er noch genügend Geld hatte.

David lief weiter. Die Aussicht auf Essen hatte seine Sinne belebt. Der Aikido-Sensei hatte ihnen einmal gesagt, dass sie einen «inneren Kompass» besäßen und dass sie dem «wahren Pfad» folgen würden, wenn sie auf diesen Kompass achteten. Entweder er befolgte diesen Ratschlag jetzt, oder er würde nie mehr irgendwo ankommen. Egal. Er war bereits einen Schritt weiter. Er konnte einfach nicht mehr bei Grandma rumsitzen wie ein dummer Junge und sich die Lügen der Erwachsenen anhören. Im Dojo hatte er gelernt, sich nicht vor anderen zu fürchten, und das tat er auch jetzt nicht, aber langsam bekam er Furcht vor sich selbst, und das war ein ganz neues Gefühl.

Er kam an der Yardarm Road vorbei und am Spinnaker Drive, bis er schließlich gleich hinter Bryants Cove eine Art Schuppen sah, vor dem an Ketten dasselbe Schild in Form eines Schwans hing wie vorher an der Straße. Darauf stand *Mute Swan, geöffnet*. In Manhattan würde ein Lokal, das so aussah, Pleite gehen, aber hier war es ein Ort, den die Erwachsenen nur allzu gern aufsuchten. Es war unglaublich, wie wankelmütig sie waren.

David ahnte, dass es seltsam aussehen würde, wenn er allein in ein Restaurant ging. Vielleicht sollte er so tun, als würden seine Eltern im Auto auf ihn warten. Er öffnete die Holztür und betrat eine Art Lobby mit einem Tresen, unter dem sich ein gläserner Schaukasten befand, und einer Registrierkasse. Hinter dem Glas war Konfekt ausgestellt, und David spürte, wie sich sein Magen vor Hunger verkrampfte. Er wollte nicht auffallen, also betätigte er die kleine Glocke neben der Kasse. Er würde sich so verhalten, als ob seine Eltern draußen im Auto auf ihn warteten.

Ein Teenager erschien hinter dem Tresen. «Du hast geläutet?»

David nickte. «Gibt's das Büfett auch zum Mitnehmen?»

Der Teenager schüttelte den Kopf. «Wir können aber ein Sandwich oder so was einpacken.»

«Okay. Mit Thunfisch?» Er hätte am liebsten einen Hamburger gehabt, aber es würde zu lange dauern, den zu braten. Er wollte lieber nicht warten.

«Weißbrot oder Vollkorn?»

«Vollkorn, glaub ich. Und etwas Wasser, bitte.» David drehte sich um und winkte einem roten Kombi zu, in dem eine Frau saß.

«Bin gleich wieder da.» Der Teenager verschwand um die Ecke.

Das Restaurant war voller Gäste, aber David blickte keinen von ihnen an, weil er Angst hatte aufzufallen. Stattdessen betrachtete er den Schaukasten, der mit Konfekt gefüllt war sowie mit Beanie Babies und einheimischem Kunsthandwerk, Schnitzereien und winzigen Zeichnungen von Booten und Muscheln auf etwas Hartem und Cremefarbenem, das noch am ehesten an Knochen erinnerte. Er versuchte immer noch das Konfekt zu ignorieren, als ein Mädchen angerannt kam und anfing, die Beanie Babies im Schaukasten zu zählen.

«Siebenundzwanzig», sagte sie. «Nicht schlecht. Welche gefällt dir am besten?»

David kümmerte sich nicht um sie. Sie war noch jünger als Sam, und kleine Mädchen nervten ihn.

«Mir gefällt die bunt eingefärbte da vorne.» Sie drückte einen Finger gegen das Glas, und David sah es: ein silbernes Armband mit Glücksbringern genau wie das seiner Mutter. Sie bemerkte, dass er auf das Armband sah, und schüttelte das Handgelenk, um mit dem Schmuckstück anzugeben. «Das ist mein eigenes», sagte sie.

Plötzlich wurde David bewusst, dass es nicht nur wie das Armband seiner Mutter aussah, sondern dass es tatsächlich dasselbe *war*. Es konnte gar nicht anders sein. Die Glücksanhänger waren genau dieselben. Ein Herz, ein Schwimmer, drei Babys, eine Münze, ein Cello, ein Schwert.

«Das Armband gehört meiner Mutter», sagte David.

«Nein, es ist *meins*.» Sie hielt ihre Hand in die Höhe, als könne sie damit etwas beweisen.

«Wo hast du es gefunden?»

Sie sah das Armband an, dann David, dann wieder das Armband und schließlich wieder David. Wahrscheinlich überlegte sie, was für eine Geschichte sie als Nächstes erzählen sollte. Kleine Kinder. Vor nicht allzu langer Zeit war Sam in ihrem Alter gewesen. Plötzlich wusste David, wie er das Mädchen überzeugen konnte.

«Ich kauf es dir ab.»

«Oh? Für wie viel?»

Er kramte in der Hosentasche und zählte sein Geld. «Sieben Dollar und zweiundsechzig Cent.»

«Okay!» Sie fummelte am Verschluss, aber bekam ihn nicht auf. Komisch, denn er war doch ständig aufgesprungen, und dadurch war das Armband seiner Mutter immer wieder vom Handgelenk gerutscht.

«Wo hast du es gefunden?»

«Das kostet Sie noch mehr, Mister.»

«Mehr hab ich aber nicht.»

«Schade –»

«Du kannst es behalten, wenn du mir sagst, wo du es gefunden hast.» David begriff, dass dies noch mehr wert war als das Armband selbst.

«Mehr willst du für sieben Dollar nicht?» Das Mädchen stemmte die Hände in die Hüften und versuchte, abgebrüht auszusehen. Aber das gelang ihr nicht. Sie war und blieb ein kleines Mädchen.

«Und zweiundsechzig Cent.»

«Wie heißt du?»

«David. Wo hast du es gefunden?»

«Ich bin Daisy. Ich kann es dir zeigen. Es ist gleich hier unten.»

Daisy wirbelte herum und rannte aus dem Restaurant. David hörte, wie sich Schritte dem Tresen näherten, und beschloss, besser zu verschwinden, bevor der Teenager mit seiner Bestellung zurückkäme und er bezahlen müsste. Er rannte hinter Daisy her, hinaus aus dem Mute Swan, an all den parkenden Autos vorbei und ein weiteres Stück der Simon's Narrow Road entlang.

«Komm mit!», rief Daisy mit glockenheller Stimme.

David folgte ihr. Hoffentlich brachte sie ihn wirklich zu der Stelle, wo sie das Armband seiner Mutter gefunden hatte, und spielte nicht nur einfach Verstecken mit ihm.

Aber er war älter als sie und schneller, und er konnte ihr immer noch das Armband abkaufen. Sie liefen bis ans Ende der gepflasterten Straße und auf einen Sandweg, der durch eine Gruppe vertrockneter Büsche führte. Schließlich kamen sie auf einen mit Gras bewachsenen Hügel, an dem eine sandige Bucht lag. Der Anblick des dunkelgrünen Wassers erinnerte David daran, wie durstig er war.

KAPITEL 31

Will und Sarah fuhren auf den vorderen Parkplatz des Polizeireviers. Hinter ihnen bog ein Streifenwagen in die Auffahrt ein. Ein Officer, den Will nicht kannte, saß am Steuer, und ein schwarzes Paar teilte sich den Rücksitz. Will dachte an das erste Mal, dass er dieses Polizeirevier aufgesucht hatte. Nur zwei Tage war es her, und wie schrecklich vertraut war ihm dieser Ort bereits geworden. Er dachte an Al Snow und wie er dessen Namen auf die Tafel an seinem Kühlschrank zu Hause geschrieben hatte, den Namen eines Fremden, dessen Titel – Detective – auf Kompetenz hatte schließen lassen. Was wäre wohl geschehen, wenn Snow gleich gehandelt hätte, als Sarah Emily als vermisst gemeldet hatte? Wären vielleicht vor dem Regen noch irgendwelche Spuren am Volvo zu finden gewesen? Hatte Roger Bell das Unwetter eingeplant? Hatte er vielleicht auch Al Snow eingeplant?

Sarah blieb mit Maxi zwei Schritte hinter Will, als sie den Vorraum betraten. Der Officer brachte das schwarze Paar an den Empfangstresen.

«Suellen, das hier sind Ted und Marian Joyner. Ich werde ihnen einen Kaffee besorgen und dann einen Platz suchen, wo ich ihre Anzeige aufnehmen kann.» Der Officer sah Ted Joyner an. «Wir sind mit einer speziellen Ermittlung beschäftigt und haben daher alle unsere Schreibtische abgeben müssen.»

«Wir möchten gar keinen Kaffee.» Marian Joyner war aufgeregt.

«Warten Sie bitte hier. Ich bin gleich wieder zurück.» Der Officer ließ die Joyners im Vorraum zurück und verschwand im Flur.

Sarah setzte sich vorsichtig auf einen der Stühle und drückte Maxi an ihre Schulter. Will ging auf und ab. Die Joyners standen vor der Glasscheibe am Empfang und blickten hilflos.

«Unsere Tochter ist verschwunden», flüsterte Marian.

Ted streckte die Hand und streichelte ihren Arm. «Psst.»

Will blieb stehen und starrte sie an. Er hatte keine Ahnung, was er sagen sollte, ohne verbittert zu klingen. *Willkommen im Club. Mir sind drei abhanden gekommen. Vorsicht vor den Cops hier, die sind zu nichts zu gebrauchen.* Er nahm seine Wanderung wieder auf. Vor seinem geistigen Auge erschienen sämtliche Cartoonfiguren, die er je für seine Kinder gezeichnet hatte, und lachten ihn jetzt aus. Er presste die Hände auf die Augen, um die Bilder zu vertreiben.

«Das tut mir Leid», flüsterte Sarah Marian zu, um Maxi nicht zu stören.

«Was ist das für eine spezielle Ermittlung?» Marians Blicke huschten zwischen Sarah und Will hin und her. «Hat es etwas mit Ihnen zu tun?»

Sarah nickte. Ihre Stimme war leise. «Meine Tochter.»

«Ich hab im Restaurant einen Blick in die Zeitung geworfen», sagte Marian, «da war ein großer Artikel über ihr Verschwinden drin. Wir hatten die ganze Zeit keine Nachrichten gehört, sonst hätten wir uns früher gemeldet. Mein Mann wollte gerade wegen des Armbands telefonieren, als ich bemerkte, dass Daisy verschwunden war.» Marian trat Will in den Weg. «Dabei hatte ich noch gesehen, wie sie einem etwas älteren Jungen das Armband zeigte. Sie hat es am Montag gefunden, als wir gerade nach Vineyard aufbrechen wollten.»

Will verharrte.

«Ein silbernes Armband mit Glücksbringern», fuhr Marian fort. «Ein Herz, drei Babys, ein Schwimmer, ein Schwert, ein Cello, eine Münze.»

Will erinnerte sich daran, wie er das Armband heimlich um Emilys Handgelenk gelegt hatte. Sie hatte gerade David zur Welt gebracht und fest geschlafen. Er wusste noch genau, wie beglückt sie gewesen war, als sie aufgewacht war und es zum ersten Mal gesehen hatte: das Herz, den Schwimmer, das Schwert, das Cello und ein Baby. Dann waren mit jedem weiteren Kind weitere Glücksbringer hinzugekommen.

«Daisy zeigte diesem Jungen das Armband», sagte Marian. «Und dann war sie auf einmal weg.»

«Der Verschluss war kaputt, Will», sagte Sarah und hob dabei ihre Stimme. «Es muss ihr vom Handgelenk gerutscht sein.»

Will trat näher an Marian heran und fasste sie an den Schultern. «Der Junge, wie sah er aus?»

«Er war ungefähr zehn oder elf Jahre alt», antwortete Marian. «Er sah Ihnen ähnlich.»

Gerade als Will begriff, dass Marian David gesehen hatte, und zwar *lebendig*, wurde die Vordertür des Reviers aufgestoßen.

«Will!»

Der laute Klang seines Namens veranlasste ihn, den Blick von Marian zu wenden, und für einen Sekundenbruchteil sah er in drei Meter Entfernung seine Mutter stehen. Es war schon so lange her, und er vermisste sie so schmerzlich. Und auf einmal hatte er ihre letzte Begegnung wieder vor Augen. Ihr bleiches Gesicht vor dem Hintergrund des weißen Krankenhauskissens.

«Hab immer Vertrauen in dich selbst», hatte sie gesagt. «Und denk daran, mein Liebling, Mami wird nie aufhören, dich zu lieben.»

Ihre Augen schlossen sich, und sie ließ seine kleine Hand los.

Sein Geburtstag, gleich am nächsten Tag, ohne sie.

«Will, mein Lieber.» Caroline kam ihm in ihrem roten Sommerkleid entgegengeeilt und nahm ihn in die Arme. Wie ihre gemeinsame Mutter hatte auch sie nie ihre gertenschlanke Figur verloren, und ihre Haut war ebenso weich wie die der Mutter. «Behaglich» hatte er es als Kind genannt. Es gab nichts Schöneres, als sich an die Haut seiner Mutter zu schmiegen.

«Wir haben die Nachrichten gesehen», sagte Caro. «Und sind sofort zurückgeflogen.»

Will presste sein Gesicht in Caros kurze Haare. Ihr Ehemann Harry setzte sich neben Sarah und legte ihr den Arm um die Schulter. Maxi wachte gerade auf.

Will flüsterte an Caros Hals: «Der Dreckskerl hat Sammy in seiner Gewalt.» Er löste sich von seiner Schwester und sah in deren bernsteinfarbene Augen. Dann wandte er sich wieder an Marian. «Wo hat Daisy das Armband gefunden?»

Ted trat vor. «Kommen Sie mit mir. Ich bring Sie hin.»

KAPITEL 32

Der Anleger war so alt, dass man Angst hatte, er könnte jeden Moment zusammenbrechen, so schief waren die Stützpfeiler, die man in den nassen Sand getrieben hatte. Nur die letzten Pfosten wurden von Wasser umspült. Das bedeutete, es war Ebbe. David wusste über die Gezeiten Bescheid. Wie sie in Übereinstimmung mit dem Stand von Mond und Sonne wechselten. Am Morgen war der Strand am Ozean völlig durchnässt und geeignet zum Sandschlösser Bauen, zum Löcher mit den Füßen Graben, zum in die Wellen Rennen. Am Ende des Nachmittags überflutete das Wasser die Badetücher, und es wurde Zeit zum Heimgehen.

Ein weißes Boot, dessen Name so verblichen war, dass er ihn nicht lesen konnte, dümpelte am äußersten Ende des Anlegers.

«Dort.» Daisy zeigte geradeaus. «Genau da hab ich es gefunden.»

«Auf dem Anleger?»

«Gib mir meine sieben Dollar und zweiundsechzig Cent, *bitte.*»

«Zeig mir zuerst, wo genau.»

«Oh, *guck mal.*»

Daisy hatte kein Interesse mehr an dem Anleger oder den Dollars, denn sie hatte etwas Besseres entdeckt: die platte Schnauze eines ausgemusterten Eiscremewagens, der auf der Straße parkte.

Sie rannte los, und David folgte ihr.

«Komm zurück!»

«Den müssen wir uns ansehen!» Daisy klang begeistert. Blödes Kleinkind. Verstand sie denn nicht, dass jetzt keine Zeit für Spielchen war?

David holte sie am Wagen ein, der vor sich hin rostete. Sie versuchte, die verbeulte Tür aufzuziehen, und er ergriff sie an der Taille ihrer Shorts, um sie zurückzuziehen.

«He!» Sie machte sich los und rannte lachend auf die andere Seite des Wagens.

David folgte ihr. «Daisy, zeig mir, wo du das Armband gefunden hast.»

«Du kriegst mich nicht!» Sie wollte um die Schnauze des Wagens herum entkommen.

Aber er war älter und größer und schneller und konnte sie leicht einholen. Seine Arme schnellten vor und hielten sie fest.

«Zeig mir einfach, wo.»

«Bist du verrückt?» Sie lachte nicht mehr.

«Zeig es mir, *sofort*.»

Er packte ihre Hand und zerrte sie den Weg zurück durchs Gestrüpp. Sie rutschten den mit Gras bewachsenen Hang hinunter. Daisy fiel auf ihre weißen Shorts und fing an zu weinen.

«Lass mich los!»

«Wo? Zeig mir, *wo*!»

«Da!» Sie weinte heftiger und zeigte auf den Steg.

David rannte bis zu dessen Ende und stand schließlich vor dem weißen Boot. Auf der einen Seite des Decks war eine Luke, durch die man ins Innere gelangte. Daisy war inzwischen verschwunden, ohne noch auf das Geld zu warten. Vom Boot kam ein Geräusch. Ein quiekender Grunzlaut wie von einem Tier, das große Angst hat.

David beugte sich vor und zog an der Leine, mit der das Boot am Steg vertäut war. Zentimeterweise kam es näher. Als es nur noch einen halben Meter entfernt war, sprang er an Bord. Mit seinen Turnschuhen schlich er übers Deck, leise wie eine Katze, so wie er es immer machte, wenn er sich an Sam heranpirschte, um ihn zu überraschen.

Er beugte sich hinunter zu der Luke und legte seine Hand auf den Knauf, als er wieder diesen tierischen Laut hörte. Zitternd drehte er den Knauf und machte die Luke auf.

Seine Augen brauchten einen Augenblick, um sich an die Dunkelheit zu gewöhnen. Aber dann sah er sie, seine Mutter, oder zumindest ihren Körper. Sie sah aus wie eine schlaffe Schaufensterpuppe, die man gegen die Bootswand geworfen hatte. Ihr Gesicht war starr wie eine Maske, und ihre Augen waren nach oben verdreht. Sie war nackt. Er hatte sie zwar schon öfter nackt gesehen, aber jetzt war es anders, ihre Haut war an manchen Stellen blau und an anderen grau. Außerdem saß sie in einer Pfütze Pipi. Es roch wie in einer Kloake. Böse Ahnungen schossen ihm durch den Kopf.

«Mommy!», sagte David.

Sie bewegte sich nicht. David stockte der Atem. Lebte sie noch?

Dann hörte er wieder das Tier, aber es war kein Tier, es war Sammy. Er lag direkt vor Emily, völlig verschnürt. David zitterte. Irgendjemand hatte Sam an diesem Morgen hierher gebracht, und es musste dieser gruselige Dr. Bell gewesen sein. *Ich bin kein Pirat, habt ihr Lust auf eine kleine Spritztour*? Er musste Sammy aufgegabelt haben, als David ein Auto gehört hatte und davongelaufen war, um sich im Wald zu verstecken. Aber der Doktor war jetzt nicht hier. Die Bootskabine bestand nur aus einem einzigen Raum. Er musste schnell handeln.

David stürzte zu seiner Mutter hin, um den Strick zu lösen, der ihre Handgelenke fesselte. Der Knoten war fest gezurrt, aber David zerrte so lange daran, bis er endlich einen Strang lösen konnte, dann noch einen. Schließlich streifte er die Fessel ab. Irgendwie hatte er erwartet, dass sie ihre Hände nach ihm ausstrecken und ihn an sich drücken würde, aber sie fielen einfach nach unten. Er ging vor ihr in die Knie und sah, dass sie blaue Flecken an ihren Schläfen hatte. Ihre Augen standen weit offen, aber man sah nichts als das blutunterlaufene Weiß der Augäpfel.

«Sieh mich an, Mom!»

Ihre Augen reagierten nicht.

Er legte seine Wange an ihr Gesicht und spürte an ihrer Nase den warmen Puls ihres Atems.

Dann zog er an dem Rand des schwarzen Klebebands über ihrem Mund, jedoch ohne Erfolg. Aus Angst, seiner Mutter wehzutun, hörte er auf. Zuerst würde er den Strick von ihren Knöcheln lösen und dann Sam losbinden. Er musste Mom wecken, sie mussten von hier verschwinden.

Während er noch mit dem Strick um ihre Knöchel beschäftigt war, hörte er ein Geräusch. Er hielt inne.

Jemand ging über das Boot, direkt über ihren Köpfen.

KAPITEL 33

Das Läuten einer Klingel drängte sich in Amys Traum, und erst nach langen Minuten merkte sie, dass es von ihrer Türglocke kam. Sie lag angezogen auf dem Bett. Sie war so schnell eingeschlafen, dass sie sich nicht einmal mehr daran erinnerte, sich hingelegt zu haben. Gähnend zwang sie sich aufzustehen. Vom Schlafzimmerfenster erblickte sie Snows Streifenwagen vor ihrem Haus. Die Türglocke läutete und läutete. Sie ging ins Bad, bürstete sich das Haar, spritzte sich etwas kaltes Wasser ins Gesicht und nahm sich vor, Al Snow höflich zu behandeln.

Mit einem Lächeln öffnete sie ihre Vordertür.

«Man hat das Boot gefunden», sagte er. «Ich soll Sie abholen.»

Ihr Lächeln verflog. «Wo?»

Er eilte den Weg hinunter. Sie hatte noch nie gesehen, dass er sich so schnell bewegte, hatte nicht einmal gewusst, dass er dazu imstande war. Sie folgte ihm im Laufschritt. Er nahm auf dem Fahrersitz Platz, ohne sie anzusehen, und startete den Motor, noch bevor sie eingestiegen war. Kaum hatte sie die Tür geschlossen, setzte er auch schon rückwärts aus der Auffahrt und fuhr mit hoher Geschwindigkeit auf dem Plum Hollow Drive in Richtung Hauptstraße.

«Wo?» Sie legte den Sicherheitsgurt an.

«Sie sind schon alle auf dem Weg.»

«Aber *wohin*?»

Die gewohnte Frustration stellte sich ein, aber sie ließ sich diesmal nicht von ihr unterkriegen.

Seine Augenbrauen hoben sich. «Vierzig Minuten Schlaf reichen nicht, oder?»

Sie sah auf ihre Uhr und stellte zu ihrer Überraschung fest, dass sie tatsächlich keine Stunde lang zu Hause gewesen war.

«Erzählen Sie mir alles, Al, bitte.»

Sein Blick blieb auf die Straße gerichtet, und er antwortete nicht. Anscheinend konnte er nicht gleichzeitig reden und fahren. Sie unterdrückte ihr Bedürfnis, ihn am Steuer abzulösen.

«Fahren Sie schneller», forderte sie ihn auf und bedauerte es im selben Moment auch schon.

Er verringerte das Tempo. Er würde also seinen Groll

gegen sie bis zum bitteren Ende hegen. Sie hätte nicht als Portugiesin geboren werden und ihr gemischtes Blut auf seine schneeweiße Insel bringen sollen. Sie hätte nicht in seine Abteilung befördert werden sollen. Sie hätte sich weigern sollen, in seinem zivilen Dienstwagen mitzufahren, als Kaminer sie dazu eingeteilt hatte. Oder vielleicht hätte sie sich auch nur zu dem romantischen Picknick am Strand durchringen sollen, wie er es vorgeschlagen hatte. Hätte das diesen Versager vielleicht genug gebauchpinselt? Was wollte er überhaupt von ihr?

Sie hielt ihre Zunge im Zaum, bis sie merkte, dass sie in Richtung Popponesset Bay fuhren, wo Bobby Robertson wohnte.

«Hier?», sagte sie.

Er schüttelte den Kopf und drosselte das Tempo vor einer Kurve.

Sie zwang sich still zu sitzen und nichts zu sagen. Solange er sie hinbrachte, war alles egal. Auf dem Spinnaker Drive gab er Gas, und Amy sah zum ersten Mal ein Stück Ozean. Sie mussten bald da sein.

Sie war verblüfft, keine anderen Polizeiwagen zu sehen. «Wo sind denn die anderen alle?»

Er zuckte die Achseln.

Das reichte: Wenn alles gesagt und getan war, würde sie mit Kaminer ein ernstes Gespräch führen. Sie konnte nicht mit Snow zusammenarbeiten, und sie würde ihrem Chef genau erläutern, warum.

Sie bogen in die Simon's Narrow Road ein und hielten an. Niemand war dort. Nichts als eine Sackgasse, ein Grashügel, der in eine stille Bucht abfiel – und ein einzelnes Boot.

«Wir haben's als Erste geschafft», sagte er, als könne er es gar nicht glauben.

Amy stieg aus dem Streifenwagen und eilte den Hügel hinunter. Snow folgte ihr langsamer. An dem kurzen, von der Sonne ausgebleichten Steg lag ein bescheidenes weißes Boot. Als sie näher herankam, sah sie, dass es nicht der SeaRay Sundancer war, nach dem sie gesucht hatten.

«Das ist nicht Bells Boot.» Amy blieb abrupt stehen und drehte sich zu Snow um. «Was geht hier vor?»

«Hier haben sie mich aber hergeschickt», antwortete er. «Vielleicht haben sie sich geirrt.»

«Wer hat Sie hergeschickt, Al?» Amy konnte ihre Ungeduld kaum verbergen.

«Hab eine Nachricht von der Einsatzzentrale bekommen. Es hieß, ich soll Sie abholen und zur Shoestring Bay bringen. Und da wären wir.»

«Aber Sie haben gesagt, ich sei vierzig Minuten zu Hause gewesen. Sind Sie denn nicht zum Revier zurückgekehrt?»

Er blinzelte. Amy wusste, was passiert war. Er hatte seinen Zwischenstopp bei Dunkin' Donuts etwas verlängert, um nicht wieder zum Revier zurückkehren zu müssen. Dort hätte ja Arbeit auf ihn gewartet. Amy seufzte. Snow war wirklich ein hoffnungsloser Fall. Sie wusste nicht, was sic noch sagen sollte. In dem Moment kam eine Brise von der Bucht her auf, erfasste Snows quer über den Kopf gekämmte Haarsträhnen und wehte sie auf die falsche Seite. Er machte sich nicht einmal die Mühe, sie wieder in die gewünschte Richtung zu glätten. Amy verspürte einen Anflug von Mitleid mit ihm.

Sie zog ihre Waffe aus dem Halfter. «Sehen wir uns um.»

Snow folgte ihr, als sie über das Bootsdeck schlichen. Eine Luke führt ins Innere. Zu ihrer Überraschung war sie nicht abgeschlossen. Sie stieß die Luke auf. Uringestank schlug ihr entgegen. Es war grässlich. Amy zog den Kopf zurück und füllte ihre Lungen mit Meeresluft.

«Sieht schlimm aus, Al. Da drinnen ist was.»

«Soll ich vorangehen?», fragte er.

Sie antwortete ihm gar nicht erst, sondern tastete nach einem Lichtschalter, fand aber keinen. Auf der anderen Seite der Kabine erkannte sie Vorhänge, die zwar zugezogen waren, aber dennoch ein wenig Licht hineinließen. Als ihre Augen sich an die Dunkelheit gewöhnt hatten, wusste sie, dass sie an der richtigen Stelle war.

An der Wand lehnte ein regloser Körper. Es war Emily Parker, nackt, die Knöchel noch gefesselt, die Arme frei. Sie lag in ihren eigenen Exkrementen. Ihre Haut sah schlimm aus. Vor ihr lag ihr Sohn Sam. Er war mit Stricken gefesselt.

«Polizei!», rief Amy in die Kabine.

Beim Klang ihrer Stimme zuckte Sams Körper unkontrolliert.

Sie kletterte mit entsicherter Waffe die Leiter hinunter. Snow polterte hinter ihr herunter.

«Wo sind Sie, Bell? Kommen Sie raus. Es ist vorbei.»

Sie hörte nichts bis auf Snows Schritte, die langsam näher kamen. Er hätte ihr gar nicht folgen dürfen, sondern hätte in der entgegengesetzten Richtung suchen sollen. Es handelte sich zwar um eine kleine Kabine, aber es gab einige Stellen, wo Bell sich versteckt haben konnte.

«Al, sehen Sie hinter der Kombüse nach.» Sie spürte sein Zögern, seinen Unwillen, einem Befehl von ihresgleichen nachzukommen. «Bitte, *tun* Sie's einfach.»

KAPITEL 34

Im Inneren des Kastens unter der Bank, zusammengekauert neben einem zusammengerollten Schlauch, lauschte David den Schritten auf dem Bootsdeck. Es war heiß hier drinnen und dunkel. Der Schlauch nahm zu viel Platz ein, zwang ihn in eine Ecke. Er hörte, wie die Luke knirschend aufging und zuerst eine, dann zwei Stimmen sprachen. Die Stimme der Frau rief «Polizei!», und ihm war zum Weinen zumute.

Es war nicht Roger Bell und auch kein anderer böser Mensch. Jemand war gekommen, um sie zu retten.

David drückte den Deckel des Kastens nach oben. Seine Augen mussten sich an das trübe Licht gewöhnen, aber es war besser als die vollkommene Dunkelheit seines Verstecks. Er konnte die Polizisten durch den zentimeterbreiten Spalt sehen. Einer von ihnen lief direkt zu Mom, aber der andere blieb einfach stehen. Irgendwas schien nicht zu stimmen. David verhielt sich still und sah zu.

Der weibliche Detective, die Lady, die er in Grandmas Haus und dann auf dem Polizeirevier gesehen hatte, beugte sich über Mom. David hielt den Atem an. Er befand sich so dicht neben ihnen, dass er Amys langes Haar hätte berühren können, als es über Moms Schultern fiel. Mit zwei Fingern an Moms Handgelenk fühlte Amy deren Puls. Sie sah besorgt aus. Gleichzeitig wirkte sie erleichtert, Mom gefunden zu haben.

Sam schlug immer noch seinen Kopf auf den Boden, sogar heftiger als zuvor. Amy wandte sich ihm zu, sah ihm in die Augen und wischte ihm mit einer Hand Tränen und Schweiß von den Wangen, während sie mit der anderen an dem Knoten hinter seinem Rücken zerrte.

Dann sah David den anderen Cop hinter ihr auftauchen. Es war Al Snow. Eine Sekunde zuvor hatte er gehört, wie sie ihm aufgetragen hatte, irgendwo nachzusehen: *Tun Sie's einfach*. Sie hatte verärgert geklungen, aber er hatte sich nicht darum geschert, sondern war einfach stehen geblieben und hatte ihren Rücken angestarrt. Jetzt ging er in ihre Richtung, leise, als wollte er nicht, dass sie ihn hörte.

Aber sie hörte ihn und drehte sich um.

«Al, ich habe Ihnen doch –»

Er hielt seine Waffe am Lauf gepackt und ließ sie auf Amy niedersausen. Sie hob noch den Arm, um ihr Gesicht zu schützen, aber es war bereits zu spät. Der Griff seiner Waffe krachte an ihre Schläfe, und sie wurde mit Wucht gegen die Bank geschleudert, unter der David sich versteckte. Sie fiel direkt auf ihre eigene Waffe und blieb regungslos liegen. Davids Finger schmerzten, aber trotzdem hielt er den Deckel weiter geöffnet. Wenn der Deckel sich bewegte, könnte Al Snow es bemerken.

Sammy wälzte sich noch heftiger auf dem Boden als schon zuvor. Der Cop ging um ihn herum, kauerte sich über Amy und versetzte ihr mit dem Griff seiner Waffe einen weiteren Hieb. Er atmete schwer, der Schweiß lief ihm in Strömen übers Gesicht. Seine Augen waren zu Schlitzen verengt. Er stand so dicht vor David, dass er ihn hätte anspucken können.

David begriff. Es hieß jetzt oder nie.

Mit seiner freien Hand langte er nach dem Schlauch, stieß den Deckel der Bank gegen die Bootswand, ergriff mit der anderen Hand die Schlauchrolle und schleuderte sie mit aller Kraft in Snows Nacken. Snow fiel nach vorn und stürzte über Amy. Seine Waffe schlitterte über den Boden und landete direkt neben Mom. Der Cop grunzte und rappelte sich wieder auf. Der Schlauch rutschte ihm vom

Rücken, und jetzt stand der Mann vor David und sah ihn an. David stockte der Atem. Was würde jetzt passieren?

Harmonisches Ki. Verschmelze mit deinem Angreifer. Aber am Schluss der Stunde hatte sein Sensei ihnen immer gesagt, dass sie sich mit aller Kraft wehren sollten, wenn sie in richtigen Schwierigkeiten steckten. Kämpft!

Snow stürzte sich auf David, und streckte den Arm aus, um ihn im Nacken festzuhalten. Beinahe hätte er ihn erwischt, aber David glitt außer Reichweite. Gleich darauf bewegte er sich vorwärts und traf mit einem Fußtritt Snows Kniescheibe. Snow stürzte zu Boden. Mit einem weiteren Tritt traf David Snows Schulter.

Der Cop kam mit einem Ruck hoch auf die Knie und versuchte, Davids Bein zu packen. Aber David sprang mit einer Drehung hinter Snow, der nach ihm greifen wollte und die Balance verlor. David nutzte die Möglichkeit und rammte sein Knie in die Genitalien des Cops.

Snow stöhnte auf, wuchtete sich nach vorn und ergriff Davids Knöchel. Er riss an ihnen, sodass David zu Boden stürzte. Snow warf sich in Davids Richtung, als wollte er auf ihm landen, aber David rollte sich zur Seite.

Er hastete auf die andere Seite der Kabine, und genau, wie er es wollte, kam der Cop hinter ihm her. David ließ sich in die Hocke fallen und versteifte sich, sodass Snow über ihn stolperte und zu Boden ging.

Snow kam mühselig wieder auf die Beine, und David wich ihm aus, um zu einer Fuß-Hand-Kombination anzusetzen. Aber gerade als er vorstieß, drehte sich der Cop zur Seite und griff nach etwas. Ein langes Messer. David spürte die kalte Klinge an seinem Hals.

KAPITEL 35

Das kleine Mädchen kam weinend den Grashang heraufgerannt. Ted Joyner ließ sich auf die Knie sinken, und sie warf sich in seine Arme.

Will stürzte den Hang hinunter zum Anleger. Mit fünf langen Sätzen erreichte er dessen Ende, sprang übers Wasser und landete auf dem Bootsdeck. Er trat die Luke auf und schwang sich in die Kabine.

Detective Al Snows Gesicht war hochrot und vom Schweiß überströmt. Er hielt David ein Messer an die Kehle.

Al Snow.

Emily lehnte schlaff an der Bootswand. Ihre Haut schimmerte eisblau. Sam lag zu ihren Füßen, das Gesicht Will zugedreht, bei vollem Bewusstsein und furchtbar verängstigt. Jede Faser seines Körpers zitterte unter dem Strick, der ihn fesselte. Detective Cardoza lag seitlich davon auf dem Kabinenboden, bewusstlos.

Nichts war, wie es sein sollte. Will konnte es nicht fassen. Er musste handeln. Jetzt.

«Lassen Sie das Messer fallen, Snow!»

Von Snows Gesicht schien eine Maske abzufallen, und was zum Vorschein kam, war brutal und von rasender Wut entstellt.

«Tun Sie es nicht», sagte Will. «Es ist vorbei.» Snows Lippen verzerrten sich zu einem so von Hass erfüllten Grinsen, wie Will es noch nie gesehen hatte.

Der Cop umklammerte den Messergriff noch fester.

Will wusste nur eins: Er würde seine Familie vor diesem Monster retten, und wenn es ihn das Leben kosten sollte.

Er stürzte sich auf Snow und traf mit der Handkante Snows Gesicht, sodass sein Kopf nach hinten gerissen wurde. Mit einem Arm nahm er den Hals des Cops in die Zange und streckte seinen anderen Arm an Snows Ellbogen vorbei, um an das Messer zu kommen. David schrie auf. Will verdrehte Snows Handgelenk, sodass er die Hand öffnen musste. Das Messer fiel zu Boden. David rutschte nach unten und aus der Gefahrenzone.

Will konnte sich nicht zurückhalten. Obwohl das Messer auf dem Boden lag und David frei war, packte er Snows Hand noch fester und riss dessen Arm so heftig nach unten, dass man hören konnte, wie ein Knochen brach. Snow gab keinen Laut von sich, aber Will riss ein weiteres Mal an Snows Arm.

David trat einen Schritt auf sie zu.

«Zurück mit dir!», rief Will.

Aber David ließ sich nicht aufhalten und trat nach Snows Kinn. Will hatte seinen Sohn noch nie so in Rage gesehen. Ihm war genauso zumute, aber er wollte David von solchen Gefühlen fernhalten.

«David, zurück mit dir!», rief Will flehentlich.

David trat abermals zu.

Snows Körper erschlaffte. Ein langer und kläglicher Seufzer entfuhr ihm. «Ich hab's geschafft!» David rang nach Atem.

Snow sackte zu Boden. Will sah zu Emily und Sam hinüber, und ihn überkam Horror bei dem Gedanken an all das, was passiert wäre, und all das, was mit Emily möglicherweise bereits geschehen war. Ihre Augen waren noch immer verdreht, ihr Körper leblos. Sammy wand sich auf dem Boden. Will spürte, wie das Boot schwankte, und der ekelhafte Gestank ließ ihn vor Übelkeit würgen. Er wollte gerade Sammy zur Hilfe kommen, als David rief:

«Dad!»

Ein lautes Scharren war zu hören.

Snow war wieder auf den Beinen. In der unversehrten Hand hielt er das Messer. Der gebrochene Arm baumelte an der anderen Seite. Sein Hemd war von Schweiß durchnässt, und seine Pupillen waren geweitet.

«Ihr Narren», zischte er.

Will wirbelte herum. Er würde den gebrochenen Arm packen und an ihm reißen. Diesem Monster würde vor Schmerz das Blut in den Adern erstarren. Aber dann sah er, dass David dabei war, auf Snow loszugehen.

Er stürzte vor, um David abzufangen. Zu spät.

Snow brachte David zu Fall, ergriff ihn beim Hemd und presste ihn zu Boden. David versuchte sich loszumachen, aber die Kraft der Verzweiflung hatte Snow stark gemacht. Einen Augenblick später hatte er David zwischen seinen Knien eingeklemmt, und sein Messer zielte auf dessen ungeschützten Bauch.

Plötzlich war hektisches Getrampel über ihren Köpfen zu hören. Snow hielt mit dem Messer inne und lauschte. Sein Gesicht lief rot an, und seine Finger umklammerten krampfhaft den Griff des Messers. Er riss es noch ein Stück höher, als wollte er es dadurch in seiner Zerstörungskraft beschleunigen.

Durch die offene Luke drangen Stimmen, jemand blickte herein. Officer Sagredo schwang sich ins Innere des Boots und rief: «Polizei!» Landberg und Graves kamen hinterher. Im ersten Augenblick waren sie verblüfft über das Bild, das sich ihnen bot, aber sie begriffen sofort. Ihre Waffen richteten sich auf Snow.

«Al!», rief Graves. «Was machst du da, zum Teufel?»

«Waffen weg», sagte Snow, «oder ich bring den Jungen um.»

Sagredos Finger krümmte sich um den Abzug. «Zwing mich nicht, Al!»

Snows Nasenlöcher blähten sich höhnisch auf, als sein Messer Davids Haut unterhalb des Brustkorbs ritzte.

Will hörte, wie seine Stimme «Nein!» schrie.

Ein Schuss fiel. Snow löste sich von David und kippte zur Seite. Auf sein Gesicht trat ein Ausdruck ungläubigen Staunens. Er schlug auf dem Boden auf, und blutiger Schaum trat ihm aus Mund und Nase.

David schluchzte leise. Will hielt ihn im Arm, flüsterte unablässig: «Psst, es ist ja vorbei.» Schließlich sah er auf, um herauszufinden, wer Al Snow erschossen hatte. Er rechnete damit, dass Amy Cardoza aufgewacht und mit ihrem besten Schuss den Mann getroffen hatte, der für kurze Zeit ihr Partner gewesen war. Aber Amy lag noch immer bewusstlos auf dem Boden.

Stattdessen fiel Wills Blick auf Emily.

Sie hatte sich auf die Knie erhoben, brach jetzt aber erschöpft zusammen und ließ die Waffe fallen. Kraftlos sank sie auf den verschmutzten Boden und weinte.

KAPITEL 36

John Geary stand unter der blauen Markise des SeaRay Sundancer neben seinem alten Freund Roger Bell, der das Boot steuerte. Es war Donnerstagabend, der kühle Ausklang eines strahlenden Septembernachmittags. Sie durchpflügten die Showstring Bay, vorbei an Ryefield Point, und drosselten die Fahrt, als sie in die Pinquickset Cove einfuhren.

Die kleine Bucht grenzte an Crocker Neck, ein Naturschutzgebiet, durch das ein schmaler Kanal nach Fullers Marsh führte. Nirgends ein Haus zu sehen. Nur verlassenes Moorland, das hinter einem hohen Schilfwall lag. Silber- und Blaureiher pirschten sich staksend an ihre Beute heran, Fischadler schwebten bedrohlich am Himmel.

«Ich bin hier schon mal gewesen», sagte Roger. «Hab mal ein paar Paddler gesehen, aber das war's auch.»

Geary hatte in seinem langen Leben selten so viel Stille erlebt. «Perfekt», sagte er.

Al Snow hatte das Cape tatsächlich wie seine Westentasche gekannt, und weil er sein Leben lang geangelt hatte, hatte er auch von Fullers Marsh gewusst. Die Kriminaltechniker waren hier schnell fündig geworden. Nach wenigen Minuten hatten sie bereits Ölflecken auf der Oberfläche der stillen Mündungsarme entdeckt. Damit war bewiesen, dass sich vor nicht allzu langer Zeit ein Motorboot hierher verirrt hatte. An einigen Schilfrohren waren zudem Rückstände weißer Farbe gefunden worden, und es wurde erwartet, dass man im Labor eine Übereinstimmung mit dem Anstrich von Snows Boot feststellen würde.

Hier hatte Snow Emily Parker fast eine Woche lang versteckt.

Sie würden nie erfahren, warum er sich schon am vierten statt am fünften Tag zum abgelegenen Bootssteg in der Shoestring Bay zurückbegeben hatte. Geary nahm an, er hatte bemerkt, dass man ihm auf der Spur war. Er hatte das Schicksal etwas zu sehr herausgefordert, und vielleicht hatte er sogar erwischt werden wollen. Aber andererseits lag ihm wohl auch daran, seine Serie zu einem gelungenen Abschluss zu bringen.

Sobald das Hochwasser in der Bucht eingesetzt hätte,

wäre er zurück nach Fullers Marsh gefahren. Es wäre am späten Nachmittag oder frühen Abend gewesen, ungefähr um diese Zeit. Er hätte sich jetzt gerade Sam Parker vorgenommen.

«Warum war diese Nuss so schwer zu knacken?», fragte Geary. «In der Vergangenheit haben wir fast nie versagt.»

«Wir waren dem Täter auch noch nie so nahe. Wenn man etwas zu dicht vor Augen hat, sieht man nicht mehr klar.» Bell drosselte den Motor, während sie weiter in das Marschland hineintuckerten. «Snow war einer der Besten, mit denen wir es zu tun hatten, findest du nicht auch?»

«Ja, du hast Recht.» Geary atmete die frische salzige Luft ein. «Schade eigentlich, dass wir nicht mehr mit ihm reden konnten.»

«Das finde ich auch, aber so, wie die Dinge stehen, müssen wir uns eben mit dem wenigen begnügen, was wir wissen.»

Geary hatte Al Snows Haus an diesem Nachmittag zum ersten Mal gesehen. Es handelte sich um ein Mobile Home, das auf einem kleinen Rasenstück aufgestellt war, in einer langen Reihe identischer Grundstücke. Das Haus war mit grauem Aluminium verkleidet. Es gab eine holprige Auffahrt, aber keine Garage. Die Vordertür wurde von zu dicht beieinander liegenden Fenstern flankiert, die wie glänzende Knopfaugen aussahen. Jetzt, wo sie Bescheid wussten, sah es hier durchaus verdächtig aus, aber Geary war klar, dass er Snows Haus ohne Schwierigkeiten mit seiner Einschätzung des Mannes als harmloser Einfaltspinsel in Einklang gebracht hätte, wenn er früher einen Blick darauf geworfen hätte. Der winzige Vorderrasen war bevölkert von geschäftigen Gartenzwergen, die Laternen hielten, Schubkarren vor sich herschoben, Rehe fütterten.

Die Inneneinrichtung war unaufdringlich: Wohnzimmergarnitur, Esszimmergarnitur, Schlafzimmergarnitur – alles sah aus wie direkt aus dem Versandhauskatalog. Nirgends war auch nur ein einziges Foto aufgestellt, nicht einmal eins von Snows Tochter. Geary war durch die kleinen Räume gewandert, bemüht, sein verwundetes Ego zu pflegen, und voller Selbstkritik, weil er versagt hatte. Gleichzeitig hatte Amy Cardozas Team eine gründliche Hausdurchsuchung durchgeführt.

Geary hatte neben Amy gestanden, als sie die Klappen eines Pappkartons zurückschlug, den sie im Schlafzimmerschrank gefunden hatte. Ihre Finger zögerten, zu begreifen, was sie vor sich sah: Snow hatte Trophäen aufbewahrt. Aber keine Baseball-Statuetten, Fußballplaketten oder Gedenkmedaillen, sondern Trophäen persönlicher Art, Kleinigkeiten von den Schauplätzen seiner Verbrechen. Die von Sand verkrustete Badehose eines Jungen, die zerkratzte Goldschnalle eines Frauenschuhs, ein zerquetschter Kaffeebecher mit einer Spur Lippenstift am Rand, der blutige Verschluss eines BHs, säuberlich eingehakt, eine schwarze Mütze mit einem limonengrünen Smiley-Anstecker an der Seite, ein altes rotes Nadelkissen, bei dem die Nadeln so tief eingedrückt waren, dass sie von den Löchern verschluckt wurden, die Schlüssel zu Emily Parkers Wagen. Der Karton wurde ins Revier geschafft, wo Amy seinen Inhalt sorgfältig sortierte und etikettierte.

Danach kümmerte sich Amy darum, Snows Lebensgeschichte zu rekonstruieren, damit sie ihren Bericht abschließen konnte. Geary war beeindruckt von ihrer Fähigkeit, nach vorn zu schauen und entsprechend zu handeln. Nicht ein einziges Mal hatte sie die Tatsache erwähnt, dass Snow sie fast getötet hätte und es nur deshalb nicht dazu gekommen war, weil ein Zusammenspiel günstiger Ereignisse Will Parker und die anderen Polizisten rechtzeitig zu dem Boot geführt hatte. Geary wusste, dass bei allem engagierten Einsatz glückliche Zufälle Verbrechen ebenso oft aufklärten wie die erfahrensten Detectives und Profiler. Er starrte in den leeren Karton und fühlte sich selbst leer und erschöpft von den langen Anstrengungen. Plötzlich sah er, dass dort, wo sich die Deckel auf dem Kartonboden überlappten, noch etwas steckte. Er griff hinein und schob das weiße Papier mit dem Fingernagel hervor. Es erwies sich als die Ecke eines Fotos mit Büttenrand, das an drei verschiedenen Stellen zerrissen und wieder geklebt worden war. Es zeigte den kleinen Al im Alter von sieben oder acht Jahren. Er stand in einigem Abstand zu einer Frau mit eiskaltem Blick. Sie trug ein Hemd mit Paisleymuster, und die Sehnen an ihrem Hals waren sichtbar angespannt. Auf der Rückseite wurden die widerwilligen Darsteller dieser eindringlichen Erinnerungsszene in steiler Handschrift identifiziert: Eleanor Snow und Sohn.

Dokumente aus einheimischen Archiven halfen ihnen, sich ein Bild zu machen. Auf Snows Geburtsurkunde war sein Vater als unbekannt angegeben. Im Jahr nach Snows Geburt, 1950, wurde der Name der Snows aus dem Mitgliederverzeichnis der Daughters of the American Revolution entfernt: Töchter der amerikanischen Revolution brachten keine unehelichen Kinder zur Welt. Und angesehene Familien mit Tradition gewährten ihnen anscheinend auch keine Unterstützung. Eleanor Snow, die in einem der vornehmsten Häuser Ostervilles aufgewachsen war, hatte danach in einer Reihe von Asylen für gefallene Mädchen gelebt und war letztlich in Wakeby Park, einem Wohnwagenpark, hängen geblieben, wo es noch nicht einmal Straßennamen gab. Wovon sie lebte, war unklar, aber Dokumenten aus dem Rathaus zufolge war ihr Sohn bei Pflegeeltern aufgewachsen.

Als Snow sieben Jahre alt war, nahm Eleanor ihn bei sich zu Hause auf. Allein in diesem Jahr wurde er fünfmal ins Krankenhaus eingeliefert, wobei seine Verletzungen von gebrochenen Knochen bis zu Verbrennungen an den Fußsohlen und dem Gesäß reichten. In den Krankenhausakten wurden auch Tausende von winzigen Narben auf seiner Brust und seinem Bauch erwähnt. Es handelte sich um die Spuren schwerwiegender Verletzungen, nicht zu vergleichen mit der Vernarbung, die Roger Bell von einer Hautkrankheit in der Jugend davongetragen hatte. Geary dachte sich hinzu, was in den Aufzeichnungen fehlte. Für Snow musste die mangelnde Liebe und Einfühlung seiner Mutter eine Tortur gewesen sein. Er hatte wahrscheinlich nach irgendeiner Spur von Gefühlen bei ihr gesucht – Schmerz, Schuldbewusstsein, Reue –, wenn sie ihm Schmerzen zufügte. Er musste sich nach einem Ausdruck in den Augen seiner Mutter gesehnt haben, den er nicht ein einziges Mal hatte entdecken können.

Eleanor Snow war vor achtundzwanzig Jahren brutal ermordet worden war, ohne dass das Verbrechen je aufgeklärt worden war. Wahrscheinlich hatte Snow sie selbst umgebracht. Aber es hatte ihm nicht gereicht.

Es gab viele Möglichkeiten, die Vergangenheit zu wiederholen. Die Welt war voller Mütter mit siebenjährigen Söhnen.

Snows System war es gewesen, die Mutter fünf Tage lang durch Nahrungs- und Wasserentzug physisch zu schwächen und darüber hinaus seelisch zu demoralisieren, indem er sie in ihren Exkrementen gefangen hielt. Sie würde zwar am Leben bleiben, aber doch ausgelaugt und verwirrt sein, und das würde in Kombination mit dem Muskelhemmer ihren Verstand schließlich für eine Art mentaler Implosion reif machen. Dem Jungen spritzte er eine Überdosis eines Medikaments gegen Nervosität, das jedoch Angstzustände verstärkte – Snow hatte im Verlauf der Jahre experimentiert und sich letztlich für Trifluoperazin, ein Neuroleptikum, entschieden. Er rechnete sich aus, dass jede Mutter, die erleben musste, wie ihr Sohn in schrecklicher Furcht einen langsamen und qualvollen Tod starb, mit ihm sterben würde. Und das taten die Mütter auch, die ersten ganz konkret, die anderen dann nur mental, als Snow sein Folterszenario perfektioniert hatte. Er raubte ihnen den Verstand, indem er sie dem Horror unaufhörlichen Miterleidens aussetzte. Er stellte ihre Liebe auf die Probe, sah zu, wie sie sich in Qualen wanden. Er konnte es.

Wie sich herausstellte, war Snow durchaus nicht so einfältig, wie er aussah. Er war scharfsinnig, einfallsreich und extrem gefährlich.

«Roger» – Geary war unwohl dabei, aber es musste gesagt werden –, «es tut mir Leid, dass ich an dir gezweifelt habe.»

Bell sah ihn mit seinem gesunden Auge scheel an. «Ertappt, nicht wahr?»

«Damit wirst du mich bis in alle Ewigkeit aufziehen.»

Bell lachte. «Ja, und das lass ich mir nicht mehr nehmen.»

«Nur zu. Ich bin bereit zu büßen.»

«So ganz verstehe ich nicht, wie du ausgerechnet mich im Verdacht haben konntest, alter Freund.» Bell richtete den Blick geradeaus, als sie den Kanal ansteuerten.

«Wegen der Corvette. Warum hast du mir nicht gesagt, dass du sie kaufen wolltest?»

Bell stoppte den Motor, und der Sundancer kam im Marschland zu einem Halt. Hohes Schilf warf seinen Schatten über das Boot. Bell stand auf und kramte in der Tasche seiner Shorts. Dann zog er einen Schlüssel mit einem runden Plastikanhänger, auf dem in Rot STEGNER MOTORS stand, heraus. Geary war nicht erstaunt. Vera Ragnatelli hatte schon bestätigt, dass Ragnatelli's Vintage Automobiles seit Jahren schon keine Corvette mehr verkauft hatte.

«Herzlichen Glückwunsch zum Geburtstag, John.»

Die Geste bestürzte Geary; es war zu viel, zu schnell, zu spät. «Mein Geburtstag war im Juni.»

«Besser spät als nie.»

Geary sah wie gebannt auf den Schlüssel in Bells Hand.

«Nimm ihn.»

«Warum?»

«Du stehst am Anfang deines zweiten Lebens.» Bell grinste und ließ dabei wie immer seine gelben Zähne sehen. Geary fühlte sich augenblicklich noch etwas schlechter als zuvor. «Ich dachte, das könnte dir den Weg versüßen.»

«Nein danke», sagte Geary. «Ich hätte das Gefühl, mich an deiner Altersversorgung zu vergreifen.»

Bell schüttelte den Kopf. «Ich hatte jahrzehntelang gute Jobs, habe Bestseller geschrieben und Honorare als Berater eingestrichen. Dabei ist mehr herausgekommen, als ich in meiner Alterskasse brauche. Ich habe immer allein gelebt, und es macht mir Freude, dir dies Geschenk zu machen, John. Du bist mein engster Freund, und du schuldest mir jetzt auch was. Also nimm ihn an.»

Aber Geary konnte es nicht. Er hatte für das wenige, was er besaß, sein Leben lang gearbeitet. Dies hier wäre ein Lottogewinn mit dem Schein eines Freundes. «Ich habe mich ja nicht als besonders zuverlässiger Freund erwiesen.»

«Du hast auf die Tatsachen geschaut», sagte Bell. «Ich hätte dasselbe gemacht.»

«Du wärest also auch zu der Überzeugung gekommen, dass ich ein mordender Psychopath bin?»

«Allerdings.» Bell ließ den Autoschlüssel in Gearys Hosentasche gleiten. «Nebenbei gesagt, er ist vollständig bezahlt.»

Der Schlüssel brannte in Gearys Hosentasche wie glühende Kohle. Er wollte ihn dort nicht spüren, hatte aber Angst, ihn zu berühren. Doch wenn es Roger so viel bedeutete, würde er den Wagen wohl tatsächlich annehmen müssen. Er musste das Thema wechseln, denn sonst würde er rührselig werden, und das war nicht sein Stil.

«Also, Roger, nimmst du an, dass Snow dich bei der Auto-Ausstellung mit dem Wagen gesehen hat? Es war ein schlauer Schachzug, das in seine Story einzuarbeiten.»

«Mich gesehen? Ich habe ihn mitfahren lassen. Er war begeistert. Hat sich gefreut wie ein Junge, der zum ersten Mal auf einem Pony reiten darf. Ich weiß noch, dass ich ihn für einen schlechten Detective und ganz gewiss einen einfältigen Mann hielt.» Roger schüttelte den Kopf. «Ich vermute, dasselbe hat er wohl auch von mir gedacht.»

«Er hat ein wenig Zeit herausgeschunden und zugeschaut, wie wir rotierten», sagte Geary. «Hat uns alle zum Narren gehalten.»

«Also, John, was denkst du nach all diesen Jahren? Wird man als psychotischer Soziopath geboren, oder züchten wir sie heran?»

«Wenn ich das nur wüsste. Ich würde das Gen patentieren lassen und in ein Gegenmittel investieren.»

«Du würdest ein reicher Mann werden.»

«Weißt du, dass er eine weiße Perücke getragen hat?», fragte Geary.

«Mister Snow?»

«Cardoza hat sie heute Nachmittag in seinem Haus gefunden.»

«Ich hätte gedacht, sie wäre immer noch im Krankenhaus.»

«Als sie eingeliefert wurde, war sie nicht bei Bewusstsein, aber kaum wurde sie wach, konnten die Ärzte sie nicht mehr aufhalten. Sie wollte sofort weg. Was hätten sie machen sollen, sie vielleicht einsperren?» Geary lachte in sich hinein. «Vom Krankenhaus wollte sie direkt zu Snows Haus, um sich dem Team anzuschließen. Ich habe sie hingefahren und bin selbst auch noch eine Weile geblieben.»

«Auf der nachträglichen Suche nach Beweisen?»

Geary schüttelte den Kopf. «Nur nach Antworten. Es sieht so aus, als hätte Snow Bobby Robertson ausgekundschaftet und gewusst, dass er jeden Montag pünktlich wie die Uhr dort sein würde. Hat die Perücke zur Tarnung benutzt, als er den alten Ford vom Parkplatz fuhr. Hat dann selbst als anonymer Zeuge angerufen.» Ein Fischadler glitt über den Sumpf. Geary schaute zu, wie der Vogel im hohen Gras von Fullers Marsh verschwand. «Cardoza ist inzwischen wieder auf dem Revier und schreibt ihren Bericht fertig. Das Mädel hat was drauf.»

Bells Augenbraue schnellte bei dem Wort *Mädel* in die Höhe. Gearys Gedächtnis reagierte wie einer von Pawlows Hunden und erinnerte sich sofort. Der Prozess wegen sexueller Belästigung: Beinahe hätte er sein ganzes Leben ruiniert, und noch jetzt versetzte es ihm einen Schock, wenn er daran zurückdachte.

Nach all diesen Jahren sah er immer noch Penny Aikin vor sich, wie sie ihm den Rücken zugewandt und davongegangen war. Wie konnte ein Mädchen in einer jener blauen Hosen, die in Quantico an alle Auszubildenden, ob männlich oder weiblich, ausgegeben wurden, so hinreißend aussehen?

«Es heißt Agent Aiken, Sir», hatte sie ihn korrigiert, «und nicht Penny.»

Er grinste. «Agent Aiken, hätten Sie Lust auf ein kleines Spiel?»

Auf ihrem jungen Gesicht zeigte sich eine Andeutung von Respekt. «Was für ein Spiel, Sir?»

«Das erzähle ich Ihnen später genauer. Wir gönnen uns ein paar Drinks und reden über die Ausbildung.»

«Wenn ich mit Ihnen über die Ausbildung sprechen möchte, Sir, komme ich in Ihr Büro.» Dabei trat sie einen Schritt zurück, und er trat vor. Das war ein Fehler – fast ebenso schlimm wie das, was er als Nächstes sagte:

«Ich dachte nur, es wäre außerhalb des Campus ein wenig zwangloser, wenn Sie verstehen, was ich meine.»

Er streckte die Hand aus und schaffte es gerade, die stumpfe Schnittkante ihres rötlichen Haars zu berühren, als sie sich auch schon wie ein guter Junior Agent wegdrehte und die Gefahrenzone verließ. Es hatte ihm sogar Freude gemacht, sie fortgehen zu sehen, und er hatte gedacht, es sei ein gutes Zeichen, dass sie ihm keine Ohrfeige versetzt hatte. Aber er hatte sich furchtbar geirrt, ihr cooler Abgang bedeutete keinesfalls, dass sie den Annäherungsversuch des Direktors der BSU, des Begründers des Programms und des Mentors der Auszubildenden, vergessen hätte. Sie hatte vierundzwanzig Stunden gebraucht, um ihre Beschwerde einzureichen. Es hatte ihn zwei Jahre gekostet, sich dagegen zu wehren.

Letztendlich war es sein größter Fehler in dem ganzen Schlamassel gewesen, dass er sich nie ehrlich mit Ruth ausgesprochen hatte. Er war konsequent bei seiner Geschichte geblieben, dass Agent Aiken als Studentin versagt und daher versucht habe, sich gegen Sex gute Zensuren zu verschaffen. Als er das verweigert habe, sei er von ihr angeschwärzt worden. Da der große Dr. Roger Bell in einem Gutachten bezeugte, dass Special Agent Dr. John Geary ein Musterbeispiel an Integrität sei, war Ruth an die Seite ihres Mannes getreten, und gemeinsam waren sie in den Sonnenuntergang hineingefahren und hatten den Mantel des Schweigens über den Fall gebreitet. Geary fragte sich noch immer, was Ruth wirklich gedacht hatte, bezweifelte aber gleichzeitig, dass er den Mumm besäße, sich ihrer Missbilligung zu stellen. Vielleicht würde er eines Tages in ihrem Tagebuch nachschauen. Vielleicht auch nicht.

«Ich glaube, es ist bereits dreißig Jahre her, dass es hieß, wir sollten sie nicht mehr Mädels nennen», sagte Bell.

«Ich habe gehört, dass es seit kurzem wieder in Mode gekommen ist.» Geary zuckte die Achseln. «Da soll noch einer durchblicken.»

«Seit wann gibst du was auf die Mode, John?»

«Weißt du was, Roger?» Geary blickte hinauf in den klaren blauen Himmel, der sich ins Unendliche zu erstrecken schien. «Manchmal mag ich den Klang meiner eigenen Stimme nicht.» Geary kramte in seiner Tasche, zog seine Geldbörse hervor, öffnete sie und zog einen Dollarschein heraus.

«Natürlich.» Bell lachte. «Ich hab die Wette gewonnen. Ich kenne dich einfach zu gut, mein Freund. Du hättest es niemals geschafft, diesem Fall den Rücken zu kehren.»

«Nimm das Geld und spar dir deine Häme.» Geary klatschte den Dollar auf Bells Handfläche. «Günstiger habe ich noch nie ein Auto gekauft.»

FÜNFTER TAG

KAPITEL 37

Emily öffnete die Augen. Es herrschte Dunkelheit. Langsam sortierte ihr Gehirn die Einzelteile zu einem Bild.

Sammy. Mein Liebling. *Nein.*

Das Bild wurde klarer. Hier war kein Sammy. Hier war niemand. Sie war ganz allein, aber nicht mehr auf dem Boot. Sie atmete tief durch und wartete auf die Schritte. Der Maismann war nicht der Maismann. Ein Fremder. Sprich nicht mit Fremden.

Er hielt ein Messer an Davids Brust.

Jemand würde sterben.

O Sammy.

Ihre Muskeln zuckten, als sei sie von einer Klippe gefallen, ganz kurz vorm Einschlafen. Ihre Beine lagen auf einer weichen Unterlage. Ein Bett. Es roch frisch und sauber. Die Fesseln waren weg.

Ihre Gedanken ordneten sich langsam. Sie befand sich in einem Krankenhauszimmer. Allein. Nach Davids Geburt hatte sie sich geschworen, nie wieder ein Krankenhauszimmer mit jemandem zu teilen, den sie nicht kannte. Bei Sam und später bei Maxi hatten sie den Zuschlag für ein Einzelzimmer bezahlt. Aber jetzt missfiel ihr die Situation. Sie wollte nicht allein sein. Lieber würde sie eine alte Frau neben sich haben, den ruhigen Rhythmus ihrer Atemzüge hören, die lederne Schwere ihrer Haut riechen. Würde sie beobachten und dabei an den Kreislauf des Lebens denken, an das Rad des Schicksals, das sich unaufhörlich weiterdrehte.

Sie konnte ihre Arme bewegen und ihre Beine ebenfalls. Ihre Augen blinzelten ungehindert. Mondlicht flutete über die Zimmerdecke, und sie hörte das Brummen eines Autos, das draußen davonfuhr. Die Luft war trocken, nicht glitschig. Sie befand sich auf der Erde, auf dem Trockenen.

Sie atmete nochmal tief durch.

Das schrille, quiekende Geräusch.

Sie wollte nicht mehr daran denken. *Weg mit alledem.* Sie drehte sich auf die Seite und spürte, dass sie dabei an dem Schlauch zerrte, der vom Tropf zu ihrem Arm führte und dort mit Klebeband befestigt war. Flüssigkeit, intravenös zugeführte Nahrung. Natürlich.

Der Maismann nahm ihr die Augenbinde ab, und sie sah Sammy auf dem Boden.

Und der Maismann war nicht der Maismann.

Weg mit dir.

Sie kniff die Augen zu und drehte sich vorsichtig auf die andere Seite, wobei sie auf den Schlauch achtete. Dann griff sie sich an die Zehen und bewegte die Füße. Beugte und streckte die Beine. Jemand musste sie gewaschen haben, denn der üble Geruch war fast ganz verschwunden.

Sie setzte sich auf und sah sich im Zimmer um. Weiße Wände, Möbel aus Spanplatten, ein Telefon auf dem Nachttisch. Aus dem Hörer tönte das Amtszeichen. Sie wählte die Nummer ihrer Mutter und legte auf, noch bevor es klingelte. Sie würden schlafen. Die Uhr an der Wand zeigte vier Uhr morgens. *Weg mit dir.* Waren sie alle in Sicherheit? Sollten sie schlafen. Sie würde um sieben anrufen, ihrer Mutter sagen, dass mit ihr alles in Ordnung war, und sie daran erinnern, Maxi die Medizin zu geben.

Aber sie konnte nicht einfach daliegen, konnte nicht still liegen. Sie schwang ihre Füße seitlich über die Bettkante, stützte sich mit den Händen auf der Matratze ab und ließ sich langsam aus dem Bett gleiten. Der Linoleumfußboden war kalt unter ihren bloßen Füßen. Ihr wurde schwindelig. Tief durchatmen, und sie schaffte es: ein Schritt vorwärts, dann ein zweiter. Sie musste einfach ein Stück gehen. Es war entweder der denkbar schlimmste Traum gewesen oder die längste Nacht der Geschichte.

Der Ständer für den Tropf ließ sich leicht schieben, schepperte lediglich ein bisschen. Ihre Tür war offen, und als sie auf den Flur kam, war sie wie geblendet. Der lachsfarbene Fußboden und die beigefarbenen Wände waren in Neonlicht getaucht, und kleine Monitore für die einzelnen Zimmer flimmerten hinter einem U-förmigen Schwesternplatz. Aber niemand war dort Zeuge geworden, wie sie ihr Bett verlassen hatte, wie sie sich langsam hinausgeschlichen und sich aus dem grausigen Albtraum befreit hatte.

Sie schob ihren Tropfständer um eine Ecke. Aus einer Doppeltür kam eine junge asiatische Frau in einem weißen Laborkittel gehastet. Auf ihrem Namensschild stand Dr. Mary Lao, Kinderärztin. Sie reagierte verblüfft, als sie Emily sah, und blieb vor ihr stehen.

«Mrs. Parker, Sie sind aufgestanden!»

Emily wusste nicht, was sie sagen sollte.

Dr. Lao lächelte und drückte ein Klemmbrett an die Brust. «Wie fühlen Sie sich denn?»

«Ein bisschen benebelt», sagte Emily. «Mir war danach, ein Stück zu gehen.»

Dr. Lao sah Emily forschend in die Augen, als müsste sie etwas in Erfahrung bringen, was über das Physische hinausging.

«Wohin gehen Sie denn?», fragte sie.

«Nirgendwohin, ich möchte nur gehen.»

«Kommen Sie, ich helfe Ihnen mit dem Ding da.» Dr. Lao schob sich zwischen den Tropfständer und Emily. Sie hielt den Ständer mit einer Hand und hakte mit dem freien Arm Emily unter, sodass diese sich abstützen konnte. Sie gingen langsam und vorsichtig. Dr. Lao stieß die Doppeltür auf und bugsierte Emily hindurch. Sie befanden sich jetzt auf der Kinderstation, deren himmelblaue Wände mit Wölkchen bemalt waren. Ein handgemalter Regenbogen wölbte sich über einer Anzeigetafel, die über und über von Fotos neugeborener Babys bedeckt war.

Dr. Lao blieb vor der Collage stehen und zeigte auf das Foto eines Babys in der oberen rechten Ecke. «Das ist meine Tochter Samantha. Sie ist inzwischen schon sieben Monate alt, aber die Schwestern lassen ihr Bild hier hängen, um mir eine Freude zu machen.» Sie berührte die winzig kleine Wange ihres Babys und sah dann Emily an.

«Allerliebst», sagte Emily. «Es ist bestimmt nicht leicht für Sie, so selten bei ihr zu Hause sein zu können.»

Dr. Lao nickte. «Genau.»

Sie führte Emily den Flur hinunter. Vor einer offenen Tür blieben sie stehen. Emily sah hinein und erkannte ein Bett und eine Pritsche. Auf der Pritsche schlief Will, bekleidet und unrasiert. Sammy lag auf dem Bett, wälzte sich unruhig im Schlaf. Auch ihm lief ein Schlauch in den Arm.

«Er hängt nur am Tropf, weil er so ausgetrocknet war. Außerdem habe ich ihm etwas gegeben, damit er besser schläft.»

Beim Anblick von Will und Sam brannten Tränen in Emilys Augen. «Wo sind meine anderen Kinder?»

«Die sind zu Hause bei Ihrer Mutter und der Schwester Ihres Mannes.»

«Caro ist hier?» Emily verstand nichts. Caro war doch in Italien.

«Sie war bis kurz nach Mitternacht noch hier im Krankenhaus. Sie hat alle Formalitäten erledigt und gewartet, bis David entlassen wurde. Ich habe ihn selbst untersucht und kann Ihnen versichern, dass es ihm ausgezeichnet geht. Ihr Schwager hat Sarah und das Baby bereits früher nach Hause gebracht. Der kleinen Maxi geht es übrigens auch bestens.»

«Sie hat eine Ohrentzündung», sagte Emily.

«Ja, ich weiß. Die verheilt aber sehr gut.»

Emily wurde von einer Welle der Erleichterung erfasst: Sie brauchte sich keine Sorgen zu machen.

«Wie lange war ich denn fort?»

«Einschließlich heute fünf Tage.»

«So lange.»

Dr. Lao drückte Emilys Arm. «Jetzt ist es ja vorbei.»

«Darf ich hineingehen?»

«Was meinen Sie, warum ich Sie hierher gebracht habe?»

Dr. Lao half ihr an Sams Bett und stellte ihren Tropfständer seitlich gegenüber von seinem ab. Sie hob Sammys Bettdecke und lächelte. «Achten Sie darauf, dass sich die Schläuche nicht verheddern.»

Emily glitt neben Sammy ins Bett und bemerkte den salzigen Modergeruch des Boots in seinem Haar. Sie küsste seinen Scheitel, beide Augenlider und seine Nase. Die eine Wange und dann die andere und sein Kinn. Als sie wieder aufsah, war Dr. Lao gegangen.

Sammy holte lange und tief Luft. Er warf ein Bein über Emilys, wie er es zu Hause tat, wenn sie beim Vorlesen kuschelten. Sie schob einen Arm unter seinen Nacken, umschlang ihn mit dem anderen und zog ihren Sohn fest an sich.

Er blinzelte. «Mommy.»

«Ich liebe dich, Sammy.» Sie küsste seine Stirn.

Seine kleinen Hände klammerten sich an ihren Rücken, als wollte er sie nie wieder gehen lassen, als fürchtete er, sie hätte vielleicht noch etwas Besseres vor. Das hatte sie nicht, und sie würde es auch niemals haben.

«Erzähl mir eine Geschichte, Mommy.»

Das dämmerige Zimmer und Wills ruhige Atemzüge brachten ihr Wörter zurück ins Bewusstsein, die Emily schon lange vergessen zu haben meinte. Sie beugte ihren Kopf zu Sams Kissen hinunter, sodass ihre Stirn die ihres Sohnes berührte, und flüsterte ihm eine Geschichte ins Ohr, die er schon mit zwei Jahren geliebt hatte. *In dem kleinen Wald schlief ein großer Bär. Auf dem großen Bär schlief eine kleine Maus. Und in seinen Träumen tanzte die kleine Maus auf riesengroßen Wolken …* Sam hörte aufmerksam zu, während sie die Geschichte genauso erzählte, wie sie es immer getan hatte: In der Wolkenmauer öffnete sich ein Loch, und die Maus rannte durch das Loch in die Küche, wo sie einen Teller mit Käse, Erdnussbutter und Keksen fand. Dann entdeckte sie einen Weg, der nach draußen auf ein Feld führte und schließlich in einen schattigen kleinen Wald, in dem ein großer warmer Bär schlief. In dessen weiches Fell kuschelte sich die Maus und schlief ein und träumte.

Sam hatte die Augen weit geöffnet. Sie küsste ihn und hatte keine Ahnung, wie sie ihn wieder zum Schlafen bringen konnte, wie sie seine Gedanken beruhigen und ihn zurück in seine Träume geleiten sollte, ihn davon überzeugen könnte, dass Monster nicht wirklich existierten und überall lauerten. Schlimmer war vielleicht, dass man sie nicht wirklich erkennen konnte. Im Supermarkt hatte der Maismann sie verstört, aber der Mann, vor dem sie sich wirklich hätte fürchten müssen, war ihr gar nicht aufgefallen. Auch jetzt, wenn sie sich an den nur kurz zurückliegenden Tag erinnerte, konnte sie ihn nirgendwo sehen.

B 110/1

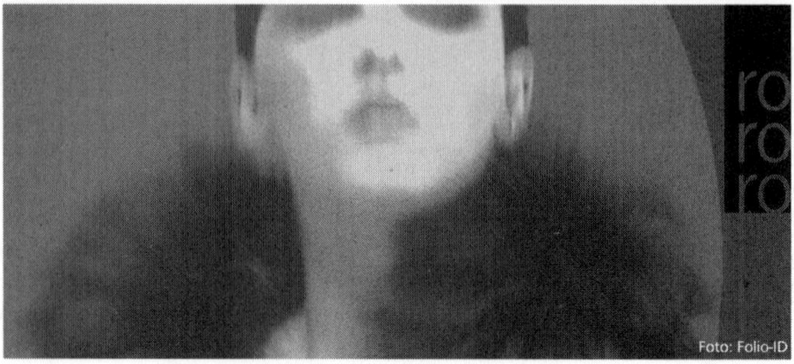

Zwielichter der Großstadt – Mord in der Metropole

Boris Meyn
Die Bilderjäger
3-499-23196-4
Ein Kunstwerk verschwindet, eine Leiche taucht auf. Und bei einer wird es nicht bleiben. Aber ist die erotische Zeichnung von Modigliani wirklich so wertvoll, dass mehrere Menschen dafür sterben müssen? Wer außer der jungen Kunsthistorikerin Grit jagt eigentlich noch hinter der Mappe mit den nackten Tatsachen her? Was haben Schweizer Banken und Museen in Amerika mit der Sache zu tun? Und ist es wirklich nur Dankbarkeit, was Grit gegenüber dem Taxifahrer Zart empfindet, der sie kundig durch die Villenviertel und Schmuddelecken von Hamburg kutschiert?

Dick van den Heuvel/
Simon de Waal
Mord im Revue-Palast
3-499-23697-4

Marion Schwarzwälder
Backstage
Ein Fall für Oshinski und März
3-499-23640-0

Volker Albers
Tod am Kai
Tatort Hafen: Wasserleichen und andere Abgänge ...

3-499-23425-4

Weitere Informationen in der Rowohlt Revue oder unter www.rororo.de

Rückgabe spätestens am		